Andi Rogenhagen

ZWÖLFMETER

Roman

ATLANTIK

Ich danke Christiane Ruff, Nimo Reininger, Patricia Schnitzler,
Yoko Higuchi-Zitzmann und Raphaela Zick, die alle Verschlimmbesserungen
verhindert haben. Ina, Emilia, Carla und Wiltrud danke ich für ihre Liebe,
die mich fröhlich arbeiten lässt.

Atlantik-Bücher erscheinen im
Hoffmann und Campe Verlag, Hamburg

1. Auflage 2014

www.hoca.de www.atlantik-verlag.de
Satz: Pinkuin Satz und Datentechnik, Berlin
Gesetzt aus der Chaparral Pro
Druck und Bindung: C. H. Beck, Nördlingen
ISBN 978-3-455-60009-4

HOFFMANN
UND CAMPE

Ein Unternehmen der
GANSKE VERLAGSGRUPPE

ZWÖLFMETER

1

Im Herbst 1979 war ich 19 Jahre alt, sportlich, blond, ein bisschen viereckig, und lebte zusammen mit meinem älteren Bruder und meinen Eltern in Klein-Körschow in der DDR.

Klein-Körschow war flach, hatte etwa 400 Einwohner und merkwürdigerweise gab es weder ein *Körschow* noch ein *Groß-Körschow* in der Nähe. Warum man trotzdem bei *Klein-Körschow* blieb, statt das *Klein* einfach wegzulassen, lag an der jahrhundertealten Tradition in unserer Gegend, der Landbevölkerung das Gefühl zu vermitteln, klein und wertlos zu sein. Fast alle unserer 400 Bewohner arbeiteten in der LPG *Ewige Freundschaft mit den Sowjetvölkern* oder im Kampfkombinat *Glühende Freundschaft mit den Völkern der Sowjetunion*. Um die beiden zu unterscheiden, waren sie im Volksmund einfach auf *Ewige* beziehungsweise *Glühende* heruntergekürzt worden.

»Ich arbeite bei der *Glühenden*« oder »Ich muss gleich noch zur *Ewigen*«, waren in Klein-Körschow völlig normale Sätze.

Die *Glühende* stellte in glühender Freundschaft Schwefelsäure her, die in Fässern das Dorf nachts auf Lastwagen verließ. Es war ein ungeschriebenes Gesetz in Klein-Körschow, dass nicht danach gefragt wurde, was mit den Fässern eigentlich geschah, nachdem sie Klein-Körschow verlassen hatten. Einige sagten, es würden Waffen damit hergestellt, andere behaupteten, man bräuchte die Säure im Bergbau, wieder andere tippten auf Atomkraftwerke, und einige glaubten, die Fässer würden direkt hinterm Dorf einfach in den Wald gekippt. Das war die wahrscheinlichste Theorie. Jedenfalls war es streng geheim! So geheim, dass selbst die Arbeiter im Kombinat *Glühende Freundschaft mit den Völkern der Sowjetunion* keine Ahnung hatten, was mit ihrer Säure geschah.

Die *Ewige* war eine riesige LPG, die in ewiger Freundschaft ihre Felder in Ernteschlachten bekämpfte und mit unförmigen Traktoren aus der Sowjetunion alles platt walzte, was auch nur annähernd wie eine Pflanze aussah. Der Schwefel von der *Glühenden* tat sein Übriges. Leider wurden die landwirtschaftlichen Produkte von der *Ewigen* nicht in den Wald gebracht und weggeworfen, sondern mussten von den ganzen Freunden der Sowjetunion – also von uns – brav aufgegessen werden.

Ganz Klein-Körschow war durch das Kombinat *Ewige* so voller Schwefel, dass unsere Dächer im Sommer gelb schimmerten. Außerhalb von Klein-Körschow hielt sich hartnäckig das Gerücht, dass die Farbe von Goldstaub kam, der aus einer geheimen Fabrik auf unser Dorf herunterrieselte. Ab und zu mussten wir Leute von den Dächern scheuchen, die dort anfingen, das Gold abzukratzen. Einmal hat sogar einer eine richtige Schürfgrube auf dem Kirchdach abgesteckt, aber der wurde natürlich sofort erschossen.

2

Ich war schon ewig mit Gabi zusammen, die mich heiraten wollte und darauf wartete, dass ich ihr endlich die große Frage stellte. Es war nicht so, dass ich nicht auch wollte, aber ich wartete auf den richtigen, romantischen Moment, und der war einfach noch nicht da gewesen. Ich hatte es mir aber für den Herbst 79 ganz fest vorgenommen.

Wegen Gabi wollte ich sogar Kunstmaler werden, denn Gabi liebte die Kunst. Zumindest hatte sie als Einzige in meinem

Freundeskreis einen Bildband, in dem auch Bilder drin waren. Ihr Opa war Maler und hatte sogar irgendeine Auszeichnung für besondere volkskünstlerische Leistungen bekommen, weil seine Bilder so riesig waren. Abgesehen von ihrer Größe hatten sie aber keine Qualität – außer dass man alles darauf erkennen konnte. Ich muss allerdings zugeben, dass auch ich keinen Funken Talent hatte. Ich wusste aber zum Glück von Gabis Opa, dass dies in der DDR kein Hinderungsgrund war, sein Leben als Maler zu bestreiten. Im Gegenteil – alle Leute, die in unserem Land wirkliches Talent zu malen hatten, fristeten ein Leben als schikanierte Handlanger in Kombinaten oder saßen im Gefängnis. Talent war also eher hinderlich für eine Künstlerkarriere.

Natürlich knirschten meine Eltern bei der Kunstidee mit den Zähnen. Aber wenn es denn unbedingt sein müsste, sollte alles wenigstens ordentlich sein, und ich sollte zur Kunsthochschule. Ich war sehr in Gabi verliebt, also wollte ich es ihr zuliebe einfach mal probieren. Deshalb bin ich im Sommer 1977 mit dem Rad zum Bezirksamt gefahren und hab meine Unterlagen abgegeben, um mich an der Kunsthochschule in Berlin, Hauptstadt der DDR, zu bewerben. Die zuständige Frau war merkwürdigerweise blind. Sie nahm meinen Zettel, den ich ihr gerade gegeben hatte, hoch und fragte mich, was ich wo angekreuzt und was ich wo reingeschrieben hätte. Ich antwortete wahrheitsgetreu, dann haute sie ihren Stempel drauf, legte den Zettel in eine Ablage und verabschiedete mich. Schon ein halbes Jahr später bekam ich einen Brief mit einem Termin und konnte mit meinen Bildern nach Berlin fahren.

Als ich mein Werk vor der Prüfungskommission der Kunsthochschule ausbreitete, hat einer gesagt, dass das ja alles Ideen aus dem Westfernsehen wären. Es hätte nichts Schönes, und man könne auch gar keine Arbeiter erkennen. Dann hab ich gesagt, dass da auch gar keine Arbeiter drauf sind, sondern Nilpferde, und dass ich sowieso nicht fernsehe. Da haben alle gelacht. Dabei stimmte es. Außer Fußball-Weltmeisterschaft und -Europameisterschaft habe ich nie Fernsehen geguckt, weder

Ost- noch Westfernsehen. Ich nehme an, die Kommission konnte sich nicht vorstellen, dass es jemanden gab, der nicht ständig vorm Westfernsehen hing, wie sie es selber taten. Dann hab ich gefragt: »Woher wissen Sie denn, dass das alles Ideen aus dem Westfernsehen sind?!« Da waren alle sehr ruhig, haben etwas auf einem Zettel vermerkt und mir eine gute Heimreise gewünscht. Auf dem Weg zurück warf ich meine Bilder aus dem Zugfenster in den Braunkohlegestank des DDR-Winters 1978 und beschloss, doch lieber Fußballer zu werden, egal, was Gabi dazu sagen würde, denn Gabi hasste Fußball.

Zu Hause wartete mein Vater bereits kopfschüttelnd im Wohnzimmer. Meine Mutter goss weinend die Blumen. Sie hatten Besuch von Fichtelbier gehabt. Genosse Fichtelbier war ein hagerer Mann von der Partei, der Einzige mit Telefon in Klein-Körschow. Am nächsten Tag musste ich bei ihm antreten. Fichtelbier lief in seinem miefigen Büro unter einem riesigen Bild von einem, der nicht Erich Honecker war, aber trotzdem eine Brille aus Glasbausteinen trug, herum. Damals wusste ich noch nicht, dass die Grundvoraussetzung für die Weihen der Plakatreife eines Politbüromitglieds der DDR bei mindestens 20 Dioptrien lag. Später hab ich erfahren, dass es sogar Kliniken gab, wo man sich die Augäpfel mit kleinen Saugnäpfen eiförmig ziehen lassen konnte, um seine Chancen auf eine politische Karriere zu verbessern. Jetzt verstand ich auch die Erblindung der Frau vom Bezirksamt. Sie hatte es mit ihrer Liebe zum Sozialismus einfach nur übertrieben.

Der kleine Fichtelbier lief hektisch umher und klärte mich erst mal darüber auf, dass Nilpferde nicht in der DDR und – soweit ihm das bekannt sei – auch in keinem anderen sozialistischen Bruderstaat lebten und deshalb auch nicht als Erntehelfer eingesetzt wurden. Dann redete er von Volkskörpern, Sprengkörpern und noch ganz anderen Körpern und von Solidarität und von ich weiß nicht mehr was noch alles, und bevor ich rausgehen durfte, hab ich zweimal »Ich verspreche es!« sagen müssen, und Fichtelbier hat mir zum Abschied wie ein Vater gönnerhaft auf die Schulter geklopft. Im Sinne von: »Dann drücken wir noch mal ein Auge zu, und jetzt, mein Lieber: Gestärkt hinaus ins sozialistische Leben!«

Ich wusste aber schon vor der Tür auf dem schief verlegten Linoleumflur des sozialistischen Lebens nicht mehr, was ich Fichtelbier eigentlich gerade versprochen hatte. Ich habe kurz überlegt, ob ich noch mal zurückgehen soll, um nachzufragen, worum es bei dem Treffen eigentlich gegangen war. Aber ich wusste natürlich schon damals, dass man diese Frage am besten nie stellt, egal, um welches Treffen es sich gehandelt hat, denn sonst gab es dummerweise gleich wieder ein Treffen.

Tags darauf lief mein Vater zum Kombinat *Vorwärts mit Roter Farbe* und pries mich seinem Freund und Genossen Bartoczek als Ausnahmetalent fürs Plakatmalen an.

»Er hat schon einer Kommission in der Hauptstadt Bilder von Nilpferden vorlegen dürfen!«

Zusätzlich zu diesem unschlagbaren Argument hat mein Vater noch beiläufig erwähnt, dass meine Mutter in letzter Zeit häufig weinend ihre Blumen gießen musste. Das tat Bartoczek sehr leid, aber er konnte trotzdem nichts für mich tun. Schließlich hat mein Vater ihm drei Meter Regenrinne aus Zink für seine Laube versprochen, und dann hatte ich die Stelle. Es sollte natürlich nur für den Übergang sein, bis meine Fußballerkarriere so richtig losging.

3

Meine Arbeit im Kombinat *Vorwärts mit Roter Farbe* war nicht schlecht, weil ich im Hof mit dem Ball trainieren konnte, wenn die Farbe auf meinen Schildern trocknen musste – und dass Farbe trocknen musste, wurde von niemandem bestritten. Auch von niemandem in der DDR – weil sich die Partei bis dato offensichtlich noch nicht mit dieser Frage beschäftigt hatte. Es blieb vermutlich so, bis sie es tun würde. Dann würde es sofort eine Kommission geben, die die unterschiedlichen Trockenzeiten von

Farben untersucht oder am besten gleich festlegt, und ganz sicher würden dann uralte Farbbestände zu planübererfüllenden Farben erklärt werden, weil sie schon trocken aus der Dose kommen.

Unser kleines Kombinat war in einem Hinterhof untergebracht, der sekündlich drohte zusammenzubrechen. Die umstehenden Wände wurden über Kreuz mit Eisenträgern gestützt. An die Backsteinwand auf der einen Seite hatte ich mir ein Tor gemalt. Es gab eine große, klappernde Metalltür und dahinter Holzplatten, Metallplatten, Stative, Schablonen, Farbtöpfe und natürlich Krallmann und Bartoczek, meine kettenrauchenden Chefs.

Zusätzlich zum Fußballtraining war die Arbeit auch praktisch, weil ich immer bestens informiert war, welche Probleme unser Land gerade hatte, nämlich die, die nicht auf unseren Schildern standen, oder die, die besonders häufig auf den Schildern standen – allerdings nicht als Probleme, sondern als Erfolge. Wenn ich zum Beispiel ein leeres Schild bekam, auf das ich *Hosenproduktion des Kampfkombinats Glühende Nadel um 382 % übererfüllt* schreiben sollte, dann wusste ich, dass ich in nächster Zeit auf keinen Fall versuchen sollte, eine Hose zu kaufen, weil es mit Sicherheit gerade keine gab.

4

Mein Bruder Tobi war zehn Jahre älter als ich – also 29 –, und er war immer genauso alt wie die Republik, denn er war am 7. Oktober 1949 geboren worden. Früher wurde daraus immer ein Witz gemacht, und in diesem Jahr 1979 sollte er also im ganzen Prunk und Pomp der 30-Jahr-Feier auch 30 Jahre alt werden, aber Tobi verhielt sich nicht wie ein 30-Jähriger, und von meinen Eltern wurde auch gar keine Feier geplant.

Tobi lag die meiste Zeit in der Wohnung herum. Manchmal fuhr er auch durchs Dorf, auf seinem großen Dreirad, das ihm mein Vater in seinem Kampfkombinat zusammengeschweißt hatte.

Sein »Besorger-Rad«, denn Tobi war auch »der Besorger«. Er fuhr für die alten Damen unseres Dorfes zum Laden und legte meiner Mutter deren Einkaufszettel auf die Theke. Meine Mutter packte alles ein, legte es in den Korb vom Dreirad, und Tobi fuhr zu den alten Frauen zurück. Dafür bekam er ein paar Pfennige, was aber nicht wichtig war, denn er konnte mit Geld sowieso nichts anfangen. Wenn es etwas gab, für das man Schlange stehen musste, stellte er sich für die alten Frauen in die Schlange. Er konnte stundenlang stehen und verlor dabei nie seine gute Laune. Er war definitiv der beste Schlangensteher der ganzen Republik, und leider gab es dafür keinen Orden, denn Schlangen gab es ja in unserem Land offiziell gar nicht. Tobi grinste fast immer, war immer schlaksig und immer laut. Nicht selten musste ich ihn irgendwo im Dorf wieder einsammeln, manchmal wurde er uns auch von unseren Nachbarn vorbeigebracht. Dann war er in fremden Wohnungen gefunden worden, in fremden Betten oder schlafend auf der Wiese – einmal sogar im Winter. Meine Mutter sprach immer davon, dass Tobi sich »verlaufen« hatte, weil es ihr peinlich war, aber ich wusste, dass das das falsche Wort war, denn die Haustüren der alten Damen zu finden, für die er Dinge als »Besorger« besorgte, machte ihm keine Probleme. Meiner Meinung nach ist er einfach bewusst an jeden Ort gegangen, an den er gehen wollte. Weil er dazu Lust hatte. Er war ein bisschen gehbehindert und im kleinen Rahmen orientiert – das heißt, er wusste, wo er in Klein-Körschow war. Was um ihn herum wirklich vorging, verstand er aber nicht. Aber er verstand mich. Auch ohne Worte. Zumindest dachte ich das oft. Ich redete mit ihm, als wenn er noch gesund wäre. Etwa wenn ich ihn fütterte. Dann sah er mich an, und ich spürte, dass er mich verstand. Manchmal nickte er mir sogar zu, wenn ich etwas erzählte.

Tobi war der klassische Dorftrottel, aber wegen seiner besonderen Geschichte wurde er von allen noch aus seiner gesunden Zeit geschätzt.

Als Tobi gerade 19 war, machte er sich kerngesund auf, Klein-

Körschow als jemand zu verlassen, der es schaffen würde, denn er machte sich auf, beim »Klub« zu spielen – die Ligamannschaft unseres Bezirks, die alle nur »den Klub« nannten. Der Klub war einer der großen Vereine der Republik, und alle in unserer Gegend waren Klubfans, das war selbstverständlich. Ich glaube, es stand sogar in unseren Identitätskarten, denn Pässe besaßen wir ja nicht. Erst der Klub, dann die Nationalmannschaft. Das war Tobis Plan. Und so war auch der Familienplan. Und es war gar nicht so unrealistisch, denn Tobi hatte wirklich Talent. Tobi war auf dem löcherigen Platz von Generator Klein-Körschow entdeckt worden und wurde zu einem Probetraining beim Klub eingeladen und danach gleich in die Jugendmannschaft aufgenommen. Er sollte dort ein Zimmer bekommen und sogar etwas Geld verdienen. Er hatte eine kleine Tasche gepackt, küsste uns alle vor dem Haus und knatterte auf seiner Schwalbe los. Er war mein großes Vorbild. Er war mein Held, mein großer, zehn Jahre älterer Bruder. Unendlich toll, schon unendlich alt und jetzt schon so unendlich erfolgreich. Dieser Tag war das letzte Mal, dass wir ihn richtig sprechen hörten. Zwei Stunden später fand man ihn. Tobi lag mitten auf der Straße, der Hinterreifen der Schwalbe drehte sich noch knatternd in der Luft. Tobis Helm hatte von einem Baum einen solchen Schlag abbekommen, dass er gerissen war. Man fand Bremsspuren eines Autos, aber das war alles. Die Vopos kamen und zeichneten irgendwelche Skizzen, die gezeichnet werden mussten, um dann für immer in Schubladen zu verschwinden. Der Autofahrer tauchte nie auf, und Tobi konnte man nach drei Monaten in der Klinik zwar wieder fragen, was passiert war, aber er konnte leider keinen vernünftigen Satz mehr antworten.

»Multizerebraler Defekt«, sagten die Ärzte, und mein Onkel Günther brachte es noch am selben Abend zwischen den Schnäpsen heulend auf den Punkt: »Birne völlig im Eimer.«

»Er hätte tot sein können«, war ein typischer Satz über meinen Bruder, oder wahlweise, je nach Stimmung auf Familienfesten: »Es wäre besser, er wäre tot gewesen.«

Ich konnte dem nicht zustimmen. Keine der beiden Aussagen stimmte. Jeder hätte irgendwann einmal »tot sein können«. Wenn ich gestern vor meinem Frühstücksei losgelaufen wäre – statt danach –, wäre ich vielleicht unter die Räder gekommen und hätte auch »tot sein können«. Das war Blödsinn. Und »Es wäre besser, er wäre tot gewesen« war für mich noch größerer Blödsinn, denn mein Bruder mag ein Schwachkopf mit multizerebralem Defekt oder »Birne total im Eimer« geworden sein, aber er lachte mit mir, und ich liebte ihn, auch wenn er ständig herumsabberte, sich hin und wieder in die Hosen machte, gerne in fremde Wohnungen stieg und grunzend über unsere staubigen, löchrigen Dorfstraßen mit seinem Besorger-Rad fuhr.

Da Tobi immerhin einen Tag in seinem Leben offiziell als Spieler beim Klub angestellt war, lebte ich mit ihm ein glückliches und hänselfreies Leben. Kaum sagte der Erste: »Was willst du denn mit dem?!«, sagte schon ein anderer: »Komm, lass mal, der hat schon mal beim Klub gespielt.« Dann wurde Tobis traurige Geschichte erzählt, und dann war für immer Ruhe mit der Hänselei. Deshalb hielten sie ihn alle aus. Eltern stauchten ihre Kinder zusammen, wenn sie ihn mit Steinen bewerfen wollten – was bei einem anderen Dorftrottel sicherlich niemand gestört hätte. Im Gegenteil, da hätten die Eltern vermutlich mitgeworfen, um dieses gefährlich grinsende Wesen vor die Mauern ihres Dorfes zu scheuchen. Oder sie hätten Tobi beim ersten Verdacht, er könnte eine Dose Rotkohl gestohlen haben, an den nächsten Baum gehängt.

Tobi war ein Teil von mir, er gehörte zu uns. Und wenn er nicht so gottverdammtes Pech gehabt hätte, wäre aus ihm ganz sicher einer der größten Fußballer der Republik geworden.

Nach dem Unfall gab meine Mutter ihren Job im Laden auf, um sich zu kümmern, und mein Vater begann an diesem Tag, mich anstelle von Tobi zu einem großen Fußballer zu machen. Sozusagen als Ersatzspieler. Er kaufte mir Bälle, ging mit mir zum Klub ins Stadion und feuerte mich auf dem löchrigen Platz von Generator Klein-Körschow an, bis er heiser war. Ich war gut, und weil ich hart trainierte, war ich sogar sehr gut – und 1979, als ich genauso alt war wie Tobi damals, kam auch ich endlich in Reichweite des Klubs.

5

Im Rahmen der Vorbereitungen zu den 30-Jahr-Feierlichkeiten der DDR gab es ein Probetraining beim Klub für die Besten der Gegend. Jeder Trainer der umliegenden Dorfvereine durfte für das Probetraining einen Spieler nominieren, und mein Trainer Jeschkat nominierte natürlich mich. Jeschkat kam im Jahr nach dem Unfall von Tobi nach Klein-Körschow und wurde damals neuer Trainer von Generator Klein-Körschow. Eigentlich wurde er nicht *neuer* Trainer, sondern nur Trainer, denn vorher hatte es gar keinen Trainer gegeben.

Jeschkat war ein merkwürdiger Fußballtrainer, denn er hatte nur noch ein Bein. Sein linkes hatte er bei einem Starkstromunfall in seinem Kampfkombinat *Metallversorgung der Weltvölker* verloren, bevor er nach Klein-Körschow kam. Der Unfall war nicht Jeschkats Schuld gewesen, und deshalb hatte man ihm großzügig einen Trabant mit Sonderausstattung geschenkt, den man auch mit einem Bein fahren konnte. Dass Jeschkat einen Trabant nach dem Unfall geschenkt bekam – und ihm nicht einfach nur ein neuer Aufgabenbereich zugeteilt wurde –, lag aber nur daran, dass der Unfall unglücklicherweise passiert war, während ein paar hohe Militärs gerade den Betrieb besichtigten. In Jeschkats Kampfkombinat wurde damals nämlich nach Alternativen zu Panzergeschossen geforscht, und da wurde so einiges ausprobiert, sogar gefrorene Schweineköpfe. Die Militärs reisten dann auch brav wieder an, um den Sonder-Trabant unter den Augen der Presse feierlich dem dann leider einbeinigen Jeschkat zu übergeben. Die kleine Rede des Majors beschwörte die sozialistischen Kräfte von Jeschkats Körper und mündete in der These, dass, wenn der soundsovielte Parteitagsbeschluss umgesetzt wäre, und endlich der Kommunismus herrschen würde, das Bein sogar von ganz alleine wieder nachwachsen würde. Die anderen Einbeinigen von den zahllosen anderen Unfällen wurden an dem Tag in der Umkleidekabine eingesperrt, damit sie diesen Unsinn nicht hörten und sich nicht unnötig Hoffnungen machten.

Ich kannte übrigens in Klein-Körschow mindestens einhundert Zweibeinige, die sich freiwillig in eine Starkstromleitung geworfen hätten, nur um schnell und ohne Umwege an so einen Trabant zu kommen, wie Jeschkat ihn hatte.

6

Also saßen wir in Jeschkats hellblauem Sonder-Trabant und knatterten über die löcherige Allee Richtung Stadt. Ich war nervös. Jeschkat zündete sich eine Zigarette an, zog einmal und warf sie gleich wieder aus dem Fenster.

»Ich weiß, dass ich das eigentlich nicht tun sollte. Will ja mein anderes Bein nicht auch noch verlieren.«

Er lachte schief und betrachtete mich.

»Du schaffst das schon. Du wirst sehen, die nehmen dich!«

Jeschkat formte ein Megaphon aus seiner Faust vorm Mund und brüllte los.

»SEHEN SIE AUF DER EHRENTRIBÜNE DEN EINZIGEN EINBEINIGEN TRAINER DER DEUTSCHEN DEMOKRATISCHEN REPUBLIK, HEINZ JESCHKAT! UND HIER KOMMT SEINE GROSSE ENTDECKUNG: DER SPIELER MIT DER NUMMER SIEBEN: BERND STÜHLER!! BRAVO! BRAVO! BRAVO!!«

Jeschkat kicherte und schielte zu mir rüber. Er kapierte, dass es mir gerade nicht möglich war, mich zu amüsieren. Ich versuchte, konzentriert zu bleiben. Zu viel hing von diesem Training ab.

»Komm, du spielst doch gern. Du musst nicht nervös sein. Spiel einfach!«

»Wie viele andere werden wohl da sein?«

Jeschkat steuerte seinen qualmenden Trabant an den Feldern entlang, überfuhr fast zwei faule Straßenarbeiter, die sich mitten auf der Straße schlafen gelegt hatten, und murmelte dabei irgendwelche Zahlen. Ich war sicher, dass er die Zeit nur nutzte, um darüber nachzudenken, welche Zahl er am Ende nennen musste, um mir möglichst viel Mut zu machen. Er war ein lieber Kerl. Ich mochte ihn.

»Höchstens zwanzig«, sagte er schließlich, ohne mit der Wimper zu zucken, und spuckte aus dem offenen Fenster in den warmen Spätsommer.

7

Ich wartete mit etwa 150 anderen Jungs zwischen 12 und 22 Jahren in einer Turnhalle. Jeschkat und die anderen 149 Trainer hatte man erst gar nicht hereingelassen. Sie warteten draußen in einem Pulk. Als einer von ihnen auf die Idee kam, drei Würstchen zu grillen, spielten sich tumultartige Szenen ab. In der Turnhalle standen die Bänke aneinandergereiht wie im Sportunterricht, und da saßen wir wie 150 Hühner auf der Stange. Sie gingen alphabetisch vor, daher war die Halle schon ziemlich leer, als nach fast vier Stunden endlich mein Name gebrüllt wurde.

»Stühler, Bernd!«

Ich stand auf und ging durch die Tür, durch die vorher alle anderen auch gegangen waren. Ich hatte keinen, der hineingegangen war, danach wiedergesehen, deshalb fürchtete ich kurz, dass wir dahinter einfach umgebracht würden, damit »der Klub« bei Turnieren in der Gegend weniger Konkurrenz hatte. Zuerst fing es auch so ähnlich an. Hinter der Tür war ein kleiner Raum, wo ich mich auf eine grüne Pritsche legen musste. Sie war schon ziemlich klebrig vom Angstschweiß meiner 107 Vorgänger, die vermutlich auch eine Giftspritze erwartet hatten. Dann kam eine dicke blonde Frau in einem weißen Kittel und begann, mich schnaufend zu vermessen. Ellbogen, Handgelenkumfang, Fuß, Ober- und Unterschenkel, Kopfumfang. Das Ergebnis stöhnte sie einem Mann zu, der an einem Tisch saß, rauchte und es aufschrieb.

»13 Strich 7.«

Der Mann schrieb es auf. Die Frau maß auf der anderen Seite und schnaufte wieder.

»Auch 13 Strich 7.«

Der Mann schrieb es auf.

»Mmh ... schön symmetrisch. Aber kurzer Spann.«

Die Frau maß weiter und schnaufte wieder.

»23.«

Es musste nie dazugesagt werden, was denn jetzt gerade »23« oder »13 Strich 7« war. Offensichtlich folgten sie gemeinsam einer Liste in immer derselben Reihenfolge. Plötzlich erlosch abrupt jegliche Aktivität der dicken Blonden, und sie betrachtete mich.

»Fertig. Aufstehen.«

Ich stieg von der Liege. Der Mann sah mich an. Er reichte mir den ausgefüllten Zettel und zeigte zur nächsten Tür. Mit dem Zettel ging ich durch die Tür in das nächste Zimmer. Das war eine Art Büro mit Fenster, und hinter einem Tisch saßen zwei kleine Männer in hautengen Trainingsanzügen des Klubs. Zwei Männer, die nicht mitspielen durften, weil sie als Kinder lieber rauchen wollten, und deshalb jetzt zwergwüchsig am Schreibtisch saßen, statt im Stadion Tore zu schießen. Ich nickte ihnen zu.

»Guten Tag.«

Keiner der beiden grüßte zurück. Leute, die irgendwie etwas zu sagen hatten – egal, ob sie die Befehlsgewalt über eine Kaffeetassen in einer Volksgaststätte oder über eine ganze Panzerflotte besaßen –, grüßten diejenigen mit weniger oder gar keiner Befehlsgewalt praktisch nie. Das war sehr sozialistisch und hatte irgendetwas mit Gleichheit und Freundschaft zu tun. Was genau, wusste ich allerdings nicht. Jedenfalls waren die beiden offensichtlich vorbildliche Sozialisten.

Einer winkte mir mit einem Stöhnen, ich sollte ihm den Zettel geben. Ihre exakt gleichen Trainingsanzüge waren mit den Reißverschlüssen beinahe bis zum Hals zugezogen. Sie sahen aus wie zwei gleiche Roboter, die hergestellt worden waren, um möglichst unauffällig Turnhallen zu putzen oder mit einer Hand voll Saatgut grinsend in die Sowjetunion zu rennen. Ich reichte den Zettel rüber. Der Mann studierte ihn und betrachtete mich von oben bis unten. Der andere verschränkte die Arme hinter dem Kopf, wippte in seinem Stuhl und sah aus dem Fenster, wo unter den 149 Provinztrainern gerade die nächste Schlägerei begann. Der Mann legte den Zettel vor sich hin und musterte mich kurz von oben bis unten.

»Bernd Stühler. Spielt bei Generator Klein-Körschow.«

Ich nickte. Er sah wieder zum Zettel und überflog die Zahlen.

»Das sieht ja bei dir nicht so gut aus.«

Ich machte ein fragendes Gesicht.

»Wieso?! Was denn?!«

»13 Strich 7. Keine Teilnahme an Massenorganisationen. Immerhin HGA.«

HGA hieß »Hohe Gesellschaftliche Aktivität« und bezog sich im Wesentlichen auf meine Teilnahme am freiwilligen Reinigungsdienst unseres Sportplatzes. Der Mann blickte zu seinem Nebenmann.

»Geben wir ihm die drei?«

Der Mann nickte.

»Geben wir ihm die drei.«

Dann sah er mich an.

»Geh bitte in Halle drei.«

Er wedelte mit der Hand.

»Hier raus, durch den Gang durch, am Ende rechts, und dann kommst du gerade drauf zu.«

»Den Zettel …?«

»Brauchst du nicht mehr. Das wird alles neu aufgeschrieben. Die Herren vom Verwaltungsrat des innerstädtischen Bezirkssekretariats wollen auch was zu lesen haben. Da lang!«

Ich nickte und verließ den Raum. Hinter der Tür ging ich durch den Flur, dann rechts und lief auf eine Tür zu, auf der mit Kreide *Halle 3* stand. Ich wollte gerade darüber nachdenken, was »13 Strich 7« genau heißen könnte, und vor allem, wieso 13 Strich 7 »nicht gut aussah«, da stand ich aber schon an der Tür. Nach einer kleinen Gedenksekunde machte ich sie auf.

Es war wieder eine Turnhalle, aber sie war sehr viel kleiner als die erste. An der Wand waren aus Latten schief und krumm verschieden große Tore genagelt. Eine Republikfahne hing eingerahmt von zwei Klubfahnen über der Tür gegenüber. Am Rand stand ein Tisch, hinter dem wieder drei Männer saßen, diesmal aber nicht in Trainingsanzügen, sondern in Zivil. Nach meiner Erfahrung mit der Kunsthochschule und den Zwergen in den Trainingsanzügen im Raum vorher verfestigte sich in mir der Eindruck, dass unser Land ausschließlich aus Tischen bestand, vor denen Leute stehen mussten, während andere Leute dahinter sitzen durften. Doch hier war es noch ein bisschen anders, denn vor dem Tisch lag auch noch ein Ball. Ein ziemlich schiefer, alter abgewetzter Lederball. Ich stellte mich vor den Tisch, neben den Ball.

»Guten Tag.«

Die Leute nickten mir zu.

»Tag.«

Ein Mann mit Brille und Zettel vor sich sah mich an.

»Name?«

»Bernd Stühler.«

Das wurde aufgeschrieben.

»Geboren?«

»5. Februar 1960 in Schwerin.«

Der Mann blickte auf.

»Ich habe nur gefragt, wann du geboren bist, nicht wo. Das wäre erst die nächste Frage gewesen.«

Ich stellte meinen rechten Fuß auf den Ball.

»Entschuldigung. Sie haben nur gefragt: Geboren? Genau genommen haben Sie gar nicht gefragt, wann ich geboren wurde, sondern nur, *ob* ich überhaupt geboren wurde.«

»Das ist doch total lächerlich. Natürlich bist du geboren, sonst wärst du ja nicht hier! Das fragt doch niemand!«

»Ich weiß. Ich habe ja nur versucht, trotz Ihrer ungenauen Frage eine exakte Antwort zu geben.«

Alle schwiegen. Dann verschränkte ein anderer die Arme.

»Bitte. Wir wollen hier jetzt mal fünfe grade sein lassen und weitermachen, Genosse Jattkowiak. Schreiben Sie es doch einfach gleich dazu. Schwerin. Weiter. Ich muss heute noch nach Berlin.«

Genosse Jattkowiak kochte, aber er tat, wie ihm geheißen wurde. Er sah von seinem Blatt zu mir hoch.

»Verein?«

»Generator Klein-Körschow.«

»Position?«

»Sturm.«

»Irgendeine Mitgliedschaft in sonstigen Körperschaften, Vereinen, Parteien?«

»Sie meinen, außer in meinem eigenen Körper? Nein.«

Alle drei sahen zu mir hoch und betrachteten mich eine Weile schweigend. Als Zeichen zum Weitermachen wurde schließlich von dem mit den verschränkten Armen erneut geschnauft. Genosse Jattkowiak zeigte mit seinem Stift auf den Ball.

»Gut. Das haben wir jetzt alles aufgeschrieben.«

Er legte den Zettel auf einen Stapel und nahm sich einen neuen.

»Jetzt nimm doch einmal den Ball und schieß ihn ein bisschen in der Luft rum. Wenn er den Boden berührt, musst du aufhören.«

Auch die anderen nahmen jetzt Stifte in die Hand und betrachteten mich aufmerksam. Ich nahm den Ball hoch, drehte ihn in der Hand und warf ihn in die Luft. Dann holte ich ihn mit meinem Fuß aus der Luft und hielt ihn oben, aber schon nach dem dritten Mal erwischte ich die schiefe Seite, der Ball flog schräg weg und ich kam nicht mehr dran. Er kullerte über den Boden in eins der Lattentore. Alle schrieben etwas auf. Dann tuschelten sie miteinander. Schließlich sah Jattkowiak mich an.

»Das waren ja gerade drei Mal.«

Ich nickte.

»Es ist nicht das, was man im Sturm normalerweise macht. Außerdem ist der Ball schief.«

Jattkowiak schnaufte und betrachtete die anderen. Dann nahm er einen Zettel aus der Tasche und legte ihn vor sich auf den Tisch.

»Ich zitiere aus den Fußballregeln des DDFVZRUH, Fassung September 1971. DDFVZRUH ist dir ein Begriff?!«

»Ja.«

»Und? Wir wollen es alle wissen.«

»Deutscher Demokratischer Fußball-Verband zuzüglich Rügen und Hiddensee.«

Der eine schnaufte wieder. Er sah zur Seite.

»Herr Jattkowiak. Was wollen Sie denn hier beweisen?! Das muss doch nicht sein.«

Jattkowiak sah ihn an.

»Ich denke, doch.«

»Von mir aus, aber dann machen Sie es bitte kurz.«

Jattkowiak blätterte, bis er etwas gefunden hatte.

»Sturm. Stürmer werden Spieler genannt, die ... nein, das ist jetzt uninteressant ... wo ... ja, hier: ... zeichnet sich insbesondere durch geschickten Umgang mit diversen Spielmaterialien in BHBV-Situationen aus. BHBV, das steht für bewusst herbeigeführten Ballverlust – also Abspiel.«

Jattkowiak sah in meine Richtung und wartete auf ein Zeichen des Verständnisses. Ich dachte darüber nach, warum es nicht einfach A wie Abspiel statt BHBV wie »bewusst herbeigeführter Ballverlust« genannt wurde, und nickte ihm voller Reue zu. Jattkowiak steckte den Zettel wieder weg. Der mit den verschränkten Armen nickte mir freundlich zu.

»Gute Heimreise, Bernd. Du wirst von uns im Laufe des Jahres Post bekommen. Grüß mir Klein-Körschow, da kenn ich sogar jemand. Es ist ja nicht so weit.«

Ich nickte. Genosse Jattkowiak zeigte zur Tür mit den Fahnen, und ich ging lange quälende Meter, bis ich unter der Fahne unserer Republik endlich ins Freie kam.

8

Ich radelte raus zu Gabi, durch die warme Abendluft über die weiten Felder der LPG *Ewige Freundschaft mit den Sowjetvölkern,* kurz *Ewige.* Ich trat in die Pedale und radelte mir die Wut aus dem Bauch. Dass sie mich noch nicht einmal spielen sehen wollten!

Arschlöcher!

Mein Ziel war der Wohnwagen, unser Wohnwagen. Mein Vater war der Haus- und Hofjäger von der *Ewigen,* und man hatte ihm einen Wohnwagen als Jagdhütte in den Wald gestellt. Den hat er dann dunkelgrün angestrichen und liebevoll mit Blümchen und Fensterläden verschandelt, natürlich alles während seiner Arbeitszeit. Jetzt traf ich da Gabi manchmal. Zu Hause teilte ich mein Zimmer mit meinem Bruder, und Gabi wohnte auch noch bei ihren Eltern. Es kam selten vor, dass alle mal aus dem Haus waren. Im Wald unter Sternen sitzen, ein paar Bier trinken und dann Liebe machen, das war einfach schöner, wenn keine Eltern oder Geschwister in ihren qualitativ minderwertigen Sitzmöbeln aus der UdSSR danebenhockten.

Auch Gabis Vater arbeitete bei der *Ewigen.* Oder er stand dort nur rum, ich wusste es nicht genau. So etwas fragte man in unserem Land üblicherweise nicht.

»Was macht denn dein Vater?«

»Er steht den Sowjetvölkern freundschaftlich gesinnt in einer LPG herum. Und deiner?«

»Meiner steht den Sowjetvölkern freundschaftlich gesinnt in einem Gefängnis herum.«

»Richtig, da ist ja auch praktisch nichts zu tun, weil ja alle unsere Bürger so unheimlich frei sind, dank den freundlichen Sowjetvölkern! Und deiner?«

»Meiner sitzt leider noch einige Zeit den Sowjetvölkern freundlich gesinnt im Gefängnis herum, weil er ihnen lange Zeit nicht freundlich gesinnt war.«

Ich blickte in den Himmel. Es sah nach Regen aus, vielleicht sogar Gewitter, bei der Wärme. Der sandige Weg sauste unter mir durch. In der späten Dämmerung hatten die Pflanzen kaum noch Farbe. Es wurde dunkel. Ich musste mich beeilen, denn ich hatte kein Licht am Rad. Mein Dynamo und beide Lampen hatten befreundete Sowjetvölker abmontiert, die hin und wieder ihre Kasernen verließen, um unsere Bürgersteige vollzukotzen.

Es war fast dunkel.

Da war etwas Schwarzes auf dem Weg!

Ich wurde langsamer. Ich rollte vorsichtig näher, und es erschien ein kleiner, roter, frischer Blutfleck. Glänzendes frisches Rot, das im Sand versickerte. Mein Herz klopfte. Ich sah mich um. Es war ganz still. Wind kam auf und blies durch die Felder. Eine Schneise führte in das Feld hinein. Ich stellte mein Rad ab und überlegte. Was konnte das sein? Mörder gab es in der DDR nicht, das wusste ich von meinen Schildern. Ich hatte letzte Woche erst DDR *absolut Gestörten- und Gewalttäterfrei! 344 % Planübererfüllung der Präventivorgane* für ein Polizeifest gemalt, deshalb hatte ich auch gar keine Angst. Es konnte höchstens jemand sein, der eine Verletzung an seinem Präventivorgan hatte.

Ich teilte die Pflanzen mit der Hand und lief in die getrampelte Schneise hinein. Pflanzen kitzelten in meiner Nase. Nach ein paar Metern sah ich etwas. Da lag ein Tier. Ein Reh. Ich trat ein paar Pflanzen zur Seite, damit ich mehr Platz hatte, und setzte mich neben den Kopf des Tiers. Das Reh hatte die Augen weit aufgerissen und atmete heftig. Es hatte verschiedenfarbige Augen.

Ein helles und ein dunkles. So etwas hatte ich noch nie gesehen. Das Reh fürchtete sich vor mir. Es schnaubte. Das vordere rechte Bein hatte einen Riss. Ein Unfall mit einem Mähdrescher, dachte ich. Entweder die fahren zu zehnt nebeneinanderher – auf in die Ernteschlacht! – oder die sind alleine schon so breit, dass es kein Entkommen gibt. Ich betrachtete das Tier. Warum sollte ein Reh nicht auch mit einem kaputten Bein wieder glücklich werden? Ich dachte an Jeschkat, der gerade heulend zu Hause saß, weil niemand mich, seine Entdeckung, entdeckte – und der hatte schließlich nur ein Bein! Und war dabei noch Fußballtrainer!

Ich stand auf. Ich blickte über das dunkelgrüne Feld, als ob da jemand auftauchen würde, der mir helfen könnte. Da war nichts, außer Wind und schwarze, wogende Kiefern am Ende des riesigen Feldes. Und finstere Wolken. Es war praktisch Nacht. Ich zog meine Jeansjacke und meinen Pulli aus und kniete mich wieder zum Reh hinunter. Ich tupfte das Bein vorsichtig trocken und verband es mit meinem Pulli. Auf meinen nackten Rücken klatschte ein Regentropfen. Und plötzlich ging es los! Der Wind packte sich die Pflanzen und warf sie rauschend durch die Gegend. Harte, kalte Regentropfen hämmerten auf mich herab. Innerhalb von Sekunden war ich nass. Wasser! Das war gut. Ich machte eine Kuhle mit meinen Händen und hielt sie dem Reh vor die Schnauze. Ich spürte seine kratzige Zunge und den schnaubenden Atem in meiner Hand. Ich spürte, dass es nicht aufgab, dass es das schaffen konnte. Ich musste dem Tier einen Namen geben. Das würde ihm helfen. Mit Namen überlebte man leichter. Ich überlegte.

»Ich nenne dich …«

Wie konnte ein Reh denn heißen?! Ich hatte keine Ahnung. Rosi?!

Rosi, das Reh mit den verschiedenen Augen. Eine Geschichte von Bernd Stühler. Nein, das war eine furchtbare Idee. Ich kannte nur eine Rosi, und das war Gabis Stationsleiterin im Krankenhaus. Sie hatte graue Haut, graue Haare, trug graue Socken und fuhr gern an die graue See. Einmal fand Gabi graue Flecken vorm Treppenhaus, und es stellte sich heraus, dass es Rosis Blut war, die versucht hatte, sich umzubringen. Farbenblind war sie übrigens auch noch.

Also, wie sollte das Reh denn jetzt mal heißen?! Keine Ahnung. Ja, vielleicht genau so: *Keine Ahnung.* Ich betrachtete das Tier. Es hatte wirklich keine Ahnung, was hier vor sich ging. Also passte es: Keine Ahnung!

»Ich überlass dir meinen schönsten Pulli, weißt du das, Keine Ahnung?«

Mit dem ganzen Blut war der Pulli eigentlich nicht mehr mein schönster. Das sagte ich Keine Ahnung aber nicht. Ich sagte ihr auch nicht, dass wir Menschen in unseren Schlafzimmern große, hässliche Pressholzkisten stehen hatten, die »Schränke« genannt wurden, in denen noch ganz viele andere Pullis lagen. Das hätte ihren Besitzerstolz nur unnötig verkleinert, und in ihrer Situation brauchte Keine Ahnung jeden Krümel Selbstbewusstsein, den sie kriegen konnte. Sie war vermutlich schon wegen ihrer verschiedenen Augen von ihren Rehkameraden, von ihrer Rehbrigade, Hänseleien gewöhnt. Ich legte meine Hand auf den Rehkopf und streichelte mein Reh.

»Du schaffst das. Keine Ahnung. Du schaffst das!«

9

Ich öffnete die Tür zum Wohnwagen, und Gabi sah mich an.

»Mein Süßer! Endlich! Du bist ja ganz nass.«

Sie stand auf und nahm mich in den Arm.

»Furchtbar. Nass und kalt. Du Armer.«

Sie drückte mich auf die Pritsche und zog mir eine Decke über. Meine Jeansjacke hängte sie an einen Fensterknauf, wo sie im warmen Licht baumelte. Gabi setzte sich neben mich. Sie war warm und weich.

»Ich hab mir schon gedacht, dass dich der Regen erwischt. Gut, dass du hier bist.«

Sie begann, an mir herumzuknutschen und zu grabbeln, aber ich dachte an Keine Ahnung und überlegte, ob ich Gabi überhaupt von dem Reh mit dem blutigen Bein erzählen sollte. Wenn es nämlich kein Mähdrescher gewesen wäre, dann würde Gabi sich vielleicht nicht mehr alleine zum Wohnwagen trauen. Das wäre zu dumm. Oder wenn es ein Mähdrescher war, würde sie vielleicht Angst vor den verwilderten Mähdreschern bekommen, die in unseren Wäldern lebten und denen man wie Bienen Ersatzfutter gab, um ihnen danach heimlich das Stroh zu klauen.

»DDR flächendeckend mit tonnenschweren Mähdreschern versorgt! Ernteschlacht jetzt auch im tiefsten Winter!«

Aber auch ein Wolf oder ein schielender Jäger hätte Gabi beunruhigt. Also beschloss ich, ihr meine Begegnung mit Keine Ahnung einfach zu verschweigen. Um ihre Lebensfreude zu schützen. Damit sie sich keine Gedanken machen musste. Gabi hörte mit dem Gegrabbel auf.

»Was ist?!«

Sie sah mich an. Ich sah zurück.

»Ach ... Ja, ich hatte ja heute dieses Testtraining. Ist nicht gut gelaufen.«

Gabi küsste mich.

»Fußball. Richtig. Wie ist es dann gelaufen? Kommst du in die Nationalmannschaft?!«

»Sie wollen noch einen Brief schreiben, aber ich weiß schon, was drinstehen wird.«

Gabi küsste mich wieder.

»Was denn?«

»Sie haben mich noch nicht mal spielen lassen! Ich wurde dreimal verhört und durfte dann einmal gegen einen schiefen Ball treten. Jetzt hassen sie mich.«

»Du konntest wieder nicht deinen Mund halten.«

Ich trat wütend gegen den Tisch, ein Blechteller vom Kombinat

Brüderliche Solidarität mit der Völkerernährung in der Mongolei flog durch die Luft. Gabi setzte sich zurück. Sie strich mir über das Haar.

»Weißt du ... Ich will auch mit dir zusammen sein, wenn du kein großer Fußballer wirst. Du bist eben nicht wie dein Bruder. Zum Glück.«

Ich betrachtete sie.

»Ich weiß. Aber ich bin trotzdem ein großer Fußballer. Das sollen nur endlich mal andere sehen, nicht immer nur mein Vater und der Jeschkat.«

Sie küsste mich wieder.

»Es ist doch gar nicht so wichtig, was man macht. Hauptsache, man ist glücklich.«

»Ja, eben!«

Ich betrachtete sie. Sie war echt süß. Dann schob ich langsam meine eiskalte Hand unter ihren Pulli, und sie zuckte genüsslich zusammen. Ich beschloss, dass Gabi recht hatte. Wenigstens für die nächste halbe Stunde. Scheiß auf den Klub! Sie schmeckte so gut!

10

Ich saß meinem Vater gegenüber. Die Sonne schien ins Wohnzimmer, und wir aßen Wurst mit Rotkohl. Unser kleiner Nachbarsjunge stand auf der Straße und übte mit einer zusammengerollten Zeitung Handgranatenzielwurf für die Schule. Tobi saß im Stuhl, und ich fütterte ihn mit warmem, süßem Grieß. Zwischendurch fütterte ich mich selber mit der Wurst. Tobi liebte süßen Grieß, schon immer, also auch vor seinem Unfall. Es gab ein Bild von uns, ich bin etwa acht und Tobi 18 – der große Kerl und sein kleiner Bruder schaufeln gierig aus ihren großen Grießbreitellern. Es hing bei uns in der Küche, aber nach dem Unfall hat meine Mutter es abgehängt.

Mutter hatte vor einiger Zeit wieder angefangen, im Laden zu arbeiten, nachdem sie sich Jahre nur um Tobi gekümmert hatte, und war jetzt öfter nicht da. Mein Vater war ganz neugierig.

»Wie ist es gelaufen beim Klub?!«

»Gut.«

»Gut. Was heißt das?! Wie war es denn? Was habt ihr gemacht?! Kannten die Tobi noch?«

»Hab ich nicht gefragt.«

»Wieso denn nicht?! Mensch, erzähl doch mal! Was musstest du denn alles machen?! Was haben sie gesagt?!«

Ich sah die Hoffnung in seinen Augen über dem dampfenden Rotkohl. Ich beschloss zu lügen. Er würde früh genug die Ablehnung in den Händen halten. So konnte er noch ein halbes Jahr träumen.

»Wir hatten ein Spiel. Sechs gegen sechs, auf einem kleinen Platz. Es haben so zehn Mann zugesehen. In weißen Anzügen.«

»In weißen Anzügen?!«

»In Laboranzügen mit Notizbrettern. Wie in einem Atomkraftwerk.«

»Tatsächlich?! Und …?«

»Es lief gut. Sie geben mir in einem halben Jahr Bescheid.«

»In einem halben Jahr?! Tobi konnte schon am nächsten Tag hinfahren!«

»Der war aber alleine. Bei mir waren es 150 Jungs.«

»150?! So viele?!«

Er schüttelte zu sich den Kopf. Als Absolvent der *Meß- und Regeltechnikerschule Brigade Ventil Ditzenroth* leuchtete ihm dieser Zusammenhang natürlich sofort ein. Mein Vater sah Tobi an.

»Das wär toll, was, Tobi?! Wenn der Bernd da auch hinkommt. Toll wär das! Dann hätten wir zwei Klubspieler im Haus.«

Vater nickte noch etwas in Tobis Richtung, aber der sah lieber nach draußen zum Handgranatenweitwurf. Mein Vater nickte mir freundlich zu und aß weiter.

»Toll wär das, Bernd. Toll.«

Vater hatte eigentlich Spätschicht, aber weil er endlich die letzte Stufe unserer Wendeltreppe abholen konnte, war er nicht hingegangen. Jetzt lag die Stufe wie eine Trophäe neben seinem Wurstteller auf dem Tisch. Ich betrachtete die Stufe.

»Was hast du dafür bezahlt?«

»Nichts.«

Tobi warf seinen Kopf nach hinten und lachte sein langes, tonloses Lachen. Auch sein Zerebral-total-im-Eimer-Gehirn kannte unseren Vater gut genug, um über diese Antwort zu lachen. Er verstand bestimmt nicht, worum es ging, aber er spürte den Witz.

Mein Vater tat unauffällig, aber er wollte natürlich, dass ich weiterfragte.

»Was hast du dafür gegeben?«

Mein Vater kaute die Wurst.

»Einen Kotflügel für 'ne Schubkarre.«

»Wo hattest du den denn her?«

»Von Bartoczek. Aus euerm Schuppen. Ich hab ihm dafür den Flansch für seine Pumpe gegeben.«

»Und wo hattest du den Flansch her?«

»Den hab ich von Berkeling gekriegt. Für die Terrassensteine, die letztes Jahr vom Tag der Granitgewinnung übrig geblieben sind.«

Ich dachte kurz darüber nach, mir einen Stift zu holen, um alles zu notieren, damit ich nicht den Überblick verlor. Mein Vater hatte nie Probleme mit den Stammbäumen seiner Unternehmungen. Er konnte sie über Jahre zurückverfolgen.

»Und was hast du gemacht, um die Terrassensteine mitnehmen zu können?!«

Ich schob Tobi einen Löffel vor den Mund, und er öffnete ihn brav. Mein Vater sah von seinem Rotkohlhaufen hoch.

»Dafür hab ich die sechs Honiggläser von deiner Tante Marie springen lassen, die sie mir für das Fenster gegeben hat. Das soll sie aber nicht wissen. Also, wenn sie fragt, sagst du ihr nichts davon, klar?!«

Ich nickte. Tobi wälzte sich im Sessel. Der Anfang vom Sattsein. Beim nächsten Löffel drehte Tobi den Kopf zur Seite. Satt.

Ich wischte Tobi den Mund sauber. Er sah mich an und lachte. Timmi, unser Torwart bei Generator Klein-Körschow, hatte mal gesagt, dass sich Tobis Lachen für ihn anhörte wie »rückwärts atmen«, und ich fand, das traf es ziemlich genau. Ich nickte Tobi zu und strich ihm übers Haar. Tobi stand auf und wackelte aus dem Zimmer. Mein Vater sah ihm nach und legte die Gabel weg.

»Sag mal, du und die Gabi ...«

»Ja?!«

»Guck mal, ich hab mit Fichtelbier gesprochen.«

»Aha. Schon wieder.«

»Ja, schon wieder. Er sagte, wenn ihr heiratet, kann er euch eine Wohnung im neuen Block versprechen. Nicht sofort, aber schnell. Vielleicht schon in drei Jahren.«

Ich schnaufte und aß weiter.

»Ich will aber nicht in den Block.«

Der Block, das waren vier Klötze mit jeweils acht Wohnungen, die man am Dorfrand auf die Wiese gestellt hatte. Sie waren modern eingerichtet, es gab Küchen und Duschen. Die Baugruben für das nächste Paar Klötze waren schon ausgehoben und natürlich schon wieder halb zugewachsen. Sogar für die Baugruben gab es schon eine Warteliste, auf der natürlich nur junge verheiratete Paare standen, die schon bis zu ihrem sechzigsten Lebensjahr bei den Eltern gewohnt hatten und natürlich in der Partei waren. Mein Vater machte ein vorwurfsvolles Gesicht.

»Andere warten fünf Jahre ... Wann heiratet ihr denn nun endlich?!«

Ich sah ihn an.

»Wir sind ja noch nicht mal verlobt!«

»Na eben!«

Mein Vater klopfte auf den Tisch, stand auf, schob seinen Stuhl weg und nahm die Stufe in die Hand. Damit lief er in den Flur.

»Also, frag doch die Gabi mal. Die wartet doch nur darauf. Merkst du das nicht, oder bist du einfach nur zu blöd?«

Ich rief ihm hinterher.

»Ich bin einfach nur zu blöd. Musst du nicht zur Arbeit?!«

»Lohnt nicht mehr. Der Wewering ist doch auch nicht mehr da.«

»Wo ist der denn?«

»Wegen seiner Dachlatten unterwegs.«

Ich schüttelte den Kopf und stocherte im Rotkohl. Unser geliebtes Land. Nirgendwo gab es so viel Verständnis für das Nichtarbeiten wie im Arbeiter-und-Bauern-Staat. Denn wenn einer nicht zur Arbeit kam, wussten alle, dass er mit Sicherheit gerade etwas Besseres zu tun hatte. Es war ein Paradies!

Ich hörte, wie mein Vater damit begann, scheppernd und stöhnend seine letzte Stufe einzubauen. Er musste nehmen, was er kriegen konnte, und deshalb war es eine linksherum drehende Wendeltreppe geworden, und die letzte Stufe endete direkt vor der Wand. Man musste die Luft anhalten und sich seitlich in die Treppe hineinschieben, bevor man hochgehen konnte. Wir hatten uns schnell dran gewöhnt, und sogar Tobi konnte es. Wenn man runterging, lief man direkt auf die Wand zu, musste bremsen, sich wieder dünn machen und konnte sich dann seitlich rausschieben. Es war nicht ganz leicht, aber es war natürlich immer noch besser, als aus dem Fenster zu steigen, mit der Strickeiter auf das Garagendach zu klettern und sich von da an der Regenrinne entlangzuhangeln, bis man in die Dachluke einsteigen konnte – wie wir es die ganzen Jahre vorher gemacht hatten.

11

Ich stand im Hinterhof auf der Leiter und malte ein kleines *z* auf ein eins fünfzig mal drei Meter großes Blechschild. Weiß auf rotem Grund. Das kleine *z* von *Reduziert alle Waldbrände um*

35,7 %! Die Buchstaben nach dem *z* waren noch leer, aber schon vorgezeichnet. Das Blechschild sollte an den Bahnübergang zwischen Frichau und Laubestedt – wo überhaupt kein Wald war. Aber man sollte diese wichtigen Dinge den Menschen immer wieder ins Bewusstsein rufen. Während ich so das z pinselte und dem Geklapper vom Tor zuhörte, überlegte ich, wie viele Waldbrände wohl noch übrig sind, wenn es gelingen sollte, sie um 35,7 % zu reduzieren? Anscheinend war es wichtig, dass es doch noch ab und zu im Wald brennt, zwar nicht zu 100 % – also ständig, immer und überall –, aber doch zumindest noch mit einer Häufigkeit von 64,3 %. Oder die prozentuale Reduzierung der Brände um 35,7 % pro Jahr ist wichtig, um dann in fünf Jahren – wenn der Plan übererfüllt beendet sein würde – keine Brände mehr zu haben. Noch wahrscheinlicher war allerdings, dass der Text von einem Vollidioten stammte, der weder von Waldbränden noch von Mathematik auch nur die leiseste Ahnung hatte und deshalb in die Partei gegangen war, um wenigstens eine kleine Chance im Leben zu haben.

Jemand wie Fichtelbier zum Beispiel.

»Könnt ihr das morgen gewinnen?«

Es war Bartoczek. Er meinte unser Spiel gegen Rote Pumpe Höltschwerde. Ich drehte mich zu ihm um.

»Wieso?«

»Ich würd vielleicht drauf wetten. Der Krallmann sagt, ihr verliert. Da dachte ich, frag ich dich. Ob ihr gewinnt.«

»Jedenfalls, wenn wir gewinnen, sind wir Bezirksmeister.«

»Weiß ich doch. Heißt das ja oder nein?«

»Rote Pumpe Höltschwerde ist zu schlagen.«

»Ja oder nein?«

»Ja. Wir gewinnen. Was setzt du denn?«

»Zwei Mark.«

Ich lachte. Bartoczek ging wieder Richtung Tor. Dann drehte er sich noch mal um.

»Hast du schon Post vom Klub?«

Ich nickte, aber das war gelogen.

»Und, was stand drin?«

»Das ich's nicht so tragisch nehmen soll, für immer und ewig mit zwei Idioten Plakate zu malen.«

»Das ist auch richtig so. Im Oktober ist 30-Jahr-Feier, dafür malen wir seit fast fünf Jahren, und in fünf Jahren ist 35-Jahr-Feier. Dafür fangen wir gleich nach der 30-Jahr-Feier an. Und in zehn Jahren ist 40-Jahr-Feier. Hier hast du immer zu tun. Wenn du Fußball spielst, dann bist du mit 35 Rentner.«

Krallmann steckte seinen Kopf aus dem Tor.

»Bartoczek, was redest du, blöde Sau?«

Bartoczek zeigte auf mich.

»Ich hab dem Bernd nur erklärt, wie's läuft. Der kann ja seine Fresse nicht halten. Ist noch nicht mal in ner Massenorganisation. Klar, warum die ihn beim Klub nicht haben wollen.«

Krallmann schob das Tor auf und steckte sich eine an.

»Beim Klub?«

Er sah mich an.

»Du musst dafür sorgen, dass die hierherkommen. Morgen! Klein-Körschow gegen Höltschwerde gucken. Nicht du dahin. Die hierhin! Dann knallst du sieben Tore rein, zack, zack und fertig.«

Bartoczek betrachtete Krallmann.

»Halt's Maul, Krallmann.«

Bartoczek verschwand wieder hinter dem Tor. Krallmann zog an seiner Zigarette.

»Hierher, nach Klein-Körschow. In ihren schwarzen Autos.«

Bartoczek meldete sich aus der Werkstatt.

»Halt's Maul, Krallmann.«

Krallmann grinste mich an und zog an seiner Zigarette. Dann kicherte er, nickte sich zu, trat seine Zigarette aus und verschwand wieder hinter dem Tor zwischen Farbtöpfen, Pinseln und Plakaten, die vollgeschrieben waren mit Dingen, die niemand las. Ich steckte meinen Pinsel wieder in die weiße Farbe und danach wieder auf das kleine z. Gut, dachte ich, wenn wir das Spiel morgen gewinnen, dann frag ich Gabi. Wenn ich Klein-Körschow zur ersten Bezirksmeisterschaft geführt habe! Auf der Feier! Und wenn es keine Feier gab?! Wenn wir verlieren würden?! Dann musste ich sie eben ein anderes Mal fragen. Aber wir würden nicht verlieren, da war ich mir sicher.

12

Mein ganzer Körper federte, war heiß und leicht. Die Bilder von unseren Zuschauern flogen nur in Fetzen an mir vorbei. Rote Pumpe Höltschwerde gab sich große Mühe, aber bei mir funktionierte einfach alles. Egal, wo ich hinschoss, der Ball kam an. Plötzlich hatte ich den Ball ganz weit vorne, streckte mein Bein aus, fühlte den Aufprall des Balls auf meinem Fuß, drückte noch hinterher, und der Ball flog. Der Torwart von Höltschwerde sprang, aber er sprang ins Leere. 3:0! Ich landete auf dem Sand, und meine Mannschaft warf sich jubelnd auf mich drauf. Es war dunkel, ich sah nur Haare, verschwitzte Schultern und dreckige Trikots. Alle schrien durcheinander.

»Jaaaa!«

»Berniiii!«

»Suuuper!«

Dann standen wir wieder auf und liefen zur Mitte zurück, für den nächsten Anstoß. Es stand schon 3:0 für uns, und es war fast unmöglich, dass Höltschwerde das Spiel noch einmal drehen würde. Die Bezirksmeisterschaft war uns so gut wie sicher! Ich hatte sie mit zwei Toren praktisch alleine geholt. Der einbeinige Jeschkat warf mir schon Handküsse zu. Alles war gut, und trotzdem ergriff mich eine tiefe Enttäuschung. Was, wenn das alles war? Wenn dies mein größter Moment sein sollte, die Bezirksmeisterschaft mit einem Sieg gegen Rote Pumpe Höltschwerde?! Ich dachte an mein Testraining beim Klub, an das knappe, unfreundliche »Sie bekommen Post von uns«. Ich sah zu den Zuschauern rüber, es waren ungefähr 150 Klein-Körschower gekommen. So voll war es selten bei einem unserer Spiele.

Ich sah mir unser Publikum an. Ich sah Gabi, die mir hüpfend zuwinkte. Sie hatte extra ihre enge Jeans angezogen, die ihr die Oma aus Westberlin mitgebracht hatte. Ich winkte zurück. Die Höltschwerder legten sich den Ball zurecht. Es wurde angepfiffen, und Höltschwerde startete einen holperigen, völlig undurchdachten Angriff auf der linken Seite. Es war mir ein Rätsel, wie so eine Mannschaft ins Endspiel kommen konnte. Vielleicht waren sie aber auch nur heute so schlecht. Ich blieb stehen und betrachtete unsere Zuschauer auf der krummen Tribüne, wo zwischen den Stufen aus bröckeligem Beton schon kleine Birken wuchsen. Krallmann und Bartoczek standen mit ihren Frauen da, rauchten und bissen in Würste. Meine Mutter redete mit einer Nachbarin. Ein paar aus meiner alten Schule standen rauchend und knutschend am Rand. Mein Vater stand neben Tobi, der auf seinem großen Dreirad saß. Vater zeigte Tobi, dass er mir zuwinken soll. Tobi hob seinen schiefen Kopf und winkte mir zu. Ich winkte zurück. Ich sah auf den Boden und lief über den Platz davon. Wenn es um Tobi ging, waren meinem Vater einfach alle anderen egal. Ich war stolz auf ihn – er wusste gar nicht, wie sehr. Vielleicht sollte ich es ihm mal sagen?! Vielleicht bevor der Brief vom Klub kommen würde? Ich war am anderen Spielfeldrand angekommen und sah wieder zu meinem Vater und Tobi hin. Mein Vater kraulte Tobis Frisur. Die Ärzte hatten damals gesagt, dass Tobi Glück hätte, wenn er überhaupt 25 wird. Jetzt war er 29. Er hatte seine Milz verloren, eine Niere, und sein Herz hatte auch etwas abbekommen, als er im Krankenhaus nach den Operationen eine Infektion bekam und fast im Fieber gestorben wäre. Manchmal war er endlos schwach und genau genommen war er auch schon 29½. Es gab gute und schlechte Tage, aber die schlechten wurden eindeutig mehr. Ich erinnere mich an meine Mutter, die in der Küche saß, tapfer ihre Tränen abwischte und »Da haben wir noch viel Zeit!« sagte. Jetzt, neun Jahre später, war diese Zeit eigentlich schon abgelaufen, und in unserem Haus wurde es immer stiller, je mehr vor der Haustür für den 30. Jahrestag der Republik getrommelt und gepoltert wurde. Vielleicht würde es Tobis letzter Geburtstag werden. Wenn er ihn überhaupt noch erlebte.

Jemand schoss mir den Ball zu, aber ich gab ihn zurück. Das Spiel lief noch zehn Minuten, aber ich hatte keine Lust mehr. Ich war in Gedanken. Ich würde an Tobis Geburtstag gerne etwas Tolles für ihn machen. Um mich zu … Ich schluckte. Ich lief und kapierte, was ich da denken wollte. Ich nahm meinen Mut zusammen und dachte den Satz zu Ende: Um mich von ihm zu verabschieden! Ein Spiel! Ein großes Spiel, nur für ihn. Ein großes Spiel, wo wir ihn mitspielen lassen würden. Zumindest für eine Weile. Ein paar Minuten. Etwas Internationales, mit vielen Gästen! Etwas, das seiner Genialität am Ball entsprach. Seiner damaligen Genialität. Wie das Abschiedsspiel eines der ganz Großen – der er bestimmt geworden wäre.

13

Ich winkte Jeschkat, er sollte mich auswechseln. Meine Idee konnte nicht warten! Jeschkat verstand es nicht, aber er ließ die paar Minuten vorm Ende Gnade walten und nahm mich vom Platz.

Die Leute applaudierten, besonders Bartoczek, der wegen mir um zwei Mark reicher geworden war, und Jeschkat umarmte mich am Spielfeldrand. Ich lief zu Tobi und klatschte im Vorbeilaufen seine Hand ab. Das taten wir nach jedem Spiel. Gabi machte sich auf den Weg zu mir, aber ich winkte ihr nur zu, denn ich musste weiter, ich musste zu Fichtelbier! Es war Sonntag, also musste er zu Hause sein. Ich lief einfach an allen vorbei auf die Straße und dann den ganzen Weg im Trikot durch unser sonniges Dorf, die aufgeplatzte Panzerstraße entlang, unter den schiefen Betonlaternen durch, bis ich vor dem neuen Block stand, Block 1, in dem

Fichtelbier seine Wohnung hatte. Hoffentlich war er zu Hause! Ich verschnaufte und stellte meine Arme auf die Knie. Ich keuchte und spuckte in die Wiese. Es könnte funktionieren! Es würde funktionieren! Dann öffnete ich die Tür und lief durch einen düsteren Flur nach oben, bis an einer Tür das Schild *1. Sekretär der Bezirksgemeinschaft 322, Abteilung Klein-Körschow Dorf, Hans Fichtelbier* angebracht war. Ich klingelte, aber ich hörte, dass die Klingel kaputt war, denn ich hörte nichts. Also klopfte ich. Dann näherten sich Schritte, und die Tür wurde geöffnet. Vor mir stand eine dunkelhaarige Frau, um die 40, die offensichtlich völlig betrunken war. Sie schwankte im Türrahmen wie auf hoher See. Ich nickte ihr zu.

»Tag. Mein Name ist Bernd Stühler. Ist denn der Herr Fichtelbier zu Hause?«

Die Frau drehte sich in die Wohnung und schrie.

»Keine Ahnung. FICHTI?!«

Dabei verlor sie fast ihr Gleichgewicht. Nichts geschah. Die Frau sah mich wieder an.

»Nein, der ist nicht zu Hause. Ich ... Er ...«

Sie sah mich an und lallte.

»Wer bist du? Du bist ein Fußballspieler. Bin ich jetzt im Fernsehen?«

Doch bevor ich antworten konnte, drehte sie sich wieder um, lief schwankend durch den Flur zurück und bog in ein Zimmer ab. Dann hörte ich es klappern, und dann schepperte und klirrte es laut. Dann kam ein leises Wimmern.

»Scheiiißßeeee ...«

Ich stand vor der Tür und wusste nicht, ob ich reingehen oder weggehen sollte.

»Schei...eii...eiße ... ver...dammte ... Schei...ei...eiße ...«

Ich lief durch den Flur hinein und guckte in das Zimmer. Dort lag die Frau mit einem Bein in einem zertretenen Beistelltisch auf dem Teppich. Ein paar Gläser und Tellerchen lagen herum. Bis auf die Frau auf dem Teppich war Fichtelbiers Wohnung total aufgeräumt. Beinahe leer. Ich ging zu der Frau, griff ihre Hand und half ihr vorsichtig hoch. Ich nahm ihr Bein aus dem zertretenen Tisch und schob sie sanft zum Sofa, wo sie sich mit einem Plumps hinsetzte. Dann saß sie da und starrte. Sie nahm keine Notiz mehr von mir. Ich beschloss, sie nicht noch einmal etwas zu fragen, sondern einfach wieder zu gehen.

»Also, ähm, ich ... ich gehe dann mal.«

Ich drehte mich um, und da stand Fichtelbier mit seiner 1.-Sekretär-Arbeitstasche im Wohnzimmer. Er sah mich, sah mein Fußballtrikot, er sah seine Frau, die weiter starrte, ohne auf ihn zu reagieren, er sah den kaputten Tisch und die Sachen auf dem Teppich. Ich rechnete fest damit, dass er gleich rumbrüllen, mich rausschmeißen, anzeigen, verhaften lassen würde – was auch immer. Aber er stand nur einen Moment da. Dann stellte er seine Tasche auf einen Sessel, ging zurück in den Flur, schloss die Haustür und hängte sein Jackett an die Garderobe. Dann kam er zurück, krempelte sein weißes Hemd hoch, ging auf die Knie und begann ganz ruhig damit, den ganzen Kram wieder aufzuräumen.

»Ja, Bernd. Wie du siehst, gibt es auch Probleme, die der Sozialismus nicht lösen kann. Noch nicht.«

Ich betrachtete seine Frau, die nur glotzte und schwieg. Es sah aus, als wenn sie uns gar nicht wahrnehmen würde. Ich betrachtete Fichtelbier.

»Genosse 1. Bezirksstadtratssekretär Fichtelbier. Wie könnte denn der Sozialismus helfen, dieses Problem zu lösen?«

Fichtelbier hockte auf dem Boden und sah mich an.

»Na ja. Die Werktätigen sollten alle ... man könnte. ... vielleicht über die Produktivitätserhöhung. Es müssten sich dadurch mehr offizielle Trinkanlässe ergeben, damit dann im Privaten weniger ... mmh.«

Weiter kam er nicht. Er hatte offensichtlich noch nie über die Konsequenzen aus seiner »Noch nicht«-Behauptung nachgedacht. Fichtelbier schnaufte und schüttelte den Kopf.

»Verdammt. Sie müsste einfach mit dem Saufen aufhören! Fertig. Und das würde sie ja im Sozialismus tun, weil hier ja Sozialismus ist. Also würde der Sozialismus das Problem lösen.«

Er sah mich an.

»Wie war euer Spiel?!«

Ich sah auf die Uhr. Es war gerade fünf Minuten vorbei.

»Drei zu null gewonnen. Vermute ich. Vielleicht drei zu eins. Oder vier zu null. Aber gewonnen. Ich bin etwas früher gegangen.«

»Dann seid ihr jetzt Bezirksmeister, hab ich recht?«

Ich nickte. Fichtelbier wandte sich wieder den Holzsplittern auf dem Teppich zu.

»Das ist doch schön.«

Frau Fichtelbier drehte ihren Kopf langsam zu mir und sah mich an. Dann legte sie sich wie in Zeitlupe seitwärts an die Lehne vom Sofa, machte die Augen zu und begann sofort zu schnarchen. Fichtelbier warf mir ein kleines, rührendes Grinsen zu. Irgendetwas zwischen Entschuldigung und Verständnis. Dann stellte er die Gläser in einem Nebenraum ab, kam zurück, öffnete das Fenster und warf den kaputten Beistelltisch samt Holzresten einfach die vier Stockwerke in den Hof hinunter. Er schloss das Fenster und kicherte.

»Die haben hier alle Angst vor mir. Da beschwert sich keiner.«

Er setzte sich mir gegenüber und betrachtete mich.

»Du hast dich ja noch nicht mal umgezogen. Was ist denn so wichtig?!«

Ich betrachtete ihn.

»Wollen Sie gar nicht wissen, was hier passiert ist?«

Fichtelbier sah sich um und zuckte mit den Schultern.

»Ach, was soll schon passiert sein?« Fichtelbier zog Zigaretten aus der Hemdtasche. Er bot mir eine an. Ich schüttelte den Kopf.

»Nein danke.«

Fichtelbier steckte sich die Zigarette an, zog und blies den Rauch ins Zimmer, während er seine schnarchende Frau neben mir betrachtete.

»Möchtest du was trinken?«

Ich schüttelte wieder den Kopf. Fichtelbier stand auf, verschwand in einem Raum, und als er wiederkam, hatte er ein geöffnetes Bier in der Hand. Eine Sorte, die ich noch nie gesehen hatte. Bier, das nur für den Export bestimmt war. Bier von Bierlastern, die auf dem Weg in den Westen gezwungen wurden, einen kleinen Zwischenstopp bei der Parteizentrale einzulegen. Fichtelbier setzte sich wieder.

»Also, ihr Sportler seid doch irgendwie langweilig. Raucht nicht, trinkt nicht ...«

Er trank.

»Du kommst, um über deine Verlobung zu sprechen. Das hat dein Vater schon angekündigt. Brauchst du die Schlüssel vom *Haus der Freundschaft* für eure Feier?«

Ich sah ihn an.

»Nein. Ich brauche die Schlüssel vom *Haus der ewigen und glühenden Freundschaft.*«

Fichtelbier betrachtete mich.

»Schön, dass du es so nennst. Vielleicht ist das eine gute Idee. ›Ewige und glühende Freundschaft‹ – das verstärkt das Ganze natürlich noch. Das hat so etwas Langes, Warmes. Bist du deshalb gleich gekommen?! Damit wir es ändern?!«

Frau Fichtelbier neben mir öffnete langsam ihren Mund und gab jetzt ein gurgelndes Schnarchgeräusch von sich, das immer lauter wurde und dann plötzlich von gefährlich langen Pausen unterbrochen wurde. Fichtelbier trank ungerührt weiter und wartete auf meine Erklärung. Ich schüttelte den Kopf.

»Nein, Genosse 1. Bezirksstadtratssekretär Fichtelbier, Spaß beiseite ...«

»1. Bezirksdorfratssekretär.«

»1. Bezirksdorfratssekretär. Gut. Die Gabi und ich, wir haben noch keinen Termin. Wir wollen erst die 30-Jahr-Feier unserer Republik im Oktober abwarten. Wissen Sie, wenn man andere Dinge im Kopf hat, dann kann man den Geburtstag unserer Republik nicht richtig feiern. Das möchten wir nicht. Wir wollen richtig dabei sein. Aktiv die Republik gestalten mit mindestens 23 Prozent Ernteübererfüllung.«

Fichtelbier nickte anerkennend.

»Sehr schön. 23 Prozent! Ein schönes Ziel.«

»Es ist ja auch eine großartige Epoche, die sich zu feiern lohnt! Ich meine, 30 Jahre! Vor allem die dabei entstandene Freundschaft zu den Sowjetvölkern! Das bedeutet uns sehr viel. Das wollen Gabi und ich feiern!«

Fichtelbier nickte.

»Ja, da hast du recht. Schön.«

»Deshalb bin ich auch hier. Ich will meinen Beitrag leisten zu den Feierlichkeiten, Herr Genosse 1. Bezirksdorfratssekretär.«

Fichtelbier hob beschwichtigend die Arme.

»Bitte, bitte, nicht so förmlich, Bernd. Einfach nur: Genosse Fichtelbier.«

Fichtelbier fiel es in seiner Worthülsenwelt gar nicht mehr auf, dass ich genau genommen noch gar nichts gesagt hatte. Was ich als Beitrag zu den Feierlichkeiten eigentlich genau tat, brauchte auch nicht erwähnt zu werden. Es würde auch niemand danach fragen. Eine Pause entstand. Wieder glaubte ich, Frau Fichtelbier neben mir würde ersticken. Doch dann, angekündigt von einem ganz leisen Pfeifen, ratterte wieder Luft in ihre verrauchten Lungen. Fichtelbier betrachtete mich.

»So, das ist schön mit deinem Beitrag. Mit eurem Beitrag. Eine schöne gesellschaftliche Aktivität. Du und Gabi, ihr passt schon gut zusammen. Deine ganze Familie freut sich darüber. Wie gesagt, das *Haus der Freundschaft* könnt ihr für eure Verlobung jederzeit haben. Das ist gut für unser Land, gut für die Republik, wenn so junge engagierte Menschen wie ihr sich verbinden.«

Ich faltete die Hände.

»Ja, das sehe ich auch so. Und zwar hatte ich mir gedacht, dass wir ein Freundschaftsspiel mit der befreundeten sowjetischen Bruderarmee machen. Fußball.«

»Sehr gute Idee, Bernd. Sehr gute Idee!«

»Ja, und dazu laden wir alle wichtigen Trainer der Republik ein, einschließlich Nationaltrainer, und vielleicht ein paar ehemalige Nationalspieler.«

Fichtelbier betrachtete mich mit einem schiefen Lächeln. Er zog an seiner Zigarette und schwieg. Frau Fichtelbier schnarchte. Draußen spielten Kinder Handgranatenweitwurf. Ein normaler ruhiger Sonntag auf dem Land. Schließlich schüttelte Fichtelbier den Kopf, streckte sich, schlug seine Asche in einem Blumentopf auf der Fensterbank ab und lehnte sich im Sessel zurück.

»Weißt du, Bernd. Wir sind ein kleines Dorf. In deinem Leben sind wir sicherlich wichtig, vielleicht sogar das wichtigste Dorf auf der Welt, aber wir sind klein, wir sind unwichtig. In Berlin passieren jetzt gerade ganz andere Dinge. Das ist Weltpolitik. Da sind Systeme! Auch – und gerade Fußballsysteme! Die Fußballtrainer der großen Klubs haben Verpflichtungen, gerade während der 30-Jahr-Feierlichkeiten. Klein-Körschow ist eben Klein-Körschow und nicht Berlin. Guck dir mal unser Stadion an. Da kann man doch niemand reinlassen. Da müssten wir schon viele Freiwillige verpflichten, um das wieder in Schuss zu kriegen. Das kann ich auch gar nicht organisieren. Weißt du, was die für eine Warteliste haben?! Komm, Bernd. Bleib mal auf dem Teppich. Ein Freundschaftsspiel gegen diese Idioten ... Ich meine ... also ... gegen die Jungs aus den Kasernen ... eben gegen die befreundete Sowjetarmee ...«

Er beugte sich wieder zum Blumentopf und aschte ab.

»... das ist eine gute Idee, aber leider nicht durchführbar.«

Ich schüttelte den Kopf.

»Aber wieso denn? Warum sollen die Trainer der großen Vereine nicht auch einmal in die Provinz?! Hier ist doch das Land, hier sind die Arbeiter und Bauern, die einfachen Leute, das muss man doch mal würdigen. Denken Sie doch einmal etwas größer, Herr Fichtelbier!«

Fichtelbier zog an seiner Zigarette. Er blickte streng.

»Genosse Fichtelbier, bitte. Mein lieber Bernd, dass hier von den Genossen Großes geleistet wird, das würdigt die Partei hier jeden Tag mit ganz besonderen Zuteilungen und Aufbauleistungen. Erst vorige Woche haben wir deiner Mutter zum Tag des sozialistischen Einzelhandels einen neuen Türgriff übergeben. Ihr alter ist kaputtgegangen. Dann haben wir im Kindergarten Patronenhülsen vom Schießstand übergeben. Leere zum Basteln natürlich. Das ist alles Aufbau, Förderung.«

»Meine Mutter hat mir erzählt, ihr Türgriff ist geklaut worden.«

»Nein. Er ist kaputtgegangen. Jedenfalls sind hier schon großflächige Leistungssysteme installiert.«

Ich musste an die schiefen Betonlaternen auf dem Weg hierher denken.

»Aber wir müssten doch nur ein paar Einladungen an die Klubs schreiben und den Wurstverkauf organisieren. Dafür reichen doch sogar sehr kleinflächige Leistungssysteme.«

Fichtelbier sah mich an.

»Bernd. Mit diesem Sowjetbruder, mit Wadrilijanokowitsch darf ich auch gar nicht reden. Das ist ... Das sind höhere Systeme. Das verstehst du nicht. Noch nicht. Und bevor hier nichts klar ist, kannst du niemand einladen. Man darf nur Leute einladen, die nicht absagen dürfen.«

»Wie heißt dieser Wadri...«

»Wa-dri-li-ja-no-ko-witsch. Wadrilijanokowitsch, der Major der befreundeten Sowjetarmee. Der Chef von dem ganzen Haufen dahinten. ... Diese ganzen Nofproves, das ist ohne den nicht zu schaffen ...«

»Nofproves?«

»Nützliche Organisationseinheiten für produktive Volksentwicklung.«

»Gibt es auch Sofproves?«

»Was soll das sein?«

»Sinnlose Organisationseinheiten für produktive Volksentwicklung.«

Fichtelbier überlegte.

»Nicht dass ich wüsste.«

Ich nickte.

»Zumindest nicht als Abkürzung.«

Fichtelbier nickte.

»Richtig. Nicht als Abkürzung.«

»Vielleicht könnten Sie mal mit Zillech reden?! Der 1. Sekretär vom Oberbezirk 223. Der hat doch die Datsche am See.«

Fichtelbier fixierte mich und setzte sich gerade hin.

»Zillech ist für dich tabu, sonst wird es hier richtig ungemütlich. Verstanden? Den kann man nicht wegen zwei Würstchen ansprechen. Das geht nicht. Der hat ganz andere Dinge zu tun. Verstanden?! Da müssten wir schon mit ZK-Mitgliedern kommen oder Botschaftern. Das geht ja gar nicht. Nicht in Klein-Körschow. Verstanden?!«

Ich betrachtete Fichtelbier. Wie er so gemütlich im Sessel saß und damit drohte, dass alles ungemütlich wurde, während seine Frau neben mir lag und im Schlaf ihren Eierlikör gurgelte. Gerade hatte er mir noch etwas zu trinken angeboten. Ich nickte.

»Verstanden.«

Fichtelbier löschte seine Zigarette. Er hatte keine Lust mehr.

»Gut, dann ist es beschlossen.«

Er stand auf, ich stand auf. Fichtelbier reichte mir die Hand.

»Versteh mich nicht falsch. Ich finde es toll, dass du und Gabi euch so für unser Land einsetzt! Schließlich bist du in keiner Massenorganisation, also eigentlich nur eine gesellschaftliche Kraft für besondere Anlässe. Aber Klein-Körschow muss für die große Idee zurückstehen.«

14

Wir waren im *Haus der Freundschaft*. Alle bunten Lampen der Republik waren mit Sattelschleppern hergebracht und angeschaltet worden. Heiko, der lange Lockenkopf, legte Musik auf, und alle soffen, was das Zeug hielt. Jemand hatte Eierlikör-Cola organisiert, und wo ich auch hinsah, waren Zigaretten, Jeans und meine Mitspieler und alle unsere Freunde, die jubelnd das Zeug in sich reinkippten. Ich hielt Gabi im Arm, die nur noch kicherte und schon viel zu laut redete. Ich war auch gut angetrunken, wir tanzten mit allen anderen in diesem schweißigen, verqualmten Pulk. Ab und zu reckte einer die Faust in die Luft und schrie hopsend »DREI ZU NULL!« oder »GENERATOR KLEIN-KÖRSCHOW!« oder »BEZIRKSMEISTER!«, und alle anderen hoben ihre geballten Fäuste hinterher und schrien mit. Gabi war stolz. Jeschkat war schon total betrunken und stakste mit seinen Krücken über die Tanzfläche in meine Richtung. Als er bei mir angekommen war, stellte er eine Krücke unter sein kaputtes Bein, packte mich mit einer Hand am Kragen, kam ganz nah an mein Ohr und schrie durch die Musik.

»Du gehörst in die Nationalmannschaft! Du bist der Größte! Die Penner vom Klub haben keine Ahnung!«

Dann umarmte er mich einarmig und schlug auf meinen Rücken.

»BERNIII!«

Dann reckte er für alle die Faust.

»DREI ZU NULL! DREI ZU NULL! DREI ZU NULL!«

Alle schrien wieder mit, und als sich die ganze Gruppe in einen schreienden, auf und nieder hopsenden Drei-zu-null-drei-zu-null-Mob verwandelt hatte, zog mich Gabi plötzlich an der Hand durch alle hindurch, und dann standen wir vorm *Haus der Freundschaft*, und Gabi kotzte hinter die Aschetonnen. Sie schielte mich an.

»Oh Gott, ich bin so betrunken. Scheiße. Tut mir leid, Süßer. Dein größter Tag! Bringst du mich nach Hause?«

»Klar.«

Sie hakte sich unter, und ich eskortierte sie durch die Nacht, die nach Braunkohle roch und dunkel war, weil leider nur zwei Laternen in Klein-Körschow funktionierten. Gabi bekam Schluckauf, und ihr regelmäßiges Gehickse hallte von den Wänden wider. Unsere Schritte schrappten über die Betonplatten vom Bürgersteig, wobei es genau genommen in unserem Land ja gar keine Bürger gab, also war es ein Arbeiter-und-Bauern-Steig. Nein, ein Steig für Arbeiter und die werktätige Bauernschaft. Vielleicht hatten die Fichtelbiers dieser Welt auch schon darüber nachgedacht und sich bereits einen neuen Namen ausgedacht, der absurd war und deshalb zur Tarnung abgekürzt werden musste.

Und so ist es abgelaufen: Der 1. Vorsitzende ergreift das Wort.

»Liebe Genossen, ein passender Name scheint mir Straßenrandbegrenzungsweg, kurz Stra-ra-Be-gre-We. Was denkt ihr?!«

Ein anderer meldet sich.

»Ich dachte eher Arbeiter-und-Bauern-Laufgehweg. Kurz Aubau-lau-G-W.«

Einer beißt von seiner Frikadelle ab.

»Nein, nein, das ist zu nah an Aufbau. Nachher müssen wir die Dinger noch renovieren ...«

Alle lachen und nicken. Der Vorsitzende öffnet seine Bierflasche.

»Oder, Genossen, noch besser: Freier-Arbeiter-und-Bauern-Laufgehweg für freie Arbeiter und Bauern.«

Alle Anwesenden nicken und applaudieren spontan. Der Vorsitzende hebt sein Glas.

»Also ist es beschlossene Sache! Frau-bau-lau-G-W-fü-fraubau.«

Gabi sah bleich zu mir hoch. Sie flüsterte fast.

»Was, fraubau-was?«

»Nichts.«

Ich sah Gabi an. Sie lächelte süß und blickte auf den Frau-baulau-G-W-fü-frau-bau. Verdammt! Ich hatte es wieder versäumt, ihr die alles entscheidende Frage zu stellen. Alle hatten nur an mir rumgezerrt, mich angeschrien oder umarmt – oder beides. Gabi und ich hatten den ganzen Abend keine ruhige Minute gehabt. Ich hatte immer noch mein Trikot an, war noch nicht mal geduscht. Und jetzt? Jetzt war sie besoffen und ich auch schon fast. Wir bogen um die Ecke und näherten uns ihrem Haus. Ich sah Gabi an.

»Ich möchte dich zum Essen einladen.«

Gabi sah an mir hoch. Sie war ziemlich blass.

»Oh, Süßer. Bitte nicht, ich hab *hick* grad gekotzt.«

»Nein, doch nicht jetzt. Morgen.«

»Mensch, das ganze *hick* Geld ... Lass uns doch *hick* was sparen.«

»Ich hol dich ab.«

»Na ja ... *hick* ... gut.«

Gabi sprach danach kein einziges Wort mehr. Sie brauchte all ihre Kräfte, um gerade zu laufen und ihre Übelkeit und ihren Schluckauf in den Griff zu kriegen. Vor der Tür half ich ihr, den Hausschlüssel aus ihrer Handtasche zu fummeln, aber da ging auch schon das Licht über der Tür an, und Gabis Mutter stand im Bademantel vor uns. Sie begutachtete ihre Tochter und kapierte sofort, was los war.

Sie zwinkerte mir zu, zog Gabi ins Haus hinein und schloss die Tür. Drinnen wurde noch ein bisschen gepoltert, dann ging eine Tür, und dann hörte ich nichts mehr. Das Licht über der Tür wurde gelöscht, und ich stand im Dunkeln. Ich drehte mich um. Ich trat auf die Straße und blickte in den Sternenhimmel. Wunderschön. Etwas milchig und verraucht, aber wunderschön. Ich stand und guckte. Ich hatte gar keine Lust, auf unsere Siegesfeier zurückzugehen. Ich hatte mich lange auf diesen Tag gefreut und mich dann den ganzen Abend gelangweilt. Zum ersten Mal. Mir war auch diese Bezirksmeisterschaft eigentlich egal. Jetzt, hier in die Sterne gucken, das war eine schöne Belohnung. Schwebende Kugeln im unendlichen Raum. Schwebende Schwere – unendlich leicht, und niemand wusste, was es wirklich war.

Dein größter Tag, hatte Gabi gesagt.

Hoffentlich nicht!

15

Gabi und ich waren in die *Volksgaststätte Verwaltungsbezirk V*, kurz *VVV*, gefahren. *V* stand eigentlich für lateinisch *fünf* – aber alle sagten *Vau*.

Vau Vau Vau.

Ich hatte mir dazu Jeschkats Spezialtrabant geliehen, Gabi abgeholt, und nun schlenderten wir durch die Tür des großen grauen Gebäudes. Schon im Vorraum schlug uns kalte Wurstluft und Rauch entgegen. Ich konnte hinter der Glastür in den Raum gucken und sah, dass wir die einzigen Gäste waren. Perfekt! Ich hatte einen Gutschein für Eheringe in meiner Jacke, den ich beim Sekretariat des Bezirksmeldeamtes gekauft hatte. Ein Gutschein, mit dem sich die Beschenkten dann den Ring selber aussuchen konnten. So machten es alle. Irgendwann kam eine Postkarte, die einem den Schmuckladen zuwies.

Vor der Glastür war eine Garderobe mit Holztheke, hinter der eine Frau in einem weißen Kittel hockte und las. Es sah aus wie in einem Krankenhaus oder einer Wurstfabrik. Die Frau sah uns, stand auf und winkte uns heran. Gabi zog ihren Mantel aus und reichte ihn rüber. Die Frau hängte ihn wortlos auf und gab Gabi einen Zettel mit einer »1« darauf. Dann wollten wir reingehen. Die Frau klopfte auf ihre Holztheke und rief uns hinterher.

»Ihre Jacke auch!«

Ich musste an den Gutschein in der Innentasche denken.

»Ich möchte sie aber gerne mit reinnehmen.«

»Das geht nicht.«

Ich sah die Frau an.

»Wieso denn nicht?! Was ist, wenn mir kalt ist?«

Sie schüttelte den Kopf.

»Wir halten hier die vorgeschriebene Temperatur nach VG 11/71 ein.«

Ich sah sie an.

»Was heißt das denn?!«

»Dass es ausreichend warm ist.«

»Nein, ich meine, was heißt VG 21/71?!«

»Das weiß ich nicht.«

»Wie hoch ist die denn, die vorgeschriebene Temperatur?«

»Das weiß ich auch nicht. Aber wir halten sie ein.«

Ich spürte, wie Gabi hinter meinem Rücken die Augen verdrehte. Sie zog an mir.

»Komm jetzt, gib der Dame einfach die Jacke.«

Ich betrachtete die Frau, die schon ihren Arm ausgestreckt hielt, um meine Jacke in Empfang zu nehmen.

»Ich möchte sie aber gerne anbehalten.«

»Dann dürfen sie nicht in den BWR. Es ist nicht erlaubt, mit Straßenoberbekleidung in den BWR zu gehen.«

BWR hieß Bewirtungsraum. Das wusste ich schon vom BWR im *Haus der Freundschaft*. Ich überlegte kurz, was wohl Straßenunterbekleidung sein könnte, ob damit eher Kanalrohre oder Unterhosen gemeint waren, und wie es wohl abgekürzt wurde, betrachtete dann aber Gabi und beschloss, meinen Gutschein für die Ringe einfach zu holen, wenn es gleich so weit war. Ich gab der Frau meine Jacke, bekam einen Zettel mit einer »2« darauf, und wir durften in den Bewirtungsraum der Volksgaststätte Unterverwaltungsbezirk V, kurz BWR-VVV.

Eine andere Frau, die im BWR neben der Tür auf einem Stuhl saß, hatte alles genau verfolgt. Sie nahm uns mit strafendem Blick in Empfang und geleitete uns zu einem rechteckigen Tisch, an dem vier Stühle standen, wie an allen anderen Tischen auch. Ich hätte lieber am Fenster gesessen, aber noch eine Diskussion mit den Mächtigen dieser Welt wollte ich Gabi nicht antun.

Wir setzten uns einander gegenüber, und die Frau verschwand. Die Sitze waren aus verchromten Stahlrohren, in die man irgendwie gebogene Matratzen geknöpft hatte, und eigentlich waren es Sessel. Sie waren unglaublich weich und viel zu tief für den Tisch. Ihr brauner Cord war abgewetzt und speckig. Über die ganze lange Wand klebte ein etwa 6 mal 20 Meter großes Mosaik, auf dem eine Frau mit Locken strahlend Kartoffeln hielt, sicher gehalten im Arm ihres muskulösen Mannes, der in die Ferne sah und dabei die Flagge der Republik im Wind flattern ließ. Zwischen ihren Beinen standen zwei Kinder, die wohl ein bisschen mitgeholfen hatten, denn beide hielten jeweils eine Kartoffel in der Hand. Im Hintergrund eine Armada von Traktoren, die von Bauern mit einbetoniertem Grinsen gefahren wurden – offensichtlich Geistesgestörte, die man als Erntehelfer zwangsverpflichtet hatte.

Wir nahmen uns die Karte. Ich überflog die vier Gerichte.

»Was möchtest du?!«

»Schnitzel mit Kartoffeln und Remoulade. 3 Mark 26. Hast du so viel dabei?!«

»Natürlich. Ich nehme auch das Schnitzel. Und ein Bier.«

»Für mich auch ein Bier.«

Gabi war ihre Sauferei vom Vorabend gar nicht mehr anzumerken. Sie konnte schon wieder. Sie war hart. Die richtige Frau für einen Fußballer. Zumindest für einen, der bei Generator Klein-Körschow spielte. Ich hatte mir schon einen schönen Satz zurechtgelegt, wie ich sie gleich fragen würde. Wir legten unsere Karten weg. Ich sah an die Decke. Es war blendend hell. Eine andere Frau in weißem Kittel kam den langen Weg aus der Küche und lief auf unseren Tisch zu. Ich ärgerte mich jetzt über meine Idee, Gabi an so einem Ort das Heiratsversprechen zu geben. Bartoczek hatte mir vom Vau Vau Vau vorgeschwärmt, wir wollten immer schon mal hierhin und waren extra die 16 Kilometer gefahren. Aber es war weit entfernt von romantisch. Vielleicht sollte ich es doch lieber noch mal verschieben?! Vielleicht selber etwas kochen und meine Familie wegschicken?! Aber das ging mit Tobi natürlich nicht. Wieso musste man bei solchen Gelegenheiten eigentlich immer essen?!

Die Frau erreichte den Tisch. Sie war um die 60. Ich sah zu ihr hoch.

»Guten Abend. Zwei mal Schnitzel mit Kartoffeln und Remoulade – und zwei Bier, bitte.«

Sie sagte nicht »Guten Abend« und schrieb was auf.

»Zwei Bier. Schnitzel ist nicht vorrätig.«

Wir nahmen wieder unsere Karten und sahen erneut hinein.

»Ja, dann ... nehm ich Broiler mit Kartoffeln und Rotkohl.«

»Nicht vorrätig. SBE wäre da.«

SBE hieß Sättigungsbeilagenergänzung und meinte in diesem Fall den Rotkohl. Wir sahen wieder in die Karte. Es blieb noch Würstchen mit Kartoffelsalat oder Soljanka, ein Suppenimport aus den befreundeten Sowjetrepubliken.

»Dann Würstchen mit Kartoffelsalat, bitte.«

»Nicht vorrätig.«

Ich betrachtete die Frau und beschloss, Zeit zu sparen.

»Was ist denn vorrätig?«

»Nur Soljanka.«

»Sonst nichts?«

»Wie gesagt: nur. Ich hab ja *nur* gesagt. Und die SBE.«

»Und das wäre was?«

»Heute Rotkohl.«

»Sonst nichts?«

»Es ist ja die einzige SBE, die wir haben. Auch wenn alles andere da wäre, wäre es Rotkohl.«

Ich nickte.

»Also, Soljanka und Rotkohl. Na ja ...«

Die Frau machte ein vorwurfsvolles Gesicht.

»Es gab Zeiten, in denen wären Menschen in Tränen ausgebrochen, wenn sie so etwas bekommen hätten.«

Es hätte mich nicht gewundert, wenn sie sich gebückt hätte, um mir ein Einschussloch in ihrem Hintern zu zeigen, aus dem ich mir Soljanka zapfen konnte. Gabi sah mich mit diesem Jetzt-sag-bitte-einfach-nichts-dazu-Blick an, aber ich konnte nicht widerstehen.

»Gute Frau, wann waren denn diese tränenreichen Zeiten?«

Gabi verdrehte die Augen und schnaufte. Die Frau sah mich an.

»Im Krieg.«

Ich nickte.

»Welcher denn?!«

»Der Große Vaterländische Krieg, in dem die Republik von den Faschisten befreit wurde.«

Gabi sah Richtung Fenster. Ich überlegte.

»Aber wenn ich richtig informiert bin, gab es da die Republik doch noch gar nicht. Wie soll sie dann also befreit worden sein?! Und Faschisten gibt es doch nur im Westen, beim Klassenfeind. Da können Sie ganz beruhigt sein.«

Die Frau sah mich an.

»Nehmen Sie jetzt eine Soljanka?«

Gabi nickte.

»Gerne. Zweimal, bitte.«

Ich nickte auch.

»Ja. Und zwei Sättigungsbeilagenergänzungen.«

»Was soll das denn sein?!«

»Die SBE.«

»Ach so. Also zweimal Rotkohl.«

Die Frau schrieb das auf und ging weg. Jetzt saßen wir uns wieder alleine gegenüber. Nur wir beide und die andere Frau auf dem Stuhl in dem riesigen Raum. Es war still. Ich sah Gabi an, Gabi sah mich an.

»Ich versteh nicht, wieso du das immer machst!«

»Was?«

»Die Leute so ärgern.«

»Tu ich doch gar nicht.«

»Doch. Konntest du nicht einfach ja oder nein sagen? Das ist doch gar nicht deine Aufgabe. Dafür gibt es andere Organe. Schulen zum Beispiel.«

»Oder Ohren.«

»Jetzt sei ruhig! Können wir uns nicht wie allen anderen auch einfach *nicht* darum kümmern? Wir beide wollten hier nur was essen. Ich will gar nicht über so was reden!«

»Du verstehst mich nicht.«

»Das tut doch sonst auch keiner. Kannst du nicht einfach mal deinen Mund halten?!«

»Ich ...«

»Tu es für mich, bitte.«

Ich sah Gabi an und lächelte. Sie lächelte zurück. Sie war süß. Ich nahm ihre Hand. Ich nickte.

»Gut. Für dich. Aber denken darf ich es.«

»Bitte. Die Gedanken sind frei. Aber ich will nichts mehr hören.«

Da klappte die Tür auf, und ein anderes Paar kam herein. Die Frau an der Tür stand wie ferngesteuert auf und brachte sie mit diebischer Freude in unsere Richtung. Das Ende meines Planes näherte sich. Ich stöhnte. Gabi drehte ihren Kopf zu den Leuten.

»Hättest du im Vorraum einfach deine Jacke abgegeben ...«

Ich sah Gabi an.

»Ja. Tschuldigung ...«

Dann stand das andere Paar mit der weißen Frau an unserem Tisch, und sie mussten sich neben uns setzen. Gabi ließ meine Hand los.

»Tag.«

»Tag.«

»Tag.«

»Tag.«

Die beiden rückten sich zurecht, und einen Moment taten wir alle so, als wären wir immer noch alleine. Die beiden sahen in unsere Speisekarten, die jetzt ihre und damit sozialistische waren, und überlegten, was sie wollten. Ich half ihnen.

»Es gibt leider nur Soljanka.«

Die Frau grinste.

»Schon wieder, na ja. Mit ein bisschen Weißkohl geht das schon.«

»Es gibt aber nur Rotkohl.«

»Letzte Woche hatten sie nur Weißkohl.«

Der Mann, etwa Mitte 30, nickte mir freundlich zu.

»Dann nehmen wir Rotkohl. Gut, dann wissen wir ja, was wir wollen. Soljanka. Eine leckere Suppe. Ich habe sie in der geliebten Sowjetunion schätzen gelernt.«

Er gehörte offensichtlich zu den geistesgestörten Erntehelfern auf dem Wandmosaik. Die beiden legten die Karte hin und sahen am Tisch umher. Die Frau streckte mir plötzlich ihre Hand entgegen.

»Also, ich bin die Maria, und das ist der Dieter.«

Wir nahmen die Hände.

»Hallo, ich bin Gabi.«

»Dieter.«

»Bernd.«

»Tag, Maria.«

»Bernd, hallo.«

»Dieter.«

Maria lächelte in die Runde.

»Ist doch ganz schön, dass wir so zusammensitzen. So lernt man immer nette Leute kennen.«

Ich nickte. Dieter guckte seine Maria an.

»Na ja, nette Leute ... Also, dieser Jürgen da, letzte Woche, also ...«

Maria nickte.

»Hans-Jürgen hieß der. Richtig, der war schon ...«

Gabi und ich betrachteten die beiden voller Erwartung. Maria lehnte sich vor und sprach etwas leiser.

»Hans-Jürgen Kostrumolka. Kennt ihr den?!«

Ich schüttelte den Kopf.

»Wir sind eigentlich nicht wirklich von hier.«

»Ach? Und da fahrt ihr den langen Weg?! Komisch ...«

Dieter fand es auch komisch, obwohl weder er noch Maria wussten, woher wir kamen und wie lang unser Weg denn nun eigentlich gewesen war. Aber komisch war es schon, nicht von hier zu sein und hierherzufahren. Da hatten sie natürlich recht. Und unser Weg war dadurch, dass wir nicht von hier kamen, natürlich logischerweise ein langer Weg im Vergleich zu ihrem Weg. Das leuchtete mir auch sofort ein.

»Jedenfalls, der Hans-Jürgen. Hans-Jürgen Kostrumolka …«

Dieter zeigte mit dem Daumen über seine Schulter.

»Wohnt hier in der Fünf …«

Maria senkte die Stimme.

»Na ja, eindeutige Angebote und so, nicht wahr …«

Dieter nickte.

»Und das, während ich mit am Tisch saß …«

»Na ja, der meinte schon uns beide.«

Beide sahen uns an und erwarteten jetzt eine ordnungsgemäße Empörung. Gabi schüttelte dann auch fassungslos den Kopf. Ich hatte dazu aber gar keine Lust. Ich wollte einfach nur, dass sie wieder gingen. Ich wollte meine Gabi fragen, ob sie mich heiraten will, und ihr dann feierlich den Gutschein übergeben. Der ganze Abend war im Eimer. Hier waren mindestens 400 freie Plätze, warum mussten diese Schwachköpfe unbedingt zu uns gesetzt werden?!

»Scheiße!«

Dieter nickte.

»Das stimmt. So kann man das auch sagen. Und wollt ihr wissen, was das für Angebote waren?!«

Maria tätschelte Dieters Hand.

»Komm, lass gut sein, wir wollen ja, dass die Soljanka nachher auch noch schmeckt, nicht wahr?!«

Sie lachelte in die Runde.

Ich sah Gabi an, ich sah Dieter an.

»Ich würd es schon gerne wissen, was das für Angebote waren.«

Gabi schnaufte.

»Bernd, bitte!«

»Wieso denn nicht?! Dieter hat uns doch gerade gefragt.«

»Denk mal an dein Versprechen von gerade.«

Maria lehnte sich vor.

»Ach so, ein Versprechen? Also das würde mich jetzt auch interessieren ...«

Dieter nickte mir bestätigend zu. Er wollte es auch wissen.

Und während ich versuchte, diesen wildfremden Menschen zu erklären, worüber wir gerade gesprochen hatten, ohne dabei das Geringste zu verraten, und wir im Gegenzug kopfschüttelnd die perversen Details von Hans-Jürgens Angebot erfuhren, beschloss ich, dass es besser wäre, die Sache mit dem Ringgutschein zu verschieben. Unsere Soljanka mit Rotkohl kam, ich löffelte, stocherte, hörte sicherheitshalber nicht mehr zu und musste dann an Fichtelbier denken. Ich ärgerte mich über meinen Besuch bei ihm. Ich hatte nichts erreicht. Fichtelbier konnte mich mal! Alles immer klein, kleiner, Klein-Körschow!

Morgen würde ich zum See runtergehen und mit diesem Zillech sprechen, Fichtelbiers direktem Vorgesetzten. Einfach klopfen, mich vorstellen und ihm die Sache erklären. Warum nicht?! Was sollte groß passieren?! Vielleicht war er ja ganz nett? Vielleicht kannte er ja einen Klubtrainer, der ihm noch was schuldete, weil sie gemeinsam dessen Frau im Betonfundament seiner Datsche versenkt hatten und sie dann offiziell zum Republikflüchtling umdeklariert worden war?! Selbst wenn es danach wirklich »ungemütlich« würde, wie Fichtelbier gedroht hatte. Ich sah in die Gesichter von unseren Sitznachbarn, die schon ganz vergessen hatten, dass uns bei ihrer Geschichte eventuell der Appetit vergehen würde, betrachtete das schwachsinnige Mosaik an der Wand, sah die weißen Kittelschürzen dieser alten, unfreundlichen Frauen, die mitsamt ihrer Uniformen vom Krankenhaus verliehen wurden, und betrachtete das grelle Licht unter der Decke im BWR vom VVV, das meine SBE beleuchtete. Alles erschien mir besser als das hier. Es konnte gar nicht ungemütlicher werden.

16

Als ich Zillechs Datsche durch die Blätter erahnen konnte, stieg ich ab und stellte mein Rad an einen Baum. Es war 11 Uhr am Sonntag. Ich lief auf den Eingang zu. Die frischen Blätter der Buchen schoben sich mit jedem meiner Schritte weiter nach oben, die graue Hauswand dahinter wurde immer größer. In der Einfahrt stand ein neuer Wartburg. Oder nur gut gepflegt. Berliner Kennzeichen. Daneben ein in Plaste verpackter Steinhaufen. So etwas hatte ich noch nie gesehen. Steine in Plaste gewickelt! Was für ein Blödsinn! Ganz klar Westware! Daneben lagen Regenrinnen und Latten, von denen mein Vater nur träumen konnte. Schließlich stand ich direkt an der Tür. Es roch nach frischer Farbe. Ziemlich versteckt hier. Ich war aufgeregt. Mein Herz klopfte. Ich klingelte. Stille. Ich klingelte noch mal. Schritte. Die Tür öffnete sich, und Zillech erschien. Er musterte mich. Zillech war etwa 60 Jahre alt, hager und klein.

»Guten Tag. Was gibt es?«

»Tag. Bernd Stühler. Ich bin der Spielmacher bei Generator Klein-Körschow.«

Zillech reichte mir die Hand. Ich gab ihm meine. Er nahm sie. Ich war nervös. Meine Hand war kalt und feucht. Zillech grinste.

»Warum denn so nervös, junger Mann?«

»Bin ich doch gar nicht.«

Zillech lächelte milde. Er nahm seine Hand neben sein Gesicht und ballte sie zur Faust, entspannte sie wieder, ballte sie zur Faust, entspannte sie wieder.

»Mach mal so, das hilft.«

Ich machte es ihm nach.

»Siehst du? Gut, oder?!«

Ich betrachtete meine pulsierende Hand und nickte.

»Nimm beide!«

Ich nahm die andere Hand auch hoch und pumpte sie. Es wirkte tatsächlich. Nach einer Weile nahm ich sie wieder runter. Zillech sah mich an.

»Also, junger Mann. Was führt Sie an diesen gottverlassenen Ort?«

»Meinen Sie Klein-Körschow – Ihr Haus – oder die DDR?«

Zillech war einen langen Moment still. Dann lachte er.

»Alles drei.«

Er lachte wieder.

»Also?«

Ich räusperte mich und stellte mich gerade hin.

»Ja. Ich habe eine Idee zur 30-Jahr-Feier unserer Republik im Bezirk 223 und wollte das mit Ihnen besprechen.«

»Ah, verstehe. Mit mir? Na, dann komm mal rein.«

»Danke.«

Zillech öffnete die Tür und ließ mich mit einem Lächeln herein. Sein Blick streifte einmal über den Wald. Er guckte, ob ich auch alleine gekommen war. Wir betraten den Flur, Zillech stellte sich in den Weg und schob mich gleich ins erste Zimmer hinein. Offensichtlich war das Zimmer extra so gelegen, damit man nicht den Rest des Hauses betreten musste. Es war ein kleiner Besprechungsraum mit einem schäbigen Tisch und ein paar alten Stühlen. Es hingen ein paar unpolitische Landschaftsbilder herum. Der Teppich war abgetreten. Es war zu warm und roch nach alten Socken.

»Setzen Sie sich.«

»Danke.«

Wir setzten uns. Der Tisch roch nach seinem letzten alten Lappen. Eingetrocknete Blasenspuren zogen sich geschwungen über den Lack. Zillech setzte sich mir gegenüber, vor das Fenster. Ich konnte sein Gesicht gegen den hellen Wald dahinter kaum erkennen.

»So. Bernd Stühler. Was hast du denn für eine Idee? Ich darf doch Du sagen?«

Ich nickte.

»Natürlich. Gerne. Ja, wie fange ich an?!«

Ich musste wirklich kurz nachdenken.

»Also, wir, also mein Verein Generator Klein-Körschow, wollen zur Feier des 30. Jahrestags unserer Republik ein Fußballspiel auf die Beine stellen. Gegen die befreundeten Sowjetvölker aus den Kasernen.«

»Ach du Schreck. Na ja. Sehr löblich. Das wird auch Genosse Fichtelbier freuen.«

Zillech räusperte sich, rückte sich zurecht und sah mich an.

»Also gut. Ja. Ich finde das auch gut, das mit dem Spiel. Toll. Jedenfalls danke ich dir, dass du mich informiert hast.«

Er machte Anstalten, wieder aufzustehen. Ich blieb sitzen. Ich nahm meine Hände vom Tisch, damit sie nicht den Geruch der muffigen Platte annahmen, und sprach einfach weiter.

»... also es soll ein großes Fest werden, und wir möchten gerne alle Ligatrainer, vielleicht sogar den Nationaltrainer und – natürlich nur wenn sie Lust haben – einige Vertreter des ZK dazu einladen. Vielleicht sogar den Botschafter der UdSSR.«

Zillech lachte los.

»Entschuldige. Das ist ...«

Er lachte weiter.

»... das ist einfach zu blöd. Köstlich!«

Zillech räusperte sich erneut und nahm wieder Haltung an.

»Guck mal, wenn du sagen würdest, du verkaufst mir eine Holzskulptur, dann würde ich sie kaufen, um deine Sache zu unterstützen. Ehrlich. Dabei hasse ich Holzskulpturen. So etwas würde ich mir niemals aufstellen. Nie!«

Ich zuckte mit den Achseln.

»Wieso nicht? Die können doch ganz schön sein.«

Zillech beugte sich vor.

»Können sie eben nicht! Sie platzen alle auf, außerdem können die immer höchstens nur so dick sein wie der Stamm, das ist alles Scheiße. Dieser Müll, den die uns in Berlin in die Gärten stellen!«

Ich nickte.

»Da stimme ich Ihnen zu. Das ist wirklich oft ziemlicher Mist. Auch inhaltlich. Nicht nur vom Material.«

Zillech nickte zufrieden.

»Schön, dass du das auch so siehst. So wie du redest, solltest du an die Kunsthochschule gehen und Arbeiter malen, statt deine Zeit mit Fußball zu verplempern. Dein Spann ist dafür sowieso zu kurz. Wenn ich das gerade richtig gesehen habe …«

Er guckte kurz unter den Tisch und kam mit rotem Kopf wieder hervor.

»Ja. Zu kurz. Und Schuhgröße 44, richtig?«

Ich nickte.

»Das stimmt. Gut geschätzt.«

»Das hab ich nicht geschätzt. Das hab ich gesehen.«

Zillech nickte sich selber zu.

»Also. Was ich sagen will. So schätze ich auch eure Idee ein. Wie mit dem Holz. Niemand wird hierherkommen, und ich habe hier zu arbeiten, also kann ich mich nicht darum kümmern, denn das ist es ja, was du willst?«

Ich nickte.

»Ja. Das fänden wir toll. Also ich und mein ganzer Klub, von dem ich Sie übrigens herzlich grüßen soll. Viele junge Menschen, bereit, am Aufbau mitzuwirken!«

»Junge, kein Mensch …«

Er machte eine Pause und sah mich an.

»Egal, danke. Meint ihr, ich faulenze hier am See? Außerdem komm ich eher von der medizinischen Seite. Ich kenn sogar Fußballer. Und Kugelstoßer, Speerwerfer, Schwimmer. Alle. Mit meiner Hilfe könnte selbst dein einbeiniger Trainer für die Nationalmannschaft spielen. Nur mit einem Bein und seinen 30 Kilo Übergewicht. Aber nur fünf Minuten. Danach wäre er tot.«

Ich schob meine Hände unter die Oberschenkel.

»Sie kennen Jeschkat?«

Zillech nickte.

»Natürlich. Ich habe alles aufmerksam und pflichtbewusst gelesen. Leg diesen Jeschkat auf meine Pritsche, und ich hau ihm das richtige …«

Er hörte abrupt auf zu reden. Ich wartete darauf, dass er weiterreden würde, aber er schwieg nur lange. Dann tippte er auf den Tisch.

»Gut. Also leider kann ich da nichts machen. Was sagt denn Genosse Fichtelbier dazu? Zu deiner Idee.«

Ich schüttelte den Kopf.

»Er wird mir helfen, das Spiel zu organisieren, aber er hat keine Kontakte zu den Trainern.«

Zillech lachte.

»Oh Mann, Fichtelbier. Mit seiner PMST. Der Arme.«

»PMST?«

»Person mit selbstschädigendem Trinkverhalten – so nennen wir Mediziner das. Obwohl das eher … Na ja. Der Begriff kommt aus den Reihen unserer sozialpsychologischen Bezirksbetreuungssekretäre … Die benutzen den. Na ja, also gut, dass du es trotzdem getan hast. Hierherzukommen. So weißt du, dass es keinen Sinn macht. Klarheit ist oft besser, als ewig einer diffusen Idee hinterherzutrauern. Das müssen meine Patienten jeden Tag erleben.«

Ich sah ihn schweigend an. Er schwieg auch. Offensichtlich wollte er mir etwas Zeit geben, um mich langsam an die tödliche Erkrankung meiner Idee zu gewöhnen. Zillech faltete die Hände.

»Darf ich euch einen ehrlichen Tipp geben? Blast es ab. Das ist alles Blödsinn. Kommt nächsten Monat nach Berlin und reiht euch in die Aufmärsche ein. Da werden so Leute wie ihr gebraucht. Eine tolle Kaderdelegation aus Klein-Körschow! Das wäre doch wunderbar! Inmitten von Tausenden anderen, für sich genommen, unwichtigen Dörfern.«

Ich sah im Zimmer umher. Ich musste meine Strategie ändern. Sie hatten alle Angst. Offensichtlich ging es nur in kleinen Schritten. Erst musste es das Spiel geben. Wenn es das Spiel gab, konnte es Gäste geben. Wenn es Gäste gab, konnte es wichtige

Gäste geben. Wenn es wichtige Gäste gab, würde das Spiel wichtig werden. Eins nach dem anderen. Ich schüttelte den Kopf.

»Ich … äh … Vielleicht vergessen wir das mit den Trainern und dem ZK und spielen einfach gegen die Jungs aus der Kaserne. Ein paar Würste, ein paar Bier.«

Zillechs Blick hellte sich sofort auf.

»Und Luftballons! Das ist auch immer gut! Ich kann Fichtelbier eine Kiste zukommen lassen. Exportluftballons. Ich werde ihn mal anrufen. Und jetzt …«

Zillech schob seinen Stuhl nach hinten. Er klatschte in die Hände.

»Feierabend!«

Er hatte angebissen.

17

Mein Vater wurde 53, und wir hatten Besuch. Tante Marie, Onkel Günther und ihre drei Söhne waren gekommen, wie jedes Jahr zu jedem Geburtstag von jedem von uns – außer zu Tobis, weil, da war ja immer Republikfeier, und alle waren schwer beschäftigt. Unsere Geburtstage waren weniger wichtig, aber Onkel Günther und mein Vater konnten die Tage intensiv für diverse Tausch- und Organisationstouren nutzen. Es war eine fruchtbare Verbindung, denn an der Ostsee gab es oft Sachen, die bei uns fehlten, und umgekehrt. Es hatte aber noch einen ganz anderen Vorteil. Dadurch dachten die beiden Schwager nämlich, sie wären Freunde. Ohne die gemeinsamen Tausch- und Organisieraktionen hätten mein Vater und Onkel Günther schnell irgendwann festgestellt, dass sie sich eigentlich gar nicht leiden konnten.

Meine Gabi war auch da, natürlich, sie gehörte ja schon zur Familie. Tante Marie machte mit meiner Mutter gemeinsam den Abwasch, eine Tätigkeit, der das immer gleiche Ritual vorausging: Meine Mutter begann abzuräumen, und Tante Marie sprang auf.

»Warte, ich helf dir grad.«

»Nein, ach, lass doch.«

»Nein, nein, es macht mir grad nichts aus. Ich helf dir gern.«

»Aber das brauchst du doch nicht.«

»Komm, lass mich doch grad.«

Da hatte sie schon ein paar Teller in der Hand, und ihre Mithilfe war dadurch unumkehrbar begonnen worden. Das »Bitte lass doch«-»Nein, ich mach es doch grad gern«-Gespräch ging in die zweite Runde, und schließlich war der Tisch krümelfrei und beide Frauen in der Küche verschwunden. Ich vermute, das ganze Getue war Tarnung, um endlich aus dem Dunstkreis der Männer zu kommen und mal ein ernstes Wörtchen unter vier Augen über diese Idioten sprechen zu können. Denn als wir einmal bei Tante Marie und Onkel Günther an der Ostsee waren, war es genauso, nur umgekehrt. Das heißt, meine Mutter zwang Tante Marie ihre Hilfe auf, die diese völlig chancenlos abzulehnen versuchte. Dann waren die beiden Schwestern in der Küche verschwunden und tauchten für Stunden nicht mehr auf.

Tobi lag im Sessel und döste ständig weg. Er hatte keinen guten Tag gehabt. Ich stand auf, um ihn ins Bett zu bringen. Das war selbstverständlich, wenn wir Gäste hatten. Ich schüttelte ihn sanft wach. Tobi sah mich an und raffte sich aus dem Sessel hoch. Er warf den Kopf in den Nacken und grunzte. Ich griff ihm unter die Arme und stützte ihn. Mein Vater stand auf und küsste Tobi zur guten Nacht. Onkel Günther nickte ihm aus sicherer Entfernung zu. Wir friemelten uns in die falsche Treppe hinein, drehten uns nach oben, stiegen oben wieder aus. Tobi lachte jedes Mal. Für ihn war die Treppe ideal. Er wurde wach und bekam gute Laune. Ich setzte ihn aufs Klo, machte ihn sauber und putzte ihm die Zähne. Ich zog ihn aus, zog ihm seinen Schlafanzug an und legte ihn hin. Er sah mich an. Ich nickte ihm zu und strich ihm über die Haare.

»Schlaf gut. An deinem Geburtstag machen wir ein tolles Spiel.«

Er sah mich an, lächelte und nickte. Dann schnaufte er, schloss die Augen und war auch schon eingeschlafen.

18

Als ich wieder unsere Falschrum-Wendeltreppe herunterkam, saß mein Vater in der Ecke und rauchte eine Zigarre, was er nur alle Jubeljahre tat. Und natürlich auch nur dann, wenn Tobi im Bett war. Weniger wegen der Gesundheit, sondern weil Tobi sich darüber aufregte und auch gar nicht mehr damit aufhörte, bis die letzte Zigarette in seiner Umgebung gelöscht war. Es war ein Tick von ihm. Vor dem Unfall hat ihn das nicht interessiert. Ich glaube, seither hatte er Angst vor der Glut und dem Feuer.

Ich setzte mich zu Gabi aufs Sofa. Onkel Günther stellte sich mit seinem Schnapsglas vor uns auf und dozierte. Gabi hatte sich in meinen Arm gekuschelt. Thema von Onkel Günthers interessantem Vortrag: Wie ich letzten Herbst gemeinsam mit deinem Vater an wirklich gutes Kaminholz gekommen bin!

»... also, ich fahr da vorbei, Montagmittag, kurz vor der Parteiversammlung, Scheißmontag, und der garantiert mir eine Holzfeuchte von höchstens 18 Prozent. Ich dachte, gut, wollen wir mal sehen. Das sind zwei Prozent weniger als bei VEB Forstwald Küstenwald. Zumindest sagte der Walter das immer. Walter kennt ihr doch, der, der jetzt tot ist.«

Mein Vater nickte.

»Ach, der ist tot? Ja, klar kenn ich den.«

Onkel Günther nickte.

»Ja. Der ist tot. Also, wollen wir mal sehen. Gut, dachte ich, kann ja funktionieren. Also erst haben dein Vater und ich anderes Holz geholt, unsere alte Quelle, auf dem Laster vom Kombinat ...?«

Mein Vater ergänzte.

»*Ewige Freundschaft mit den Sowjetvölkern.*«

Günther nickte.

»Richtig. ... Und haben die ganze Fläche vollgeladen und dem Fahrer ...?«

Mein Vater ergänzte.

»Major Kremplin.«

»Richtig. Dem Major Kremplin haben wir einen Festmeter abgegeben, das hat man kaum gesehen, als der weg war, und, hihi, dafür hat er mir das Holz bis in den Keller gebracht. Und ... jetzt brennt's, sag ich euch! Da kommt dir eine Wärme entgegen! Letzten Winter: Draußen minus 18 Grad, auf der Ostsee turnen schon die ersten Eisschollen, und in der Bude locker 22, 23 Grad. Auch oben in den Kinderzimmern. Das schaffst du mit Braunkohle nicht!«

Günther sah zu meinem Vater, mein Vater spuckte einen Zigarrenfussel von der Unterlippe und nickte.

»Schaffst du nicht mit Braunkohle. Mit Braunkohle nicht.«

Gabi nickte.

»Wir auch nicht.«

Ich nickte.

»Ich auch nicht.«

Mein Vater paffte.

»Günther, schreib mir doch mal die Adresse vom VEB Forstwald Küstendings auf, dann fahr ich da am Mittwoch mal vorbei und frag die, wie's dieses Jahr mit der Holzfeuchte aussieht. Da müssen Wewering und ich eh nach Laubestedt, wegen den Drahtrollen für Hartmanns Boot.«

»Hartmanns Boot« war auch so ein Begriff, der mich seit Jahren verfolgte. In regelmäßigen Abständen ging es um »Hartmanns Boot«.

Ich kannte weder Hartmann, noch kannte ich sein Boot. Unser kleiner Nachbarsjunge rannte draußen mit meinen kleinen Cousins unter den Laternen herum, und ihr Geschrei wurde Onkel Günther zu laut. Er machte das Fenster zu und lief zum Tisch, um für meinen Vater die Adresse von VEB Forstwald Küstendings aufzuschreiben. Währenddessen begann er zu sprechen, ohne uns anzusehen.

»Bernd und Gabi. Sagt mal, seid ihr eigentlich schon verlobt?«

Mein Vater blickte unauffällig drein, aber ich wusste, dass er es war, der Onkel Günther gebeten hatte, das Thema anzusprechen.

Gabi sah mich an.

»Was ist? Sind wir eigentlich schon verlobt?«

Mein Vater und Onkel Günther lachten. Ich sah Gabi an.

»Na ja. Irgendwie schon.«

Onkel Günther steckte meinem Vater den Zettel zu und ging zum Schrank.

»Na, das ist doch ein Grund zum Feiern!«

Er holte Schnapsgläser aus dem Schrank, stellte sie in einer Reihe auf den Tisch und goss sie voll.

Gabi sah mich fragend an.

Ich überlegte, wo ich den Ringgutschein hingelegt hatte, und nickte. Dann küsste ich sie. Sie küsste mich zurück. Mein Vater hatte uns dabei beobachtet.

»Gerda! Marie! Kommt doch mal rein!«

Onkel Günther verteilte die Gläser, und wir standen auf.

»Gerda! Marie!«

Die Tür ging auf, und meine Mutter und Tante Marie kamen rein. Gabi hielt ihr Glas und nahm meine freie Hand.

Meine Mutter sah die Gläser in unseren Händen.

»Gibt's was zu feiern?«

Onkel Günther reichte den Frauen ihren Schnaps in den tropfenden Gläsern.

Man konnte nicht genau erkennen, ob er sich über unsere Verlobung freute oder darüber, dass jetzt alle endlich Schnaps trinken würden.

»Der Bernd und die Gabi haben sich gerade verlobt!«

Meine Mutter bekam feuchte Augen und umarmte erst mich, dann umarmte sie Gabi.

»Willkommen, mein Schatz ...«

Gabi drückte sie.

»Danke ... Mutter?!«

Alle lachten.

Auch Tante Marie war ganz selig. Der ganze Raum war erfüllt von »Ach« und »Oh, wie schön«, »Mensch, Gabi!«, »Herzlichen Glückwunsch, Bernd!« und »Ach, ihr beiden«. Schließlich stießen wir alle an. Mein Vater hob die Arme wie ein Dirigent.

»Ein Toast! Wartet! Halt! Ein Toast!«

Alle standen mit ihren Schnäpsen und warteten. Mein Vater hob an.

»Lieber Bernd, mein jüngster Sohn. Wir freuen uns, dass du uns so eine liebe Schwiegertochter ins Haus bringen wirst! Gabi, die ja schon etwas länger praktisch zur Familie gehört, ist uns immer willkommen gewesen! Zum Glück ist es ja nicht mehr wie früher! Selbstverständlich könnt ihr bei eurer Hochzeit auf unsere volle Unterstützung zählen, finanziell ...«

Onkel Günther nickte.

»Bravo!«

»... und besonders natürlich auch vom Kombinat, wo ich ja schon so einiges für uns organisieren konnte!«

Alle lachten.

»Aber es gibt auch ein paar Dinge, Bernd, Gabi, die wir, dein Vater und deine Mutter ...«

Er wandte sich zu Gabi.

»... – deine zukünftigen lieben Schwiegereltern – euch aus ihrer Erfahrung noch mit auf den Weg geben wollen ...«

Onkel Günther nickte.

»Bravo!!«

Mein Vater sah in die Runde.

»Wenn zwei junge Menschen sich auf lange Zeit verbinden, dann kann es schon das ein oder andere Mal sein, dass ...«

Da klingelte es. Alle lachten. Meine Mutter stieß mit mir und Gabi an. Mein Vater war erleichtert, dass er um den komplizierten Teil seiner Ansprache herumkam, und hob ebenfalls sein Glas.

»Also dann. Alles Gute euch beiden!«

»Alles Gute!«

Wir stießen alle noch mal an und kippten die Schnäpse herunter. Es klingelte wieder. Meine Mutter umarmte erst Gabi, dann mich, und mein Vater lief zur Tür, um zu öffnen.

19

Fichtelbier kam herein und war ganz aufgeregt. Ich dachte, jetzt kommt das, was er mit »ungemütlich« bezeichnet hatte, und machte mich hinter Gabi so klein es ging. Unsere Aufstellung mit den Schnapsgläsern kam Fichtelbier gerade recht. Er betrachtete meinen Vater.

»Lieber Genosse Wilhelm, dein Sohn ist ein Held!«

Er legte eine Kunstpause ein, bis sich bei allen Anwesenden ein neugieriges Gesicht eingestellt hatte. Ich kam langsam wieder aus meinem Versteck hoch. Fichtelbier konnte sich nicht zwischen getragener Feierlichkeit und Schnell-die-aufregende-Neuigkeit-Erzählen entscheiden, und so kam ein merkwürdiges, atemloses Tremolo dabei heraus.

»Ich glaube, selbst wenn ihr einen Telefonanschluss hättet, auch dann wäre ich lieber persönlich gekommen. Bernd, stell dir vor: Der Zillech hat mich angerufen!«

Meine Mutter sah ihn fragend an.

»Wer ist denn Zillech?«

Onkel Günther brüllte.

»Das ist doch jetzt egal! Lass den Mann doch mal reden!«

»... und Zillech unterstützt dich bei deiner Idee zum 30. Jahrestag der Gründung unserer Republik! Er hat mir eine Kiste Luftballons zugesagt! Stell dir vor! In Klein-Körschow!«

Ich setzte mich ins Sofa. Es funktionierte! Noch war ich nicht besonders weit, aber es war ein Anfang! Oben musste man anfangen. Onkel Günther lachte dröhnend.

»Guckt euch das an! Da muss er sich erst mal setzen! Komm, Junge!«

Onkel Günther goss mir und sich noch einen Schnaps ein. Gabi setzte sich zu mir, strich mir über das Haar, und alle hörten aufgeregt Fichtelbier zu, wie er umständlich meinen Plan zum Besten gab. Unter Auslassung meiner eigentlichen Motivation natürlich, das große Spiel für Tobi, von dem er ja nichts wusste. Fichtelbier hatte jetzt auch einen Schnaps in der Hand und konnte sich gar nicht mehr beruhigen.

»... und, liebe Leute, Genosse Wilhelm, Gerda, es gab ja einen Zeitpunkt, da dachte ich, also ganz ehrlich, dass aus dem Bernd nichts werden würde, außer gesellschaftliche Kraft für besondere Anlässe. Keine Massenorganisation, immer seinen eigenen Kopf, immer noch 'ne Frage und noch 'ne Frage, konnte nie seine – Entschuldigung – Schnauze halten ...«

Alle lachten. Gabi stimmte nickend zu.

»Wenn ich allein daran denke, als dieser Kadersekretär von der Bezirkskunsthochschule Berlin bei mir angerufen hat! War das unangenehm!«

Meine Eltern grinsten schief. Tante Marie betrachtete sie.

»Davon habt ihr uns ja gar nichts erzählt.«

Meine Eltern grinsten noch schiefer, und alle lachten. Onkel Günther kippte seinen Schnaps und brüllte gleich wieder los.

»Jetzt halt doch mal den Rand! Das werden sie schon noch! Wir müssen auch nicht alles wissen!«

Fichtelbier holte wieder Luft.

»Aber das, Bernd! Das hier ist großartig! Was du hier geleistet hast! Für uns alle, für jeden Werktätigen in Klein-Körschow und auch für unsere Freundschaft mit den Sowjetvölkern! Ich habe schon mit Major Wadrilijanokowitsch gesprochen. Schon nächsten Sonntag findet das Testspiel statt!«

Ich sah Fichtelbier an.

»Testspiel? Was für ein Testspiel?«

Fichtelbier nickte schräg.

»Na ja. Genosse Major Wadrilijanokowitsch besteht auf einem Testspiel. Also machen wir ein Testspiel.«

Ich sah zu ihm hoch.

»Aber was soll denn da getestet werden, Genosse Fichtelbier?«

Darüber hatte Fichtelbier noch keine Sekunde nachgedacht. Einen Moment wusste er gar nicht, was er sagen sollte. Dann zuckte er mit den Achseln.

»Tja, die Sicherheit, denke ich. Natürlich. Die Sicherheit! Die kaputte Tribüne. Was sonst?! Um das Spiel selber kann es ja nicht gehen. Das wird ja eine große Veranstaltung! Das ganze Dorf wird kommen!«

Onkel Günther hob sein Schnapsglas.

»Das ist doch egal! Die haut ihr doch weg, den scheiß Wadrilli und seine russischen Arschlöcher! Vorwärts, Generator Klein-Körschow!«

Fichtelbier nickte glücklich in die Runde. Gabi sah strahlend hin und her. Meine Eltern platzten vor Stolz. Dann sahen alle zu mir aufs Sofa herunter, hoben ihre Gläser und brüllten.

»VORWÄRTS, GENERATOR KLEIN-KÖRSCHOW!«

20

Ich stand mit ein paar Jungs im Umkleidehäuschen, und es wurde gestrichen. Eine kleine Delegation hatte sich angekündigt, um mit uns das Testspiel zu besprechen, und alles sollte schön aussehen. Jeschkat hatte mich zur Begrüßung umarmt und mir mit Tränen in den Augen gedankt. Jeder in Klein-Körschow redete von dem Fußballspiel und von mir. Ich musste noch mit Jeschkat sprechen, wie wir Tobi mitspielen lassen konnten. Tobi war ja noch offizielles Mitglied unserer Mannschaft. Aber nicht heute. Eins nach dem anderen.

Erst musste das Ganze noch an Bedeutung gewinnen. Es musste groß werden! Zur Zeit war es nur ein Spiel für Klein-Körschow und ein paar handverlesene Sowjetsoldaten. Das bedeutete Würstchen, Bier, Schnaps, Exportluftballons, jede Menge Langeweile ohne

Prominenz, später vielleicht eine Schlägerei. Ich hatte etwas anderes im Kopf, und ich wusste auch, wie ich es hinkriegen konnte.

Es war Dienstag, und wir hatten für die Streichaktion alle frei bekommen. Fichtelbier hatte uns weiße Farbe vorbeigebracht, deren Qualität Jeschkat restlos begeisterte. Wir mussten schön dünn pinseln, damit er sich einen Eimer für zu Hause abzweigen konnte. Die Umkleidebänke waren in der Mitte des Raumes zusammengeschoben, und da hockte Jeschkat mit seinen Krücken, überwachte alles und staunte kopfschüttelnd über das frische Weiß, dass sich langsam ausbreitete. Dann zeigte er über die Tür.

»Jungs, da fehlt noch was.«

Wir sahen hin.

»Was denn, Jeschkat?!«

»Ein Bild. Ein Bild von unserem Parteivorsitzenden. Oder ein Spruchband. Vielleicht irgendwas mit UdSSR ...«

Wir alle betrachteten die leere weiße Stelle über der Tür.

»Bernd, habt ihr nicht irgendwas Schönes im Lager?!«

Ich überlegte.

»Bartoczek malt gerade einen Panzer, wo ein Russe rausguckt, der unsere Kinder beschützt. Das kommt über den Eingang vom Kindergarten.«

»Wunderbar! Hol es! Wir wollen es ja nur ausleihen.«

»Nein, Jeschkat, das ist viel zu groß. Bestimmt drei mal ein Meter. Ich hab da noch einen Mann mit dicker Brille in nem Rahmen, ist aber nicht Honecker.«

»Auch gut. Bestimmt Stoph. Hol den. Die Scheißrussen kennen die sowieso nicht. Los!«

21

Ich hatte das Porträt und den Rahmen mit Terpentin sauber gewischt und unter den Arm geklemmt. In einer Schublade hatte ich noch ein rotes Spruchband gefunden. *Vereinigt euch im Kampf gegen die schreckliche Tuberkulose,* stand dadrauf. Es war etwas staubig, aber ich fand, es passte perfekt in eine Umkleidekabine. Vor allem das *Vereinigt euch im Kampf gegen.* Man konnte es wunderbar unter das Porträt hängen, und die Russen konnten es eh nicht lesen, wenn überhaupt einer von ihnen in die Kabine kam. Und jeder, der es lesen konnte, konnte dem nur zustimmen. Das war ja immer das Schöne an unseren Schildern. Man konnte einfach immer zustimmen und entspannt weitergehen. Und man ging danach immer etwas beruhigter durch das sozialistische Leben als vorher. Alles würde gut werden! – Nein, alles *war* bereits gut! Zumindest war es immer besser als vorher!

Jetzt radelte ich mit dem Porträt und dem zusammengewickelten Spruchband in der Tasche durch das sonnige, stille Klein-Körschow zurück und dachte darüber nach, wie ich Tobi mitspielen lassen konnte. Er konnte ja nicht mehr richtig mitspielen. Aber vielleicht konnte er noch Elfmeter schießen?! Das war eine gute Idee! Vielleicht bekamen wir ja einen. Ich drehte mein Rad und fuhr zu uns nach Hause. Jeschkat konnte warten.

Tobi saß im Wohnzimmer. Ich ging zu ihm. Er sah mich an.

»Komm mal mit.«

Tobi schüttelte den Kopf.

»Nein, nicht ins Bett. In den Garten. Wir müssen was ausprobieren!«

Tobi ließ sich hochhelfen und wackelte neben mir in den Garten. Ich stellte ihn ab, er legte seinen Kopf in den Nacken und sah sich im Himmel um. So konnte er stundenlang herumstehen. Wenn es anfing zu regnen, musste man ihn reinholen, sonst wurde er nass. Ich suchte und fand einen alten Ball im Gebüsch. Es fehlte Luft, er war vergilbt, aber irgendwie war es ein Ball. Ich legte ihn Tobi vor den Fuß. Tobi hatte immer noch seinen Kopf in den Nacken gelegt und sah in den Himmel. Ich tippte ihn an.

»Komm, schieß mal.«

Tobi sah zu mir, ich zeigte auf den Ball, Tobi sah zum Ball hinunter.

»Schieß!«

Nichts passierte. Ich klopfte Tobi auf sein Bein.

»Schieß!«

Tobi lachte sein tonloses Lachen. Dann trat er mit voller Wucht gegen den Ball. Der Ball flog in hohem Bogen davon. Es hatte funktioniert! Ich sprang Tobi in den Arm und jubelte!

»Jaaaaah!«

Tobi legte wieder seinen Kopf in den Nacken und grunzte. Ich betrachtete ihn. Mit meiner Hilfe konnte er es! Ich legte meinen Kopf auf seine Brust und klopfte ihm auf den Rücken. Er war der Beste! Vielleicht würde er auch einfach gesund bleiben und steinalt werden!

22

Wir saßen alle wie Hühner auf der Stange in unserer frisch gestrichenen Umkleide. Sie würde noch wochenlang nach frischer Farbe riechen. Der kleine Uli, unser Abwehrchef, stand an der Tür und schielte durch einen Spalt nach draußen. Über der Tür wurde jetzt zum vereinigten Kampf gegen die schreckliche Tuberkulose aufgerufen. Es musste also mindestens zwei Sorten Tuberkulose geben, wenn nicht sogar drei. Eine schreckliche und eine vielleicht nicht ganz so schreckliche und bestimmt auch eine grausame. Wer weiß.

»Sie kommen!«

Uli rannte auf seinen Platz, die Tür fiel zu, und wir alle setzten uns gerade hin. Jeschkat stand als Einziger im Raum, zwischen seinen Krücken. Dann ging die Tür auf, und mit Fichtelbier kamen zwei Männer aus der Sonne zu uns hereingelaufen.

Fichtelbier nickte in die Runde. Ein Mann stand nur schweigend rum, nickte und sah sich alles genau an. Der andere Mann stellte sich vor uns auf. Er gab Jeschkat die Hand, ohne sich vorzustellen. Dann sah er in die Runde.

»Können wir mal ein Fenster aufmachen? Das riecht ja hier wie im Farbkombinat Meißelsteiner Buntlack.«

Unser Torwart Timmi sprang auf, streckte sich zu den Oberlichtern und klappte sie auf. Fichtelbier ging ein paar Schritte zur Tür zurück, öffnete sie und stellte sich in die Öffnung.

»Ein bisschen Durchzug. Ist vielleicht besser.«

Der Mann nickte Fichtelbier zu.

»Danke, Genosse.«

Er sah uns alle an.

»Warum zum Teufel streicht ihr die Bude von innen?! Hier kommt doch keiner rein. Hatten wir nicht gesagt, von außen?! Es war doch Außenfarbe, oder nicht?!«

Alle zogen ihre Köpfe ein, besonders Fichtelbier. Der Mann sah sich bei uns um.

»Na ja. Schön ist es ja trotzdem geworden.«

Er entdeckte das Porträt. Er las den Text.

»Sehr schön. Tuberkulose. Eine schlimme Sache.«

Jeschkat nickte. Der Mann stellte die Arme in die Hüften.

»So, Generator Klein-Körschow, wie ich vermute?!«

Wir alle johlten und nickten. Der Mann wartete, bis wieder Ruhe eingekehrt war.

»Was Schönes habt ihr euch da ausgedacht! 'ne ganze Menge Arbeit für uns. Aber wenn ihr uns helft, dann packen wir das!«

Wir alle nickten und applaudierten.

»So, mal alle genau zuhören!«

Er wartete, bis es wirklich ruhig war.

»Das Testspiel wird folgendermaßen ablaufen: Um 10 Uhr 50 kommt die Mannschaft aus dem 6. Infanterieregiment der befreundeten Sowjetarmee. Die Anreise des Regiments erfolgt bereits in Sportanzügen in einem kaserneneigenen Bus, es wird also keine zusätzliche Umkleideeinheit benötigt. Zu diesem Zeitpunkt habt ihr euch ebenfalls schon umgezogen auf dem Spielfeld zu befinden. Zehn Minuten nach Ankunft, um 11 Uhr, ist Anstoß. Gepfiffen wird das Spiel von mir. In den 15 Minuten Pause zwischen den Halbzeiten werdet ihr in diese Umkleideeinheit gehen, die Mannschaft der Sowjetarmee wird in ihrem Bus Platz nehmen. Nach dem Spiel wünschten sich die Bezirksabteilung Sport Schrägstrich Fußball Nord und das 6. Infanterieregiment der Sowjetarmee, dass eine Einladung zum Essen mit späterem Umtrunk an die Mannschaft des 6. Infanterieregiments ausgesprochen wird. Das werden Sie, Herr …«

»Jeschkat.«

»… das wird Herr Jeschkat erledigen. Die dafür vorgesehene Sprache ist Russisch.«

Jeschkat nickte.

»Selbstverständlich.«

Der Mann zog einen Zettel aus der Tasche und schielte darauf.

»Major Wa…drili…ja…nokow … noch mal: Wadrilijanokowitsch – jetzt hab ich's – hat uns bereits zugesichert, dass er diese Einladung mit Verweis auf Trainingsprogramme seiner Einheit ablehnen wird. Es muss also nichts vorbereitet werden. Die Einladung hat aber unbedingt zu erfolgen. Herr Jeschkat? Schaffen Sie das? Auf Russisch?!«

Jeschkat nickte. Fichtelbier nickte. Der andere Mann kam jetzt von hinten einen Schritt näher. Beide Männer sahen uns an, als würden sie gleich Feuer spucken, um alle Spieler von Generator Klein-Körschow mitsamt ihrer frisch gestrichenen Umkleideeinheit für immer zu vernichten.

»Alles verstanden?!«

Alle nickten. Der Mann hinter dem Mann nickte ihm zu. Die beiden Männer machten sich klar zum Gehen. Fichtelbier hielt die Tür etwas weiter auf.

»Gut. Vielen Dank, Herr Jeschkat. Guten Tag.«

23

Es war 11 Uhr. Wir standen auf dem Platz, genauso wie es vorher besprochen worden war. Es hatten sich ungefähr 30 neugierige Dorfbewohner versammelt. Einige, die herumstanden, hatte ich vorher noch nie gesehen. Die Aktion schien doch größere Kreise zu ziehen. Gabi war auch da, sie hatte sich extra freigenommen. Das war für Gabi kein Problem, denn sie waren auf der Station heillos überbesetzt. Es gab sogar eine Garderobe für die Krankenschwestern, die wiederum turnusmäßig von einer Krankenschwester betreut werden musste, die dann Zettel mit Nummern an ihre Kolleginnen ausgeben durfte. *Garderobentag* nannte Gabi das. Ich hatte vorgeschlagen, doch noch eine Garderobe für die Garderobiere einzurichten, inklusive einer weiteren Garderobiere, damit die Krankenschwester, die gerade *Garderobentag* hatte, ihre Sachen auch an einer Garderobe abgeben konnte, bevor sie mit ihrer Arbeit in der Garderobe begann. Die Stationsleitung hatte mir versprochen, darüber nachzudenken. Sie waren immer froh, wenn neue Stellen erfunden wurden, damit sie unauffällig ihre Leute unterbringen konnten.

Normalerweise wurde zwischen Gabi und mir vor einem Spiel hin- und hergewinkt, aber heute, in Erwartung der Russen, nickten wir uns lieber nur kurz wie Geheimagenten zu. Um zehn nach elf war von den Russen immer noch nichts zu sehen. Jeschkat zuckte mit den Achseln, und unser Schiedsrichter, also der Mann, der uns in unserer Umkleideeinheit alle Instruktionen gegeben hatte, die sich jetzt mehr und mehr relativierten, setzte sich auf die Tribüne und rauchte eine. Dann endlich, halb zwölf, rollte rasselnd ein dunkelgrüner Bus mit rotem Stern und weißer, aufgemalter Nummer an den Seiten heran und bliebt schnaufend stehen. Der Motor ging nicht aus, der Bus stand still, eine Weile passierte nichts, niemand stieg aus. Dann wurde die Tür quietschend aufgekurbelt, und ein Mann in Uniform kam heraus. Fichtelbier, der sich schon vor der Tür aufgestellt hatte, begrüßte ihn mit einem tiefen Diener und Handschlag. Unser Schiedsrichter trat seine Kippe aus und lief auch zum Bus. Dann redeten die drei. Der Schiedsrichter hörte zu und nickte schließlich. Dann lief er zu uns aufs Spielfeld.

»Leute, alle mal herhören!«

Er klatschte in die Hände.

»Die befreundete Sowjetarmee lädt uns zum Testspiel in ihre Kaserne ein. Das ist eine große Ehre. Alle in den Bus steigen!«

Nachdem er gesprochen hatte, tat er so, als wenn nie etwas anderes verabredet worden war. Und wir sollten uns beeilen, damit wir unsere guten Freunde nicht so lange warten ließen wie sie uns. Wir sahen uns an, Jeschkat zuckte mit den Schultern, und wir trotteten zu dem Bus, der innen stank und kleine, klebrige Ledersitze hatte. Der Mann, den ich erst für General Wadrilijanokowitsch gehalten hatte, war nur der Fahrer. Als alle drin waren, fuhren wir dröhnend los, verließen Klein-Körschow und bogen auf die kleine Betonstraße ab, die durch den Wald zur Kaserne führte. Vor dem Tor hielt der Bus. Draußen standen überall Soldaten mit aufgepflanzten Gewehren rum. Vor dem Tor waren Schranken und verglaste Holzhäuschen, in denen Soldaten mit Maschinenpistolen standen. Unmengen von Stacheldraht türmten sich auf der Mauer, hinter der die Kaserne lag, von der aber nichts zu sehen war. Zwei der Soldaten stiegen in den Bus ein und liefen mit grimmigen Gesichtern durch die Reihen, stiegen wieder aus, und das Tor wurde aufgeschoben. Der Bus rollte langsam in die Kaserne. Wir drückten unsere Gesichter an den Scheiben platt. Graue Betonbaracken standen in Reih und Glied, ein paar dunkelgrüne Fahrzeuge mit roten Sternen standen herum. Dann hielt der Bus an einem staubigen Feld, auf dem schon eine umgezogene Mannschaft stand. Sie hatten schwarze lange Sachen an. Wir stiegen aus und standen schließlich eingeschüchtert zwischen den Soldaten herum. Niemand grüßte uns. Es war, als wären wir Luft. Niemand schrie herum oder wurde laut, wie sonst bei unseren Spielen. Jetzt kamen andere in schwarzen Sportanzügen um die Ecke. Sie trugen zu dritt jeweils ein schlecht zusammengenageltes Holztor. Sie sahen dabei unheimlich komisch aus, und wir mussten uns zusammennehmen, um nicht loszulachen. Sie stellten die Tore an den gegenüberliegenden Ecken vom staubigen Feld auf. Unser Schiedsrichter besprach sich wieder mit dem Fahrer. Ein Soldat steckte sich eine an, Jeschkat sah das mit großer Erleichterung und konnte endlich wieder eine rauchen. Ich schlenderte zu ihm rüber und sprach ihn an.

»Warum müssen wir hier spielen?! Was soll das?!«

Jeschkat blies seinen Rauch steil in die Luft. Er sprach leise und unterdrückte ein Grinsen.

»Die wollen keine Zeugen. Dieses Spiel haben wir so gut wie gewonnen.«

Mit einer russischen Münze wurden die Seiten ausgelost. Die Russen gewannen und suchten sich das linke Tor aus. Dann stellten wir uns auf, und es ging los. Jeschkat hatte recht. Schon nach drei Minuten stand es 1:0, nach fünf Minuten 2:0, und als wir 30 Minuten gespielt hatten, stand es bereits 5:0. Die Russen waren gar keine richtige Mannschaft. Es machte auch gar keinen Spaß, gegen sie zu gewinnen. Unser erster Torjubel war riesig, aber schon beim 4:0 nickten wir uns nur noch zu. Das Spielfeld war ein Acker. Es gab sogar einen Hasenbau. Es war der reinste Bolzplatz. Als die erste Halbzeit mit 7:0 vorbei war, lief die Mannschaft der Sowjetarmee mit hängenden Schultern in ihre Baracken zurück. Weiß Gott, was sie dort erwartete. Vielleicht wurden sie alle erschossen und danach komplett ausgetauscht. Wir mussten in den Bus steigen, um dort die Pause bis zur zweiten Halbzeit zu verbringen. Wir warteten. Es war heiß, und wir bekamen nichts zu trinken. Alles, was wir für die Pause vorbereitet hatten, stand brav am Spielfeldrand in Klein-Körschow, denn wir hatten keine Taschen mit in den Bus nehmen dürfen. Als die 15 Minuten Pause um waren, waren unsere Gegner immer noch nicht zurück. Nach einer halben Stunde wurde Jeschkat aus dem Bus geholt und sprach mit dem Schiedrichter und dem Fahrer. Ich überlegte kurz, ob Jeschkat dort seine Pflichteinladung aussprechen durfte, aber er wurde nur informiert, dass die Mannschaft der ruhmreichen Sowjetarmee sich entschlossen hatte, die zweite Halbzeit ausfallen zu lassen. Vielleicht lebten die Spieler wirklich nicht mehr. Jeschkat stieg wortlos in den Bus zurück, setzte sich und nach einigen wenigen Minuten fuhr der Bus rasselnd los. Wir drehten und fuhren zwischen Baracken hindurch zurück. Das Tor wurde aufgeschoben, und der Bus fuhr langsam hinaus. Dann hielt er. Der Fahrer stand auf und kurbelte die Tür auf. Mit einer Handbewegung gab er uns zu verstehen, dass wir aussteigen sollten und den Heimweg jetzt bitte zu Fuß anzutreten hatten. Dass Jeschkat nur ein Bein besaß, interessierte nicht. In der sowjetischen Armee hatte man schon Schlimmeres gesehen. Also stiegen wir aus dem Bus und liefen durstig zu Fuß zurück. Über die Betonstraße durch den dichten Kiefernwald bis zur großen Straße. Jeschkat griff tapfer in die Krücken. Er klickte und klackte über die Platten, kein Stöhnen und keine Beschwerde kamen ihm über den Mund. Dann stimmte dieser merkwürdige Schiedsrichter, den niemand von uns je vorher gesehen hatte, Kampflieder an, die wir natürlich alle mitsingen mussten. Dazwischen sagte er ständig Sachen wie: »Toll, dass jetzt doch noch alle etwas laufen können!«, oder: »Herrlich, dieser Waldgeruch!« Jeder, der sich über akuten Wassermangel beschwerte oder auch nur ansatzweise über die befreundete Sowjetarmee herziehen wollte, wurde vom Schiedsrichter sofort voller Vorwurf mit sozialistischem Gedankengut zugekleistert, bis schließlich niemand mehr etwas sagte. Jeschkat fiel zurück, und ich lief etwas langsamer, damit er nicht alleine hinterherhumpeln musste. Schließlich lagen wir weit genug zurück, um frei sprechen zu können.

»Wer ist dieser Kerl eigentlich? Das ist doch kein Schiedsrichter.«

Jeschkat keuchte die Wörter im Takt seiner Krücken.

»Bestimmt ... nicht ... Geheim...nisschutz ... vielleicht ...«

Ich sah Jeschkat an.

»Muss dir mal was erzählen. Aber nur für dich.«

»Was? … Bist du … verliebt …?!«

»Quatsch.«

»Was … dann?«

»Ich scheiß auf den 30. Jahrestag.«

Jeschkat lachte auf.

»Das tun … wir doch … alle …«

»Ich will dieses Spiel für Tobi. Es soll richtig groß werden! Mit Prominenz, Trainern, Fußballern! Ich könnte Hilfe gebrauchen. Er hat doch Geburtstag!«

Jeschkat blieb stehen und schnappte nach Luft.

»Wozu der Aufwand?! Er hat da doch immer Geburtstag.«

»Ja, aber …«

»Aber was?«

»Es wird wahrscheinlich Tobis letzter Geburtstag. Er wird sterben.«

Jeschkat sagte nichts. Stattdessen griff er wieder in die Krücken und wurde schneller. Sodass ich sein Gesicht nicht mehr sehen konnte.

Die anderen waren etwa 30 Meter weiter vorne und begannen gerade *Vorwärts, Genosse, dein Panzerrohr glüht* zu singen – ein Lied, in dem schon Kindern der Zusammenhang zwischen Krieg und männlicher Sexualität klargemacht wurde –, und plötzlich fiel Jeschkat einfach um. Seine Krücken klapperten auf dem Beton, und er lag quer. Ich stürzte zu ihm hin. Ich rief die anderen herbei. Jeschkats Augen waren auf Weiß gedreht. Ich zog Jeschkats einziges Bein gerade und winkelte es an. Ich zog mein Trikot aus und legte es unter seinen Kopf. Dann klatschte ich ihm auf die Backen. Er kam wieder zu Bewusstsein. Er schielte mich an.

»Tobi … was machst du denn hier?! Du liegst doch dahinten.«

»Ich bin's, Bernd!«

Jeschkat stützte sich auf den Ellbogen, drehte sich auf die Seite und blickte schwammig in den Kiefernwald.

»Da liegst du doch ...«

Jetzt waren die anderen bei uns. Der Schiedsrichter drängelte sich zu Jeschkat durch. Jeschkat hörte auf zu schielen und kam langsam wieder zu sich. Er schüttelte sich. Er sah sich um. Er sah uns.

»Oh ... Scheiße ... verdammt ...«

Jeschkat fuhr sich durchs Haar.

»Hab vielleicht 'n bisschen wenig getrunken. Verdammt.«

Der Schiedsrichter machte ein paar prüfende Handgriffe. Puls am Hals, Puls an der Hand, Augenreflexe. Er nickte.

»Wieder alles in Ordnung, Herr Jeschkat?!«

Jeschkat nickte. Der Schiedsrichter sah mich an.

»Das hast du gut gemacht. Wo hast du das denn so gut gelernt?!«

Ich zeigte auf Jeschkat.

»Von ihm.«

Alle sahen Jeschkat an, der mit zerzaustem Haar wie ein Wal unter uns auf dem Beton lag. Einer begann zu kichern, und schließlich lachten wir alle los. Und dann lachte Jeschkat auch.

24

Natürlich wurde wegen des Siegs über die Russen am Wochenende wieder eine Feier durchgeführt. Obwohl es bei einer Halbzeit mit 7:0 lächerlich war. Aber unsere Mannschaft ließ keine Feier aus, und manchmal konnte einem schon der Gedanke kommen, dass es sich eher um einen Saufklub als um eine Fußballmannschaft handelte. Auch Jeschkat war nicht zu Hause geblieben, obwohl ihm jeder Arzt bestimmt dazu geraten hätte. Er saß den ganzen Abend still in der Ecke und trank vor sich hin. Davor war er mir die ganze Zeit aus dem Weg gegangen. Die Geschichte mit Tobi schien ihn zu beschäftigen. Ich ließ ihn in Ruhe, denn bestimmt brütete er etwas aus, um mir zu helfen.

Ich hielt Gabi im Arm, und wir drehten uns unter den bunten Lampen sanft zur Musik. Die meisten waren schon weg, einige lagen in den Ecken, hatten abgekotzt und waren eingeschlafen. Ich hielt Gabi, und es fühlte sich irgendwie richtig an. Mir gingen die verrücktesten Gedanken durch den Kopf. Ich sah die Politprominenz des Landes aus ihren schwarzen Autos steigen und ihre Plätze auf der Tribüne von Klein-Körschow einnehmen. Der Nationaltrainer gratulierte Tobi zum Geburtstag. Sie überreichten ihm einen Pokal. Ich musste über meine Gedanken lachen. Gabi nahm ihren Kopf von meiner Schulter und sah mich an.

»Was ist?!«

Ich küsste sie.

»Nichts.«

Gabi legte ihren Kopf wieder zurück, und wir drehten uns weiter. Da klopfte mir jemand auf die Schulter. Ich sah hin. Ich kannte ihn nicht, aber er kam mir irgendwie bekannt vor. Er hatte eine Zigarette im Mund und fragte mich gestenreich nach Feuer. Jetzt wusste ich, woher ich ihn kannte. Es war einer der Russen, gegen die wir am Nachmittag gespielt hatten. Es war das zweite Mal, dass sich welche von ihnen in unser *Haus der Freundschaft* verirrt hatten. Hinter ihm standen noch zwei andere. Alle sahen zu ihnen hin. Ich lächelte sie an und streckte ihnen meine Hand entgegen, um sie zu begrüßen. Einer machte sich lang und nahm sie. Aber er ließ sie nicht mehr los. Einer griff nach Gabis Brüsten, und ich schubste ihn mit der freien Hand zurück. Dann bekam ich einen Tritt und landete auf dem Linoleumboden vom VEB Fußwohl-Stehwohl-Gehwohl Karl-Marx-Stadt. Ich sah Stiefel, hörte Gabis Schreie, sah Jeschkats Krücken durch die Luft fliegen, und ich lag so da, und dann dachte ich merkwürdigerweise an Jeschkat, wie er auf dem Weg gelegen und mich für Tobi gehalten hatte. Irgendwie hatte ich ein weiches Gefühl, schmeckte mein Blut an der tauben Lippe und dachte, dass ich Gabi gerne mit meinem Blut den Rücken einmassieren würde, aber das war natürlich Blödsinn, nein, es war eigentlich pervers, und ich musste über mich lachen, denn Perverse gab es in unserem Land nicht, also gab es auch mich nicht. Und dann blitzte es in meinem Auge, und mein Zahn tat weh.

25

Das Nächste, an das ich mich erinnere, ist, wie ich auf einer Heizung sitze und Gabi mir am Kinn herumtupft. Sie war unverletzt, hatte Marzipanhaut und sah aus wie ein Engel. Sie hatte geweint. Das helle Licht war an, die Musik war aus, keine bunte Lampe leuchtete mehr, und nur noch ein paar von den Jungs standen rauchend herum. Sie redeten über »die Schweine« und »Arschlöcher« und »Scheißrussen«. Ich fühlte mit meiner Zunge meine Zähne entlang. Einer an der rechten Seite wackelte. Aber nur leicht.

»Scheiße ... Was ist denn los?! Wo sind die?!«

»Abgehauen. Willi ist rübergeradelt und holt die VoPos.«

Rübergeradelt hieß: rüber zur *Ewigen* gefahren, weil es dort ein Telefon gab und da immer einer war. Alle, die in Klein-Körschow einen Arzt oder die Polizei brauchten, »radelten rüber«.

»Die VoPos ...«

Gabi tupfte weiter.

»Psssscht! Nicht sprechen. Das sieht ganz schön schlimm aus!«

Dann kamen auch tatsächlich zwei VoPos rein und sahen sich um. Einer hatte eine Schreibkladde unter dem Arm.

»Wer von Ihnen kann denn mal sagen, was hier geschehen ist?!«

Sofort schrien alle durcheinander. Der VoPo hob beschwichtigend die Arme und sah sich um. Er erblickte Jeschkat, der mit seinen Krücken an die Wand gelehnt stand, und erkannte in ihm sofort den Ältesten, im Zweifelsfalle also eine verantwortliche Volkskraft.

»Vielleicht können Sie ...«

Einige brüllten jetzt »Ruhe!«, »Leise!« und »Lass Jeschkat reden!« – und plötzlich war es still, und alle Augen waren auf Jeschkat gerichtet.

»Also, das waren so zwei, drei …«

»Drei!«

»Es waren vier!«

»Draußen waren auch noch welche!«

»RUHE!«

Jeschkat begann erneut.

»Also, es waren drei von diesen Scheiß… von den Soldaten der befreundeten … na ja, Sie wissen ja, welche Soldaten ich meine …«

Die VoPos guckten.

»Zuallererst: Wie ist denn Ihr Name, bitte schön?!«

»Friederich Heinz Jeschkat.«

Der eine VoPo schrieb das auf.

»Fried-e-rich, mit e?!«

Jeschkat nickte.

»Und Sie sind hier … der Jugendwart?! … der zuständige JuBeVo?!«

»Nein, ich hab mit diesem Haus eigentlich nichts zu tun, ich …«

»Und was machen Sie dann hier, wenn ich fragen darf?!«

Jeschkat holte Luft und versuchte ruhig zu bleiben.

»Das wollte ich ja gerade erklären.«

»Jetzt werden Sie bitte nicht frech. Wir versuchen hier zu helfen. Also noch mal: Was machen Sie hier, wenn ich fragen dürfte?!«

»Ich bin hier Gast. Wir feiern hier immer, wenn wir gewonnen haben. Der 1. Bezirksdorfratssekretär Fichtelbier stellt uns diese Räumlichkeiten zur Verfügung.«

»Ah.«

Der Begriff »1. Bezirksdorfratssekretär Fichtelbier« hatte die Frage nach unserer Autorisierung des Aufenthalts an diesem Ort für die VoPos abschließend geklärt.

»Und Sie sind …?«

»Der Trainer. Von der Fußballmannschaft Generator Klein-Körschow.«

»Und Sie haben hier heute gefeiert?«

»Genau.«

Alle nickten.

»Wann begann die Feier, und aus welchem Grund wurde sie durchgeführt?!«

»Hören Sie. Es geht doch darum, dass Sie diese Schweine, die uns …«

»Worum es hier geht, davon will ich mir ja gerade selber ein Bild machen. Wir sind hier nicht vor Gericht. Beantworten Sie doch bitte schön einfach unsere Fragen. Wir sind doch hier, um Ihnen zu helfen. Sie müssen da schon mitarbeiten.«

»Gut.«

»Also, wann begann die Feier, und aus welchem Grund wurde sie durchgeführt?!«

Gabi sah mich an. Ich betrachtete sie. Sie wusste, dass es mich unendlich reizte, diese beiden Vollidioten mit ihrem Zettel vorzuführen. Vor allem, weil die Jungs, die mir mein Kinn eingeschlagen hatten, die Zeit vermutlich gerade nutzten, um sich hinter ihrer Kasernenmauer wieder in Luft aufzulösen. Aber Gabi hatte natürlich recht. Es konnte uns wirklich schaden. Ich war verlobt, fast ein verheirateter Mann. Jetzt war ich zu zweit bei allem, was ich tat, und deshalb sollte ich es besser lassen.

Jeschkat hatte bereits den Grund der Feier und den Feierbeginn genannt. Das wurde jetzt aufgeschrieben. Der VoPo schwankte beim Aufschreiben immer vor und zurück, wie das Pendel einer Uhr. Manchmal wurde er so schief dabei, dass ich dachte, er fällt gleich um.

»So. Gegen wie viel Uhr ereignete sich der Vorfall?!«

Jeschkat überlegte.

»So halb zwölf, zwölf.«

»Zwölf Uhr im Sinne von Mitternacht?!«

»Natürlich, jetzt gerade. Nicht gestern Mittag. Halb zwölf, zwölf Uhr Mitternacht!«

»Genauer geht es nicht?!«

»Ich habe nicht auf die Uhr gesehen.«

»War es dann eher zwölf oder eher halb zwölf?! Oder schon nach zwölf?!«

Ich sah, dass Jeschkat sich jetzt einfach entschied, weil es sowieso egal war. Es wurde einfach nur aufgeschrieben, sonst nichts. Es war eine Information auf einem Zettel für einen Ordner in einem Schrank in einem Zimmer in einem Haus, von dem niemand wissen durfte, wo es stand.

»Es war eher zwölf.«

»Warum sagen Sie das nicht gleich?! Zwölf Uhr.«

Er schrieb es auf.

»Herr Major?!«

Der andere sah zu seinem Kollegen.

»Welches Datum trag ich denn dann ein? Bei zwölf Uhr? Das von gestern oder das von heute?! Also unter vier, klein a, Beginn des Vorfalls?!«

Der Major überlegte.

»Na ja, das kann man bei der ungenauen Angabe nicht wirklich sagen. Na ja, es geht um den Beginn. Der war wohl vor zwölf. Wenn auch nur kurz vor. Das ist schwierig, das hatten wir in Schöppenzirch auch mal. Schreiben Sie das heutige Datum rein.«

»Das gestrige.«

»Nein, das heutige. Dann überwiegt die Tathandlung am heutigen Tag. Wenn sie bei Beginn des Vorfalls null Uhr eintragen, dann ist danach das heutige Datum gültig.«

»Verstehe.«

Er trug das Datum ein. Dann sah er wieder zu Jeschkat.

»Was ist denn genau passiert?!«

Für alle Anwesenden, deren Geduld die ganze Zeit bis zum Zerreißen auf die protokollarische Folterbank gespannt wurde, gab es jetzt kein Halten mehr. Alle redeten aufgeregt durcheinander. Der VoPo schrie herum.

»RUHE! VERDAMMT NOCH MAL! HIER REDET NUR EINER, UND DAS IST DER HERR ...«

Er wedelte mit seinem Stift Richtung Jeschkat.

»DER HERR DA!«

Alle waren wieder still. Der VoPo wartete wie ein Chorleiter, bis es wirklich völlig ruhig war.

»Bitte.«

Jeschkat war dran.

»Drei Soldaten der befreundeten Sowjetarmee, gegen die wir am Mittag Fußball gespielt haben, sind hereingekommen und haben ihn …«

Er zeigte auf mich. Die VoPos sahen zu mir.

»… mit Faustschlägen und Fußtritten angegriffen, und danach einige andere auch noch.«

Er guckte durch die Reihen und zeigte auf die Jungs.

»Ihn, ihn und … wo ist er? Daniel …?«

Daniel zeigte sich.

»Da. Ihn.«

Die VoPos sahen alle etwa gleich lange nacheinander an. Dann zeigte der Schreiber mit dem Stift auf mich.

»Dieser junge Mann wurde also zuerst angegriffen?!«

Alle nickten, besonders Gabi.

»Und es handelte sich um Soldaten der befreundeten Sowjetarmee?!«

Alle nickten.

»Ganz sicher?!«

Wieder nickten alle.

»Haben Sie die Personalien dieser Herren?!«

Jetzt musste Jeschkat lachen. Ich schüttelte den Kopf. Gabi stellte sich etwas vor mich. Der VoPo betrachtete Jeschkat.

»Darf ich erfahren, wieso Sie darüber lachen?«

»Weil … na ja …«

»Es ist nicht ungewöhnlich, dass von flüchtigen Tätern die Personalien bekannt sind.«

Jeschkat nickte.

»Sicher. Entschuldigung.«

»Also: Sind Ihnen die Personalien der Täter bekannt?!«

»Nein.«

Der VoPo schrieb das auf und betrachtete dann den Major.

»Ja dann ... Was sagen Sie, Herr Major?! Können wir nicht viel machen, oder?!«

»Mich würde noch mal interessieren, was das Ganze mit ... oder, anders gefragt. Sie sagten, Sie haben gegen die Täter Fußball gespielt?! War das dieses ... dieses Freundschaftsding anlässlich des Dreißigsten?«

Wir alle nickten. Sie hatten offensichtlich davon gehört. Erstaunlich. Und sie kamen aus Lauberitzwooge.

»Aber das ist doch erst im Oktober.«

»Es war ein Testspiel.«

»Ah. Verstehe. Was sollte getestet werden?!«

Jeschkat sah mich an. Die Jungs sahen Jeschkat an. Jeschkat sah die Jungs an.

»Tja, Herr Major, ehrlich gesagt, wissen wir das gar nicht. Es wurde uns nicht mitgeteilt.«

»Sie haben aber trotzdem daran teilgenommen?!«

Jeschkat nickte.

»Selbstverständlich. Es wurde von höherer Stelle angeordnet.«

Die VoPos nickten. Das leuchtete ihnen sofort ein. Sinnloses Tun, das von höherer Stelle angeordnet wurde. Das war Alltag für uns alle, besonders für die Polizei. Wieder richtete sich der Schreiber an den Major.

»Also, was sagen Sie ...?!«

»Gut, es handelt sich um eine Sache, für die ist der Geheimnisschutz und das Sekretariat der Streitkräfte der befreundeten Sowjetarmee zuständig. Alle Straftaten, die mit der befreundeten ...«

Er merkte, dass er sich eigentlich gar nicht vor allen zu erklären brauchte. Vor allem fiel ihm auf, dass es ja gar keine Straftaten der befreundeten Sowjetarmee gab, denn sie waren ja unsere Freunde, also hörte er einfach auf zu sprechen. Er sah sich um.

»Ist denn jemand ernsthaft verletzt worden?!«

Alle nickten. Einige zogen ihre Pullis hoch und zeigten rote Stellen, die morgen schon blaugelb sein würden. Gabi zeigte auf mich. Der Major kam näher und betrachtete mein Kinn.

»Na komm, junger Mann, dafür braucht ihr doch nicht die Polizei zu holen …«

Er grinste in die Runde. Einige lachten. Vermutlich war der Major deshalb Major, weil er schon an Kursen teilgenommen hatte, in denen man von Schäferhunden mit Maulkörben beigebracht bekam, wie man Straftaten, die dem Staat unangenehm waren, zu verharmlosen hatte. Er stellte sich in die Mitte und fuhr in seinem väterlichen Ton fort. Jetzt fing auch er noch damit an, hin und her zu wippen.

»Freunde. Genossen. Ich werde mal in der Kaserne anrufen und mit den Leuten reden. Die werden sich entschuldigen, und damit ist der Fall für euch doch erledigt, oder?!«

Wir sahen zwischen uns hin und her und machten die Köpfe dabei schief. Wir *sollten* nicken, aber wir *wollten* nicht nicken. Deshalb wurde alles irgendwie schief und stumm.

Ich ärgerte mich. Gerade ging es noch um die exakte Minute des Beginns des Vorfalls – jetzt war alles plötzlich wahnsinnig entspannt und unwichtig. Es ging doch gar nicht um mein Kinn! Wir waren überfallen worden! Gabi wurde an die Brust gefasst, an den Haaren gezogen, viele von uns hatten Tritte abbekommen. Wir hatten alle Glück, dass nichts Schlimmeres passiert war. Was wäre gewesen, wenn sie Waffen dabeigehabt hätten?! Was würde uns erst nach dem richtigen Spiel blühen?! Was, wenn sie mit elf Mann und ihren Maschinenpistolen wiederkamen?! Der Major sah in die schiefe, schweigende Runde.

»Na also! Ihr seid echte Sportsleute! So was kann man auch anders regeln!«

Er nahm unser Schweigen einfach als Zustimmung und lobte uns dafür, um jeden Widerspruch im Keim zu ersticken. Dann nickte er seinem Adjutanten zu, beide nickten uns zu, und dann machten sie ihre ersten Schritte Richtung Tür. Für sie war die Sache erledigt. Den Zettel würden sie trotzdem abheften und in einem Ordner in einem Schrank in einem Zimmer in einem Haus aufheben, von dem niemand wissen durfte, wo es stand.

»Entschuldigen Sie, aber ...«

Die VoPos drehten sich zu mir um. Alle sahen mich an.

»Ja?!«

Gabi warf mir einen Todesblick zu. Ich sah ihre Angst. Ich sah ihre Gedanken, die mit Wohnungszuteilungsscheinen, Genehmigungsanträgen, Wartelisten für Trauringe, Studien- und Berufsmöglichkeiten und der Zukunft im Allgemeinen zu tun hatten. Die VoPos warteten. Ich sah zurück. Dann nickte ich.

»Danke, dass Sie trotzdem zu uns rausgekommen sind!«

Sie nickten freundlich zurück.

»Dafür sind wir da, junger Mann. Dafür sind wir da.«

Dann gingen sie zurück in die laue Spätsommernachtluft ihres kleinen Lügenreiches (Oberverwaltungsbezirk 223) und ließen ihre kleinen Bürger erfolgreich als Lügner zurück. Als Komplizen. Gabi strich mir über den Kopf. Dann küsste sie meine Stirn und flüsterte.

»Danke!«

26

Ich lief neben Tobi, der auf seinem Dreirad fuhr. Ich hatte einen Ball aus der Kabine mitgenommen, und wir waren auf dem Weg in den Wald, um dort Elfmeterschießen zu trainieren. Ich schob das große Dreirad über die sandigen Wege durch die Kiefern, und schließlich kamen wir an die von Hasen kahlgefressene Lichtung, wo man wunderbar schießen konnte. Feine, kurzgenagte Wiese auf festem Sand. An einigen Stellen war der Boden sogar besser als auf unserem Platz.

Ich betrachtete Tobi von der Seite. Er blinzelte gegen das Sonnenlicht und war gut gelaunt. Er war lauter als sonst. Vielleicht war er etwas aufgeregt. Er merkte schließlich auch, dass wir irgendwie etwas anderes machten als sonst. Tobi stieg vom Dreirad und stellte sich auf die Wiese. Er beobachtete mich und wartete, was passieren würde. Erst lief ich herum, um ein Tor zu bauen. Ich fand einen dicken Ast und trat ihn in den sandigen Boden. Ich stellte mich neben Tobi und betrachtete meinen einsamen Pfosten, um den Abstand zu schätzen. Da hörte ich Schwalben auf dem Weg heranknattern. Ich lauschte einen Moment. Sie kamen näher. Dann sah ich sie durch die Kiefern. Es waren vier Kerle aus Lauberitzwooge. Einen kannte ich schon vom Sehen. Ich duckte mich und zog Tobi herunter, aber der duckte sich natürlich nicht, sondern sah nur zu mir herunter. Ich weiß gar nicht, ob er sich überhaupt ducken konnte. Dann sahen sie ihn, sie sahen mich, nickten sich zu und bogen sofort auf die Lichtung, wo ich mit Tobi wie auf einem Opferaltar stand und ihre Ankunft erwartete. Ich griff zu meinem Kinn, das noch von den Russen schmerzte und einen blauen Fleck hatte. Es war gerade ein paar Tage her, und schon wieder stand ich jungen, gewaltbereiten Männern gegenüber. Das sollte man mal auf ein Schild schreiben! Natürlich zur Tarnung das Gegenteil.

Junge Männer zu 67,8 % ohne Gewaltbereitschaft!

Nein – das würde die Landesverteidigung schlecht aussehen lassen. Es wäre zu missverständlich. Außerdem waren alle unsere vier Besucher hässlich, und die Russen im *Haus der Freundschaft* hatten auch nicht viel besser ausgesehen. Man bräuchte ein größeres, längeres Schild. Bartoczek müsste mir mindestens eine 3-Meter-80-Platte raussuchen.

Junge Männer zu 80 % hässlich, aber niemals gewaltbereit – es sei denn, das Vaterland ist in Gefahr! Dann schlagen sie gnadenlos zu, aber normalerweise tun sie das nicht – schon gar nicht in Jugendbegegnungsstätten oder auf einer EWL (einsamen Waldlichtung)!

Unsere Besucher machten ihre Schwalben aus und sahen sich in der plötzlichen Stille gegenseitig an. Während sich der blaue

Abgasnebel zwischen den sonnenbeschienenen Brennnesseln unter den Kiefern verzog, überlegten sie, was sie jetzt eigentlich machen sollten. Zufällig waren sie auf Opfer gestoßen. Sie mussten ihre Tagesplanung über den Haufen werfen. Das war anstrengend. Sie betrachteten mich und vor allem Tobi, und sie hatten kein Konzept. Also grüßte ich sie einfach.

»Hallo!«

Sie sahen sich an, als hätten sie noch nie jemanden »Hallo« sagen hören, und blieben still. Ein Dicker musterte Tobi und sein Dreirad. Er sah sich um, um auch ganz sicher zu sein, dass wir alleine waren. Er sah mich an.

»Was machst du Grinsekopf mit diesem Schwein hier auf unserem Platz?!«

Ich sah mich um.

»Euer Platz?! Welches Schwein meinst du, ich habe gar kein Schwein dabei.«

Sie sahen sich an. Dann stiegen sie von ihren Schwalben herunter und schlenderten auf uns zu. Tobi grunzte. Die drei sahen sich an und lachten. Ein schlaksiger Verpickelter tanzte herum und machte Tobi nach. Er roch bis zu mir aus dem Mund. Der Dicke, offensichtlich ihr Anführer, stellte sich vor mir auf. Die anderen beiden schlichen um Tobis Dreirad herum. Tobi grunzte, und alle lachten sich wieder an.

»Was machst du hier mit diesem Idioten?!«

»Das ist kein Idiot, und es ist ein Geheimnis.«

»Ein Geheimnis?«

Ich nickte. Es war meine ehrliche Antwort. Aber natürlich wusste ich, dass es das alles nur schlimmer machen würde. Der Pickelige setzte sich auf das Dreirad und begann damit, Runden um uns herum zu fahren. Seine zwei Adjutanten liefen nebenher und versuchten aufzuspringen. Als ihnen das nicht gelang, traten sie gegen die Räder. Tobi wurde nervös. So etwas kannte er nicht. Er lief zum Vergnügen unserer Besucher ein bisschen grunzend im Kreis herum. Der Dicke betrachtete ihn.

»Der größte Fußballer aus Klein-Körschow!«

Natürlich kannten sie ihn. Jeder kannte Tobi. Ich nickte.

»Genau.«

»Was ist denn euer kleines Geheimnis?! Was machst du denn hier mit dem? Lutscht ihr euch die Pimmel ab?«

Die anderen lachten. Ich war verwundert, dass die erste sexuelle Anspielung so spät kam. Das musste an der Verunsicherung durch Tobi gelegen haben. Seine Anwesenheit hatte unsere vier Besucher ein paar Minuten von ihrem eigentlichen, zentralen Problem abgelenkt. Sie waren hässlich, und sie hatten keinen Sex! Es reizte mich, ihnen das zu sagen. Wenn ich alleine gewesen wäre, hätte ich es getan. Ich verschränkte die Arme.

»Ich weiß nicht, ob dir der Begriff Geheimnis überhaupt klar ist. Ein Geheimnis ist ja ein Geheimnis, weil es geheim ist. Und das Geheimnis von mir und meinem Bruder ist besonders geheim.«

»Jungs! Es ist sein Bruder!«

Alle lachten.

»Herzliches Beileid!«

»Dann heißt das Inzest!«

Alle lachten.

Ich sah die Typen an. Ich wusste, es würde wehtun, aber sie hatten es sowieso fest vor, und deshalb gab es jetzt zwei Wege. Ein Weg, der mir und Tobi wehtun würde und niemandem nützte – und ein Weg, der vielleicht nur mir wehtun würde und – wenn ich es geschickt anstellte – sogar etwas nützte. Das Dreirad würde in jedem Fall kaputtgehen, aber das war nicht schlimm, denn die Genossen in der *Ewigen* waren immer froh, wenn sie etwas Sinnvolles zu tun bekamen, statt geheimnisvolle Fässer mit Schwefel zu füllen. Zusammen mit meinem Vater würden sie das Rad wieder hinkriegen. Mein Vater war immer glücklich, wenn er etwas für Tobi tun konnte, was mit Schrauben, Organisieren und Lackieren zu tun hatte.

Ich legte eine Gedenksekunde ein, wie ich es am besten anstellen konnte. Dann legte ich den Arm um Tobi.

»Ich mache euch einen Vorschlag. Wir behalten unser Geheimnis, und ihr lasst uns einfach gehen.«

Jetzt rochen sie ihr weidwundes Opfer. Das Dreirad rollte aus und blieb vor uns stehen. Der Pickelige und die anderen zwei, die noch kein Wort gesagt hatten, betrachteten uns. Ich sah sie an und machte mich ein bisschen kleiner.

»Ja, weil ... Ich habe es ihm wirklich versprechen müssen. Komm, Tobi.«

Ich nahm Tobi und lief mit ihm zum Dreirad. Der Pickelige blieb natürlich darauf sitzen. Der Dicke drehte mich am Arm herum.

»Was macht ihr hier?!«

Zum ersten Mal schien er wirklich darüber nachzudenken. Er sah sich um. Er bemerkte den Ball in meiner Hand.

»Willst du ihm den Ball in die Eier ballern?!«

Alle lachten. Ich versuchte den Pickeligen vom Rad zu drücken. Der Dicke zerrte mich weg und warf mich auf den Boden. Tobi schrie, und sie wichen ein Stück von ihm zurück. Der Pickelige und seine Adjutanten begannen jetzt damit, grölend das Dreirad zusammenzutreten. Tobi lief grunzend im Kreis herum. Der Dicke trat mir in die Seite. Er traf mein Becken. Er drehte mir den Arm auf den Rücken, drückte mich fester in den Boden und kam ganz nah zu mir herunter. Ich hörte Tobi grunzen und umherlaufen, aber sie hatten sein Dreirad, an dem sie sich auslassen konnten, und ließen ihn in Ruhe. Der Dicke drückte gegen meinen Arm. Mir blieb vor Schmerz die Luft weg.

»Sag mir, was ihr hier macht! Verrat mir dein Geheimnis!«

Ich musste noch ein bisschen durchhalten. Jetzt würde er es mir noch nicht glauben.

»Wir spielen doch nur Fußball.«

Er drückte noch weiter zu. Ich schrie auf.

»Unsinn! Mit so einem stinkenden Schwein kann man doch kein Fußball spielen.«

Er war noch blöder, als ich dachte. Was sollte ich bloß antworten, damit es funktionierte? Ich hatte das Gefühl, gleich bricht mein Gelenk aus der Schulter. Der Dicke lachte. Ich sah aus den Augenwinkeln, dass die anderen drei das Dreirad sauber zertreten hatten. Die Räder waren eingeknickt, die Lampe kugelte zersplittert in den Wald. Ihre Mission war beendet, sie waren sozusagen arbeitslos, und deshalb wurde es für Tobi jetzt gefährlich. Ich beschloss, Zeit zu sparen und den geraden Weg zu gehen.

»Es ist eine Überraschung. Für die ganze Gegend. Macht sie bitte nicht kaputt!«

»Eine Überraschung?!«

Alle kamen angelaufen.

»Bitte ...«

Mir wurde in die Seite getreten. Es prickelte in meinem Blickfeld. Ich sah wirklich kurz Sterne.

»Was für eine Überraschung?!«

Tobi trauerte bereits um sein Dreirad. Sie beachteten ihn nicht. Er war in Sicherheit. Ich hatte Zeit für einen weiteren Tritt.

»Ich ... ich darf es nicht sagen!«

Zack! Es brannte wie ein Peitschenhieb. Der Dicke warf sich jetzt richtig in meinen Rücken.

»SAG ES!«

Die Zeit war reif! Jetzt waren sie so weit. Ich ergab mich meinem Schmerz und heulte los. Es ging ganz einfach. Ich musste nur an die Dummheit der Welt denken und an die Dummheit dieser Typen im Besonderen. Und an meine Schmerzen. Sie lachten. Ein Stiefel drückte mir auf die Backe. Ich sprach durch meine Tränen.

»Wir haben es ihm versprochen. Bitte, sagt es nicht weiter ...«

»WAS HAST DU WEM VERSPROCHEN?!«

»Dem Nationaltrainer. Keiner darf es wissen. Es ist eine Überraschung!«

»WAS FÜR EIN NATIONALTRAINER?! FUSSBALL?!«

»Ja, Fußball ... und jetzt lasst mich in Ruhe!«

Eine Pause. Ich konnte nichts sehen, aber ich hörte, dass sie sich ansahen und überlegten – soweit ihnen das möglich war.

»WAS IST MIT DEM SCHEISSTRAINER?!«

»Sag ich nicht!«

Der Dicke drückte meinen Arm nach oben. Ich schrie vor Schmerzen auf.

»SAG ES!«

»Er kommt zu uns. Aber bitte …«

»WOHIN KOMMT DER?«

»Nach Klein-Körschow …«

»WIESO?!«

Der Stiefel drückte zu.

»Auuu! Wegen dem Fußballspiel gegen die Russen …«

»NACH KLEIN-KÖRSCHOW?!!«

Ich nickte. Sie ließen von mir ab. Einer gab mir noch einen Tritt, aber der war harmlos. Ich sah eine Ameise im Sand auf einem Halm herumlaufen. Eine Träne lief kitzelig von meinen Augenlidern.

»Sagt es bitte nicht weiter …«

Ich hörte, wie sie auf ihre Schwalben stiegen. Sie warfen sie an und knatterten einfach davon. Ich raffte mich hoch. Tobi stand ratlos an seinem zerstörten Besorger-Rad. Ich schnäuzte mich. Sie hatten ihn nicht angerührt. Das war das Wichtigste. Sie hatten auch nicht kapiert, dass mein Geheimnis gar nichts mit unserem Aufenthaltsort, dem Dreirad und dem Ball zu tun hatte. Es war, als hätten sie uns nach dem Wetter gefragt und als Antwort eine Statistik über den erfolgreichen Kampf gegen die schreckliche Tuberkulose erhalten. Oder gegen die grausame. Ich wischte mir den Sand und die Tränen aus dem Gesicht. Tobi sah mich und lächelte. Ich nickte ihm zu und lächelte zurück.

»Denen haben wir's gezeigt, den Idioten, was?!«

27

Meine Mutter war gerade aus dem Laden wiedergekommen, saß in der Küche und heulte sich wegen dem kaputten Dreirad die Seele aus dem Leib.

»Wer tut denn so was?! Wer tut denn so was?!«

Ich fand es gar nicht so schlimm, und Tobi war eigentlich auch ganz vergnügt, obwohl das kein Maßstab war – jedenfalls keiner, den man direkt in Bezug zu seiner Umwelt setzen konnte. Ich nahm ihre Hand.

»Jetzt beruhig dich doch mal. Sie haben Tobi nicht angerührt, und das ist die Hauptsache. Der Papa kriegt das schon wieder hin.«

Meine Mutter schniefte sich frei. Sie stand auf und begann aufzuräumen, obwohl eigentlich alles ordentlich war. Dabei schüttelte sie regelmäßig den Kopf und trocknete ihre Tränen mit dem Spültuch. Mein Vater hatte das kaputte Rad in seiner Mittagspause fachmännisch begutachtet, aß sein Essen im Stehen und war gleich wieder in die *Ewige* rübergeradelt. Zehn Minuten später kam er mit einem offenen Lastwagen samt Fahrer zurück. Wir hoben gemeinsam das verbogene Dreirad hinauf, und der Fahrer, Major Kremplin – der Mann, der auch schon Onkel Günthers Kaminholz ohne Genehmigung an die Ostsee gefahren hatte –, sagte: »Das wird schon wieder«, bestimmt vier- oder fünfmal, sodass ich es am Ende schließlich auch glaubte.

Ich weigerte mich, die VoPos zu holen, und mein Vater war auch dieser Meinung. Es war total umständlich und nachher würde doch nichts dabei herauskommen, außer jede Menge Papierkram und vielleicht eine Verwarnung. Wenn auch nur einer der Väter von den Jungs in irgendeinem Bezirksgremium saß, wo man sich Namen und deren Abkürzungen für die Exzesse des sozialistischen Fortschritts ausdachte, würde vielleicht alles doch wieder freundschaftlich, nein: *sportlich* geregelt. Mit einem milden Lächeln auf der Straße und einem Arschtritt im Kinderzimmer.

Gabi kam, setzte sich an den Tisch und tupfte mein Gesicht ab. Schon wieder! Sie besaß massenhaft von dem Kram. Tupfer, Watte, Verbände, Fläschchen mit durchsichtigen Flüssigkeiten. Wenn man hochrechnete, dass die anderen Krankenschwestern genauso viel zu Hause hatten wie Gabi, wunderte es mich, dass im Krankenhaus überhaupt noch etwas war. Vielleicht brachten sie es auch wie Werkzeug zur Arbeit mit.

Es tat weh. Ich zog Luft ein, und Gabi streichelte mir sanft über das Gesicht. Sie wollte mich ablenken und fing an, von Dingen zu reden, die sie in unsere Wohnung stellen würde, und: Sie hatte unseren Wohnungsantrag abgegeben. Sie war süß. Ich ließ sie tupfen und dachte, dass wir vor dem 35. Jahrestag gar nicht über die Wohnungseinrichtung nachdenken mussten, aber es machte ihr Spaß, also sagte ich nichts. Ich dachte nur kurz darüber nach, ob Tobi da wohl noch leben würde – ob er mich und Gabi je in unserer Wohnung besuchen würde, aber dann war der Gedanke zum Glück wieder weg, denn draußen rappelte ein Lastwagen vor die Tür und hupte.

Wir liefen raus und sahen Tobis Dreirad, gerade gebogen und frisch lackiert, auf der Pritsche stehen. Es strahlte jetzt in Braungrün. Sogar eine neue Lampe hatten sie drangemacht. Es war wie ein kleines Wunder. Wir standen mit offenen Mündern da und bewunderten eine Arbeit, die in unserem Land mit allen Zuliefertätigkeiten normalerweise vier Monate dauern würde, und nicht nur vier Stunden. Sogar der Lack war schon trocken. Mein Vater stand neben der Pritsche und tat unauffällig – als wäre es das normalste der Welt, dass das Dreirad, das er gerade erst völlig kaputt abgeholt hatte, jetzt glänzend auf dem Laster stand. Er war ein Zauberer. Meine Mutter bekam ihren Mund gar nicht mehr zu. Ich schüttelte entgeistert den Kopf.

»Wie hast du das denn geschafft?!«

Mein Vater unterdrückte ein stolzes Grinsen.

»Tja. Die Jungs und ich haben eine kleine Sonderschicht eingelegt.«

Major Kremplin stieg auf den Laster.

»Wir haben die Diensträder etwas geplündert. Müssen halt ’n paar Monate durch die Anlage laufen. Wird schon gutgehen.«

Mein Vater grinste ihm zu.

»Es darf halt nicht knallen. Dann müssen wir rennen.«

Beide lachten. Ich stieg auch auf die Pritsche.

Wir hoben das Dreirad runter und stellten es vorsichtig wie ein landendes Raumschiff vor unser Haus. Tobi selber lag oben im Bett, schlief und bekam nichts mit. Als wir zu Hause angekommen waren, hatte ich ihn ins Bett bringen müssen, und er war seither nicht wieder aufgestanden. Früher hätte er etwas gegessen und alles wäre gut gewesen, jetzt lag er schon seit drei Stunden im Bett und schlief. Er wurde schwächer.

Major Kremplin lächelte meinem Vater zu, stieg diskret in den Laster und fuhr mit einem lässigen Winken – das die ganze Aktion noch einmal in einer Bewegung zusammenfasste – davon. Mein Vater sah meine Mutter an, die bisher kein Wort von sich gegeben hatte.

»Na, was sagst du?!«

Meine Mutter schüttelte stumm den Kopf. Dann machte sie einen Schritt auf meinen Vater zu, umarmte ihn und begann zu weinen. Mein Vater streichelte ihr ungeschickt über die Frisur, die danach keine mehr war. Und das war das erste Mal in meinem Leben, dass ich ihn weinen sah.

28

Gabi und ich lagen im Wohnwagen. Wir hatten Sex gehabt, es war für Anfang September ungewöhnlich heiß. Wir lagen nackt nebeneinander und klebten. Tobi fuhr wieder glücklich auf seinem neuen Besorger-Rad über die staubigen Straßen von Klein-

Körschow. Er war aus dem Bett gestiegen und nach einer Suppe wie immer auf sein Rad gestiegen und losgefahren. Wir konnten noch nicht einmal sagen, ob er die Änderung überhaupt bemerkte, und ich fand das genau richtig so.

Gabi hielt meine Hand. Die Sonne brannte durch das Fenster einen hellen Fleck auf meinen Bauch, der alles anstrahlte. Gabi redete von einer Küche, die sie aus ihrem zerfledderten Katalog kannte. Ihr Katalog, den ihr die Oma vor Jahren von einer Westberlin-Tour mitgebracht hatte und den Gabi mittlerweile auswendig kannte. Sie spekulierte auf meinen Vater, der es mit seinen Jungs für uns sicherlich genauso hinkriegen würde wie das Wunder, das sie bei dem Dreirad gesehen hatte. Ich dachte daran, dass ich leider nicht beim Klub gespielt hatte, wie mein Bruder, aber ich sagte es natürlich nicht. Es war ja auch noch so viel Zeit. Da hörten wir ein Fahrrad klappern. Ich setzte mich auf und sah hinaus. Es war mein Vater. Er war in Jagdmontur, also auf der Arbeit. Er kam zur Tür und klopfte.

»Seid ihr da?!«

»Jahaa ... Sekunde.«

Ich sah ihn grinsen. Er nahm sich einen Gartenstuhl unter dem Wohnwagen heraus, klappte ihn auf, setzte sich und wartete auf uns.

Wir stiegen in unsere Klamotten und traten auffällig-unauffällig ins Freie. Mein Vater sah an mir herunter und grinste.

»Dein Gürtel.«

Er war noch auf. Ich zog ihn zu. Mein Vater schloss die Augen in der Sonne.

»Ich hab Neuigkeiten ...«

»Was denn?!«

Mein Vater sonnte sich und zögerte den Moment, in dem er der alleinige Besitzer der Neuigkeiten war, wir aber schon wussten, dass es Neuigkeiten gab, noch etwas heraus. Dieses Verhalten war ein eindeutiger Beweis für die große Bedeutung seiner Nachricht. Offensichtlich war er extra dafür hier rausgekommen.

»Was ist denn so wichtig?!«

»Tja, stell dir vor ...«

Er hatte die Augen in der Sonne geschlossen und sonnte in aller Ruhe sein Gesicht. Mich nervte diese Art. Als wenn ihm die Nachricht persönlich gehörte.

»Was denn?!«

»... stell dir vor: Ich fahr grad zur *Glühenden,* und wer begegnet mir da?!«

»Woher soll ich das wissen?!«

»Fichtelbier.«

»Und ...?!«

»Er hat jemanden gesucht.«

»Wen denn?!«

Mein Vater genoss die Sonne.

»Dich.«

Gabi sah mich an.

»Den Bernd?! Wieso das denn?!«

Ich sah Gabi an. Sie machte sich schon wieder Sorgen, dass ich irgendwo etwas gesagt haben könnte, was in fünf Jahren ihre Küche in Gefahr brachte. Aber ich kannte meinen Vater. So wie er sich verhielt, hatte er ganz sicher gute Nachrichten. Mein Vater holte Luft. Er sprach, ohne seine Augen zu öffnen.

»Fichtelbier hat erfahren, dass der Nationaltrainer nach Klein-Körschow kommt!«

Jetzt öffnete mein Vater seine Augen und sah mich an.

»Zu deinem Spiel gegen die Russen.«

Gabi umarmte mich.

»Oh Bernd, das ist ja toll!«

Ich musste über meine zuverlässigen Jungs auf den Schwalben grinsen. Es war unglaublich. Es hatte keine zwei Tage gedauert, bis das »Geheimnis« – nach dem sie gar nicht gefragt hatten – durch Lauberitzwooge durchgelaufen und wieder bei mir angekommen war.

»Fichtelbier ist zu Zillech rausgefahren. Sie haben die Idee, jetzt noch mehr Leute einzuladen! Es soll jetzt was ganz Großes werden.«

Ich staunte über Fichtelbier und seine tolle Idee. Mein Vater machte jetzt ein ernstes Gesicht.

»Das ist eine Riesenchance! Du musst jetzt richtig trainieren! Ich helf dir dabei.«

Gabi drückte meine Hand.

»Der Nationaltrainer! Überleg mal, wenn der dich spielen sieht! Bernd! Das ist doch tausendmal besser als die Leute beim Klub! Eine richtige Chance für uns!«

Gabi war jetzt plötzlich Fußballfan. Mein Vater nickte und schärfte abermals seinen Blick.

»Und jetzt musst du natürlich in die Partei. Fichtelbier will dich sehen.«

29

Ich saß bei Fichtelbier im Büro. Er war völlig aufgelöst.

»... vorhin klingelt also das Telefon und der Vorsitzende vom Sportkader Frichau ist dran. Sie nehmen meine Einladung an! Natürlich wegen Berlin. Aber sie kommen. Mit drei Leuten! Das ist doch toll!«

Ich konnte Fichtelbiers Begeisterung über das Kommen von drei Männern aus dem Nachbardorf, die schon mal ein Fußballspiel gesehen hatten und wussten, wie man einen Fernseher anschaltete, nicht wirklich teilen. Fichtelbier ließ sich aber in seinem Taumel kaum stoppen. Mit »Berlin« meinte er natürlich das Kommen des Nationaltrainers. Ich sah ihn an.

»Genosse Fichtelbier. Wie konkret ist denn die Zusage des Nationaltrainers?!«

»Oh, sehr konkret.«

»Wie konkret?!«

»Der Bezirkssekretär von Lauberitzwooge hat mich angerufen

und es bestätigt. Für die Details ist ja noch etwas Zeit. Ankunft, Unterbringung.«

Ich nickte. Er hatte das Gerücht offenbar schon gehört, als er einen Anruf bekam, der das Gerücht bestätigte. Damit war für Fichtelbier alles klar. Er tippte sich an die Unterlippe und sinnierte aus dem Fenster.

»... wir haben ja kein Hotel, mal sehen.«

»Oh, er kann gerne bei uns schlafen.«

»Das ist nett von dir, Bernd. Natürlich. Aber da wird es ja wohl viele freiwillige private Angebote von unseren Genossen geben. Die müssen wir natürlich alle überprüfen. Da müssen natürlich Berichte angefertigt werden.«

Ich lehnte mich zurück und staunte. Der Zug war offensichtlich nach Plan losgerollt, und vermutlich war er nun auch nicht mehr zu stoppen. Fichtelbier überlegte schon, ob man nicht noch Leute vom russischen Konsulat dazu einladen konnte.

»Natürlich werde ich noch heute mit Major Wadrilijanokowitsch und Zillech sprechen, bevor ich hier irgendwelche Einladungen rausschicke.«

Ich nickte voller Verständnis.

»Verstehe, Genosse 1. Bezirksdorfratssekretär. Man muss das ja vorher klären, weil die Leute eine Einladung nicht ablehnen dürfen.«

Fichtelbier nickte mir zu.

»Solche wie dich können wir für den Aufbau gut gebrauchen. Ich bin froh, dass du jetzt doch hier bist!«

Dann vergaß er seine Aufregung für einen Moment, blieb still sitzen und betrachtete mich.

»Du bist ja auch ein Vorbild für deine Mannschaft. Du bist ja immerhin der Kapitän. Und willst es bestimmt auch bleiben. Natürlich bist du auch hier, um mit mir deine Verantwortung zu diskutieren.«

Ich zuckte mit den Achseln, denn ich hatte keine Ahnung, wie ich mit jemand anderem außer Jeschkat meine Verantwortung als Kapitän bei Generator Klein-Körschow diskutieren sollte. Trotzdem nickte ich.

»Gut. Diskutieren wir es.«

Fichtelbier nickte auch. Dann war er still. Er sah auf seine Uhr.

»Gut. Schön. Also, ich muss jetzt raus zum Wadrilijanokowitsch. Ich leg dir die Anträge eben noch raus.«

Offensichtlich hatte er gerade beschlossen, dass die Diskussion doch ausfallen sollte. Oder sie würde auf dem Papier stattfinden – auf dem Briefweg. Oder, und das war am wahrscheinlichsten, sie hatte soeben stattgefunden und war bereits beendet worden. Fichtelbier drehte sich etwas umständlich in seinem Stuhl, machte sich lang, öffnete stöhnend eine Schublade im Schrank, zog ein paar Papiere raus und legte sie mir auf den Tisch.

Er lächelte.

Fichtelbier stand auf, begann mit einer Hand seine Jacke zuzuknöpfen und reichte mir zum Abschied die andere. Wir schüttelten unsere Hände.

»Das ist eine gute Entscheidung von dir und wird uns vieles einfacher machen. Gerade im Hinblick auf deine Führungsrolle bei Generator Klein-Körschow und ...«

Er sah mich väterlich an.

»... vielleicht ja auch mal bei einem anderen Verein, wie bei deinem Bruder. Immerhin wird euch der Nationaltrainer zusehen. Dein Vater hat ja auch noch viel vor mit dir. Gut. So. Ich muss los.«

Er lief aus seinem Büro. Ich wartete einen Moment, bis es ganz leise geworden war und er auch ganz sicher weg war. Dann stand ich auf und ging zum Schrank. Ich suchte die Schublade. Da war sie, markiert mit einem ordentlichen Zettel: »Mitgliedschaftsanträge/Anträge auf Mitgliedschaft«.

Ich überlegte kurz, was wohl der Unterschied sein könnte, zog sie auf und legte meine Zettel einfach ordentlich zurück. Ich war in Fichtelbiers Augen soeben Parteimitglied geworden. Bis zum Spiel würde er schon nicht merken, dass ich es gar nicht war. Das hoffte ich zumindest.

30

Eine Woche später hatte Gabi eine Art Verlobungsgrillen organisiert, das am Wohnwagen stattfinden sollte. Aber natürlich sollte neben unserer Verlobung auch das bevorstehende große Ereignis gewürdigt werden. Fichtelbiers Gästeliste konnte sich mittlerweile sehen lassen. Ein Vertreter vom sowjetischen Konsulat und eine Kaderdelegation vom Sportverband Bezirk 223 – so nannten sich die drei Männer aus Frichau – würden kommen. Das war für Klein-Körschow eine Sensation. Die allergrößte Sensation aber – der Nationaltrainer, der ganz oben auf der Liste stand und vermutlich der Einzige mit etwas Sachverstand war – wusste natürlich nichts von seinem Glück und würde bestimmt auch nicht kommen. Aber das wusste wiederum nur ich. Und ich hatte auch nicht vor, es jemanden zu erzählen – noch nicht einmal Gabi.

In der Eistruhe im Laden meiner Mutter lagen noch zwei große Tüten mit Reh. Mein Vater hatte die Tiere für die freie Fahrt der Landmaschinen in der Ernteschlacht *entfernt*. Das war der offizielle Sprachgebrauch. Mein Vater füllte zu Hause *Entfernungslisten* aus, die er brav in die *Glühende* brachte, damit sie dort in Schubladen sedimentierten. Jeden Frühling kam dann eine zwangsverpflichtete Gartenkadergruppe freiwillig vorbei, um den Humus aus den Schubladen zu entfernen und wieder in die Ernteschlacht einzugliedern.

Ich hatte von meiner Mutter den Schlüssel zum Laden bekommen und sollte das Reh in der Mittagspause holen und zum Wohnwagen bringen, damit es dort auftaute und wir es abends grillen konnten. Jeschkat war auch eingeladen. Ich ließ also meine Schilder trocknen, schloss den Laden auf und lief ins Lager, wo die Truhe stand. Die Funktion des Lagers war mir nicht ganz klar, denn solange sich meine Mutter um den Laden kümmerte, war dort noch nie etwas gelagert worden – außer eben die diversen Tierleichen meines Vaters. Ich griff in die Kälte und holte die letzten zwei Pakete heraus. Als ich wieder in den Verkaufsraum kam, stand da eine Frau im Laden. Ich hatte die Tür aufgelassen. Die Frau war ein bisschen älter als ich, vielleicht 20 oder 22. Ich hatte sie noch nie in Klein-Körschow gesehen. Ich dachte, so eine Frau hat in Klein-Körschow sowieso noch nie jemand gesehen. Mein Herz klopfte. Mit meinen Paketen in der Hand hielt sie mich für den zuständigen Arbeiter oder Bauern.

»Tag.«

»Tag.«

Ich fand sie wahnsinnig schön. Sie war groß, schlank und stark. Mit ihren vollen blonden Haaren sah sie so gesund aus. Ich sah sie an.

»Kann ich was für Sie tun?! Ich bin zwar nur der Sohn, aber ...«

Sie sah mich an und lächelte. Umwerfend. Dieses Lachen blitzte in mein Herz.

»Zwar nur der Sohn ...?!«

Ich nickte. Wir grinsten uns an.

»Na ja, also ... Ich arbeite hier nicht, wollte ich damit sagen.«

»Verstehe.«

»Es ist eigentlich Mittagspause.«

Sie lächelte mich an. Sie spürte, dass sie mich völlig durcheinanderbrachte. Wieder blitzte mich dieses Lachen an.

»Verstehe. Da hab ich ja Glück, dass ich dich treffe.«

Ich nickte. Ich sah sie an. Wie immer war außer ein paar Kohlköpfen nichts im Laden, deshalb gab es eigentlich für niemanden einen Grund, in diesem Laden zu bleiben. Ich wollte aber, dass sie blieb. Wenigstens noch ein bisschen. Sie sah sich um und zuckte mit den Schultern. Ich hielt ihr eine von den beiden Tüten mit Reh hin.

»Ich hätte da etwas Rehbraten.«

»Oh, wirklich?! Aber ...«

»Nein, das ist schon in Ordnung. Nimm.«

Ich reichte ihr eine der beiden Tüten. Sie strahlte. Sie war so schön! Ich wollte sie immer lächeln sehen!

»Was macht das?!«
»Schenk ich dir.«
»Wirklich?!«
»Wirklich. Ist gar nicht vom Laden.«
»Kann ich eigentlich nicht annehmen.«
»Doch. Kannst du.«
»Gut. Dann mach ich das. Danke!«
»Gerne.«
Sie schlenderte mit mir zur Tür.
Ich hielt ihr die Tür auf und ärgerte mich, dass sie schon wieder gehen würde. Aber was sollte ich ihr noch anbieten? Sie lächelte und reichte mir ihre Hand. Ich nahm sie. Sie war wunderbar weich und gelenkig.
»Danke. Ich bin Susanne. Wir wohnen jetzt hier.«
»Ich bin Bernd. Ich wohn schon länger hier.«
Wir sahen uns an. Dann lachten wir beide. Wir hielten immer noch unsere Hände. Dann fiel uns das auf. Dann ließen wir unsere Hände los. Sie strich ihr Haar nach hinten. Sie musterte mich.
»Bist du einer von den Fußballern?«
Mein Mund wurde trocken.
»Ja. Ich bin ihr Kapitän.«
Sie lachte.
»Natürlich. Der Kapitän. Dann bis bald.«
Ich nickte.
»Bis bald.«
Sie warf mir noch einmal dieses umwerfende Lächeln zu, drehte sich um und ging davon. Ich sah ihr hinterher. Was für ein Gang! Was für eine Frau! Sie war perfekt! »Wir wohnen jetzt hier«, hatte sie gesagt. Was hieß dieses »Wir«? Sie und ihre Familie? Sie und ihr Mann?! So eine Frau hatte ganz sicher einen Mann! Sie wohnte jetzt hier. Was für ein Glück! Ich konnte mich nicht erinnern, dass überhaupt mal jemand nach Klein-Körschow gezogen war! Außer Jeschkat. Aber doch nicht so jemand! Ich dachte an Gabi, schwang mich auf mein Rad und hoffte irgendwie, dass

das egal war. Susanne wohnte jetzt hier. Hier irgendwo würde ich sie wieder treffen. »Bis bald«, hatte sie gesagt. Mit Gabi, das würde schon funktionieren. Vielleicht war Susanne verheiratet, aber was machte das schon? Das war ich auch – bald zumindest. Ich musste ja nicht gleich mit ihr ins Bett. Hatte ich auch gar nicht vor. Ich war verlobt. Es reichte doch, wenn ich sie ab und zu sah – Susanne, diese blonde, große, wunderschöne, lustige Susanne, die ich gar nicht kannte.

Als ich auf halbem Weg zum Wohnwagen war, sprang ich in meinen Rücktritt und machte eine sandige Vollbremsung. Ich sah über die Felder und begriff, dass ich mich verliebt hatte. Alleine im Wind, zwischen den Feldern auf meinem Rad kroch plötzlich eine unendliche Einsamkeit in mich hinein. Ich hatte Angst davor, Gabi zu verlieren. Ich hatte Angst vor dem ganzen Schmerz und dem Unglück, das bald kommen würde. Und Angst vor dem Tod meines Bruders. Mein Bruder, den ich jeden Abend innerlich verabschiedete, weil er am nächsten Morgen vielleicht schon nicht mehr aufwachen würde. Hoffentlich schaffte er es bis zu dem Spiel! Ich musste endlich mit jemandem darüber sprechen! Vielleicht mit Jeschkat. Die ganze Welt glaubte, es ginge mir um diesen sinnlosen Jahrestag! Verdammt. Alles war Lüge. Ich schnäuzte mich.

Und fuhr weiter, unseren halben Rehbraten auf den Gepäckträger geklemmt, und ich spürte, dass es von alldem kein Entkommen mehr gab.

Es war höhere Gewalt.

31

Meine Mutter hatte mir und Jeschkat ein Bier hingestellt. Mein Vater schliff ein paar Meter entfernt die Farbe von zwei Paddeln herunter, weil er die gegen Fensterkitt eintauschen konnte, weil er hoffte, bald Fenster für unser Gartenhäuschen zu bekommen.

Dann konnte er den Kitt natürlich gut gebrauchen. Tobi lag im Gartenstuhl in der Sonne. Ich hatte Angst, dass er verbrennen würde, aber er beschwerte sich laut, als ich einen Sonnenschirm über ihm aufspannen wollte, also ließ ich es.

Ich hatte bisher jede Sekunde meines Hierseins an Susanne gedacht und war froh über alles, was mich davon wieder ablenkte. Dieses Lachen! Zum Durchdrehen!

Jeschkat und ich saßen über einem Zettel und überlegten die Strategie für das Spiel, aber ich hörte nicht zu, sondern legte mir ein harmloses Folgegespräch über Susannes Grillfleisch zurecht. Wenn es so lief, wie ich es mir vorstellte, redeten wir darüber, wie es geschmeckt hatte, wo sie es gegessen hatte – und vor allem *mit wem*! –, und es endete schließlich mit einer unauffälligen Verabredung im Grünen. Ich wollte sie anfassen! Allein der Gedanke daran trieb mir den Schweiß in die Hände. Ich dachte schon über den Ort eines Treffens nach, und – was mir einsam die Schamesröte ins Gesicht trieb, während ich mit Jeschkat Kreise auf Papier kritzelte – ich überlegte schon, wie Gabis Schichten im Krankenhaus denn diesen Monat wohl waren?! Das musste ich vor dem ersten Gespräch mit Susanne unbedingt noch unauffällig herausfinden!

Ich hasste mich!

Jeschkat und ich hatten kein wirkliches Konzept, außer eben zu gewinnen. Jetzt, nach dem Überfall, erst recht! 7:0 in einer Halbzeit war natürlich eine gute Vorlage. Trotzdem. Niemand kannte die Russen. Sie waren unberechenbar. Die waren drei Jahre von zu Hause weg – extra weit weg, damit sich auch im Urlaub eine Heimreise nicht lohnte, weil man nach zwei Wochen Zugfahrt nur fünf Minuten zu Hause bleiben konnte, bevor man wieder zwei Wochen lang zur Kaserne zurückfahren musste. Gabi saß im Schneidersitz auf einer Decke und las in ihrem Oma-Katalog-Lieblingsbuch. Ab und zu notierte sie etwas, als wenn sie es hätte bestellen können. Dann hob sie den Katalog hoch und zeigte mir eine blaue Schüssel mit Keksen. Ich kannte sie schon.

»Gefällt dir die?!«

»Schon.«

Dann legte sie die Zeitschrift wieder auf ihre Knie.

»Bernd?«

Ich sah wieder hoch. Sie nervte mich.

»Ja?«

»Sag mal, was hältst du davon, wenn wir am Tag von eurem Spiel heiraten?!«

Das nervte jetzt noch mehr. Ich wollte die Hochzeit möglichst weit wegschieben. Warum nicht erst nächstes Jahr?! War man nicht mindestens ein Jahr lang verlobt?!

»Ich weiß nicht so recht. 30-Jahr-Feier? Unser Spiel? Und dann noch die Hochzeit?! Alles auf einmal?!«

Meine Mutter sah über ihr Strickzeug.

»Aber das ist doch eine gute Idee! Stell dir vor, ihr gewinnt! Diese Kader. Das ganze Dorf! Nachher kommen die noch als Gäste, stell dir das mal vor!«

»Ich weiß nicht …«

Meine Mutter stupste mich an.

»Sei nicht so bescheiden. Mensch, Bernd. Das ist doch 'ne gute Idee!«

Gabi strahlte. Ich sah Jeschkat an, der gerade eine neue Variante unserer Namen in die Kreise auf dem Bleistiftspielfeld schrieb. Eigentlich sollte es mir richtig gutgehen. Ich hatte es geschafft, mich zu verloben, und Tobis Spiel würde stattfinden. Es war bereits mit einer Gästeliste gesegnet, die es in Klein-Körschow noch nie gegeben hatte. Alles war so, wie ich es gewollt hatte. Ich sah Gabi an. Kurzzeitig flackerte in mir die Hoffnung auf, dass Susanne einfach wieder aus meinem Kopf verschwinden würde. Gabi war sehr süß und bestimmt eine gute Ehefrau. Vielleicht waren meine Gefühle für Susanne auch nur eine logische Folge meiner Verlobung?! Vielleicht war Susanne nur ein Stellvertreter. Ein letztes Abenteuer. Als Ehemann würde mir so etwas vermutlich öfter passieren. Ich betrachtete meinen Vater, wie er mit dem

Schmirgel über die Paddel scheuerte. Wer weiß, was er auf seinen Touren so erlebte. Meine Mutter strich Gabi über den Kopf.

»Denk doch mal an deine Zukunft, Junge. Wenn das ganze Dorf auf den Beinen ist am 30. Jahrestag mit diesen ganzen Gästen und du als Kapitän der Mannschaft danach noch heiratest! – Dann vergisst dich von denen keiner mehr. Dann hast du immer ne Arbeit hier im Dorf.«

Gabi sah mich an.

»Was sagst du?«

Es nervte mich, dass keiner hier an Tobis Geburtstag dachte. Keiner war auf die Idee gekommen, dass dieses Spiel für Tobi sein könnte. Auf der anderen Seite hatte ich aber auch alles dafür getan, dass niemand darauf kommen konnte. Warum eigentlich? Ich sah Jeschkat an, der sich gerade wieder umentschied und ein paar Namen ausradierte. Er wollte bei dieser Familienangelegenheit nicht dabei sein und versuchte irgendwie hinter seinem winzigen Bleistift zu verschwinden. Ich tippte mit meinem Zeh gegen sein Bein.

»Was sagst du?!«

Jeschkat sah mich an.

»Verdient hättest du es ... Ihr hättet die größte Feier.«

Ich betrachtete Tobi, der friedlich grunzend in seiner schiefen Sonnenliege sowjetischer Bauart lag. Ich dachte, er sollte meine Hochzeit noch erleben. Vielleicht hatten sie alle recht.

Ich schämte mich, weil ich mein Familienleben und meine Zukunft durch eine Begegnung mit einer Frau durcheinanderbringen ließ, von der ich gar nichts wusste. Ich musste grinsen, denn im Geiste hatte ich bereits so getan, als ob ich statt Gabi einfach Susanne heiraten könnte. Das war natürlich Blödsinn. Wer wusste, was Susanne machte und wen sie liebte?! Bestimmt war sie verheiratet, vielleicht hatte sie Kinder?! Ich sollte sie vergessen! Das war doch alles Blödsinn!

Ich sah Gabi an.

»Also gut.«

Gabi sprang auf und umarmte und küsste mich. Meine Mutter rief »Wiiilli!«, damit mein Vater den Schmirgel weglegte, um die gute Nachricht zu hören. Er kramte aus irgendeiner Ecke einen wirklich guten Schnaps hervor, und wir stießen alle darauf an. Tobi bekam von dem guten Apfelsaft.

Als sich die ganze Aufregung wieder gelegt hatte, ließ ich mir von Jeschkat erklären, wie wir denn jetzt spielen würden. Aber ich hörte nicht zu. Ich überlegte, wann ich Susanne wiedersehen würde. Als Jeschkat mich irgendwann erwartungsvoll ansah, merkte ich, dass sein Vortrag offensichtlich beendet war. Ich sagte: »Find ich gut, aber ich muss noch darüber nachdenken«, lehnte mich in meinem Gartenstuhl nach hinten, schloss die Augen und sah mir Susanne noch einmal an. Ich grinste. Ich freute mich. Wir waren ein kleines Dorf. Es würde nicht lange dauern, bis mir jemand von der neuen Bewohnerin erzählen würde. Sie sagte, sie würde jetzt hier wohnen.

Mein Vater kam und rumpelte den Grill aus dem Wohnwagen. Er kam mit dem Paket Rehfleisch raus.

»Das ist doch viel zu wenig! Ich hatte doch gesagt, du sollst beide Tüten mitbringen!«

Meine Mutter sah mich an.

»Hast du nicht?! Ich hab in die Truhe geguckt. Da war nichts mehr drin.«

Ich merkte, dass ich rot wurde. Mein Vater ließ keine Ruhe. Wieder wedelte er mit der Tüte.

»Wo ist die andere?!«

Ich überlegte. Jetzt ging es schon los mit dem Lügen.

»Ich glaub, ich hab sie verloren. Als ich hier ankam, war es nur noch eine. Ich hatte sie auf dem Gepäckträger.«

Gabi grinste mich an. Sie strich mir über das Bein.

»Wie süß du rot werden kannst ...«

Meine Mutter lachte und schüttelte den Kopf. Mein Vater knurrte und schüttelte den Kopf.

»Das ist dann ja wohl weg. So was bleibt doch keine zwei Minuten da draußen. Wie kann man nur so blöd sein?! Weißt du, wie viele Kacheln mir der Behrends für so ein Rehstück geben würde? Das eine reicht doch niemals für uns!«

Er ging vorwurfsvoll zum Grill und begann, stöhnend über seinen unfähigen Sohn, alles vorzubereiten, während er um eine ganze Lage Kacheln für unser Bad trauerte.

Gabi grinste schelmisch, machte sich lang und strich mir über den Kopf.

»Ich liebe dich trotzdem, mein Süßer. Du musst für das Spiel sowieso etwas abspecken.«

32

Ich malte gerade das kleine *t* von *Soldaten* auf mein Schild, das Fichtelbier wegen der Sache mit dem Überfall der befreundeten Sowjetvölker vor das *Haus der Freundschaft* stellen wollte.

Sowjetische Soldaten – Friedensliebe erreicht 98 %!

Gelbe Schrift auf roter Platte. Natürlich.

Die zwei Prozent, die den Frieden nicht liebten, waren die drei, die bei uns gewesen waren. Aber der Sozialismus entwickelte sich ständig, und die Prozente stiegen stetig, egal, ob beim Sonnenuntergang, bei der Grabpflege oder eben auch bei der Friedensliebe.

Es war ein warmer Tag, und ich stand draußen auf der Leiter. Plötzlich kam Gabi angeradelt. Sie war ganz aufgeregt.

»Hallo, mein Süßer!«

Sie legte ihr Rad auf den Schotter und kam die Leiter hochgelaufen. Sie küsste mich. Sie strahlte.

»Wir haben etwas vor! Juchuuu!«

»Was denn?«

»Wir können uns die Wohnung angucken! Die Wohnung im Block!«

Ich pinselte weiter.

»Kenn ich doch schon. Ich kenn Fichtelbiers Wohnung. Die wird genauso aussehen.«

»Aber das wird unsere Wohnung! Die, in die wir einziehen!«

»Wirklich?!«

Sie nickte und küsste mich wieder. Sie hängte sich an meinen Hals.

»Komm runter, sonst fällst du, wenn ich dir *das* erzähle.«

Ich wischte meine Hände am Lappen sauber, steckte den Pinsel in den Topf, und mir schwante irgendwie nichts Gutes. Natürlich war das alles gut, aber es gibt diese Momente, wenn man das Böse scharren hört, wenn man das Gefühl hat, es wäre besser, sich zu verstecken und sich auch auf das Gute nicht einzulassen – weil es nur das verkleidete Böse ist. Weil es gelogen ist. Gabi hüpfte auf den Schotter und nahm mich in den Arm, als ich unten war.

»Also. Mein Papa hat gestern … Fichtelbier getroffen, und eine Wohnung wird Ende Oktober frei. Da können wir rein! Keine Warteliste – und weißt du, warum?!«

Sie lachte.

»Weil die gar nicht auf der Liste ist! Die taucht auf gar keiner Liste auf!«

»Keine zwei Monate Wartezeit?! Keine Liste?! Niemals!«

»Doch! Eine Wohnung aus dem Verwaltungsbestand der Partei oder so. Sie brauchen sie nur noch bis Oktober, dann ziehen die wieder weg. Und jetzt, wo du Mitglied wirst, kommen wir in Betracht. Dann heiraten wir und haben gleich eine Wohnung!«

Ich nahm sie in den Arm. Gabi hopste an mir hoch. Ich hielt sie fest und schob sie ein bisschen weg.

»Und wann?!«

»Jetzt gleich. Zwei Uhr!«

Ich drückte Gabi und sah über ihre Schulter auf mein Kreidetor auf der Ziegelwand. Ich spürte ihr kleines Herz vor Aufregung klopfen. Es war so süß, wie sie sich freute.

33

Ich hatte mich umgezogen und stand neben Gabi im Flur vom Block. Es war etwas zugig, besser: windig, weil noch keine Fenster im Treppenhaus waren, und es würden vermutlich auch nie welche hineinkommen, also konnte man sich schon mal frühzeitig daran gewöhnen – aber wir wollten ja auch nicht im Treppenhaus einziehen. Die Wohnung lag im zweiten von drei Stockwerken. Fichtelbier wohnte im Block schräg gegenüber. Sein zerscherbelter Beistelltisch lag immer noch hinterm Haus. Gabi klingelte und sah mich voller Freude und Erwartung an. Von drinnen kamen Schritte. Ich dachte, dass es sehr hellhörig ist, wenn man draußen schon die Schritte hört – das war bei Fichtelbiers Wohnung genauso –, und dann ging die Tür auf und vor uns stand:

Susanne!

Sie sah mich und ich sah sie. Sie sah unglaublich aus! Noch schöner, als ich sie in Erinnerung hatte. Sie trug ein kurzärmeliges Hemd, aus dem ihre Arme rausguckten. Sie trug ihr blondes Haar offen. Sie sah Gabi und streckte ihre Hand aus.

»Hallo, ich bin Susanne!«

»Ich bin Gabi!«

Ich bekam Herzklopfen und hatte sofort Angst, rot zu werden. Zumindest schwitzte ich. Susanne sah das. Gabi zum Glück nicht, denn sie schielte schon in die Wohnung. Zu meiner Aufregung über Susannes Erscheinen kam noch meine Angst, dass sie etwas zu dem Grillfleisch sagen könnte, von dem Gabi nichts wusste, zu unserem Treffen im Laden, oder überhaupt, dass wir uns schon mal begegnet waren. Oder dass sie sich an meinen Namen erinnern konnte und ich dann herumstammeln musste, warum. Es war schrecklich. Gabi zeigte auf mich.

»Und das ist Bernd!«

Susanne nickte und gab mir die Hand. Wahnsinnig weich und feingliederig.

»Ich bin Susanne!«

Sie tat so, als ob sie mich noch nie gesehen hätte. Mir fiel ein Stein vom Herzen. Das merkte sie. Ich dachte: Jetzt geht der Betrug schon los! Wir sind noch nicht durch die Tür, da haben wir Gabi schon abgehängt. Ich ließ Susannes Hand los.

»Hallo!«

Susanne trat einen Schritt zurück.

»Ja, dann kommt mal rein.«

Wir liefen hinter ihr her. Ich sah ihren Hintern. Ihren Gang. Sie war wirklich die schönste Frau, die ich je gesehen hatte. Ohne Zweifel. Ich hatte Angst davor, dass Gabi meine Hand nehmen könnte, denn sie war jetzt eiskalt und klamm. Gabi zeigte ganz begeistert herum.

»Guck mal!«

Wir kamen in ein großes Zimmer. Überall standen unausgepackte Sachen herum. Die Wände waren noch nackter Beton. An den merkwürdigsten Stellen kamen Kabel aus der Wand. Susanne schob ihr langes Haar hinter die Ohren.

»Bisschen komisch, euch die Wohnung zu zeigen. Wir ziehen ja auch gerade erst ein. Ihr seht ja, ist noch nichts gemacht. Farbe haben wir noch nicht bekommen. Der Antrag läuft. Aber mein Mann hat hier nur kurz zu tun. Bis Mitte Oktober. Wahrscheinlich streichen wir gar nicht.«

Susanne sah mich an und ließ die Worte etwas nachklingen. Es klang fast, als wäre es ihr peinlich, verheiratet zu sein. Oder sie es im Moment nicht wollte. Vielleicht bildete ich mir das aber auch nur ein, weil ich es mir wünschte. Gabi drehte sich im Zimmer herum.

»Oh. Bernd, es ist toll!«

Dann entdeckte sie etwas und lief zum Fenster.

»Ein Balkon!«

»Aber das wusstest du doch. Die sieht man doch von außen.«

»Ja, aber komm mal gucken! Wie schön der ist!«

Ich betrachtete Susanne. Sie betrachtete mich und grinste, als ob Gabi unser kleines Kind wäre. Es war so merkwürdig. Wir waren wie Geister. Gabi lief quietschend umher, und wir – Susanne und ich – waren in einer anderen Zeit. Wir waren nicht da. Vielleicht war auch nur ich nicht da, und sie knallte mir gleich eine, weil ich sie ständig so anstarrte. Ich erschrak über diesen Gedanken. Ich blickte zu Boden.

»Tja, mh. Sogar ein schöner Belag.«

Gabi versuchte die Balkontür zu öffnen. Susanne kam dazu.

»Warte mal, du machst … den hier hoch und dann … Guck. Ist was ganz Modernes.«

Es rumpelte. Die Tür ging wackelig auf. Susanne musste einen Bücherstapel zur Seite schieben, damit sie ganz aufschwingen konnte, und Gabi lief hinaus auf den Balkon. Feuchter Wind wehte in die Wohnung.

»Oh, ist das herrlich! Bernd!«

Ich sah Susanne an. Ich wollte nicht zu Gabi auf den Balkon. Susanne sah mich an. Sie lächelte. Ich wurde rot und schlich an ihr vorbei zur Balkontür. Da spürte ich, wie sie mit dem Finger über meinen Arm strich. Ganz zufällig, im Vorbeigehen. Es kann auch wirklich Zufall gewesen sein, dachte ich, weil sie ihre Hand ausgestreckt hatte, um mir die Tür aufzuhalten. Aber wenn es doch Absicht war?! Dann stand ich mit weichen Knien neben Gabi auf dem Balkon. Wir sahen in die Ferne. Die Schornsteine der *ewigen, glühenden* oder wie auch immer Freundschaft rauchten brav ihren gelben Dreck in die Luft. Ein hellblauer Trabant knatterte weit entfernt zwischen Alleebäumen entlang. Hier würde ich also raussehen, verheiratet mit Gabi, bis ans Ende meiner Tage, wenn Susanne schon längst wieder mit ihrem tollen Mann in Berlin wäre. Susanne lehnte sich neben mich an die Brüstung. Ihr Hemd berührte die Haarspitzen meines Unterarms.

»Schön hier bei euch.«

Damit meinte sie Klein-Körschow, und angesichts des rauchenden Schlots direkt vor uns wusste ich nicht, wie sie es meinte. Ich sah sie an. Sie war so nah.

»Wo kommst du denn eigentlich her?«

»Berlin.«

»Und warum seid ihr nur bis Oktober hier?!«

»Der Stefan, also mein Mann, der hat hier einen Parteiauftrag.«

Mein Mann! Ich sah unauffällig weg. Gabi strahlte Susanne an.

»Ist aber eine kurze Arbeit.«

Gabi war mir irgendwie peinlich, dabei war sie nur glücklich. Sie war so klein. So provinziell. Sie tat mir leid. Ich hasste mich dafür. Ich war schlimmer als provinziell. Susanne nickte.

»Ja, so etwas hat Stefan öfter. Er ist Spezialist.«

Gabi nickte, aber es interessierte sie eigentlich nicht. Ihr war nur wichtig, dass Susanne hier pünktlich wieder auszog. Gabi wollte wieder zurück in die Wohnung, und ich sollte mit. Also zog sie mich vom Balkon. Susanne folgte. Gabi sah sie an.

»Dürfen wir mal ins Schlafzimmer?!«

Susanne lachte.

»Natürlich.«

Susanne machte die Tür zum Schlafzimmer auf und schielte hinein.

»Schön groß!«

Ich fand es ungeheuerlich, jetzt in dieses Schlafzimmer zu gucken. Das Zimmer, in dem Susanne sich auszog, nackt umherlief, schlief, vielleicht mit diesem schrecklichen Stefan Sex hatte. Ich wollte es gar nicht sehen. Gabi betrachtete Susanne.

»Kann ich mal ins Bad?!«

»Natürlich. Die Tür hinterm Flur.«

Ich machte einen Schritt, um mitzugehen, aber Gabi schüttelte den Kopf.

»Ich ruf dich gleich, dann kannst du auch gucken.«

Sie grinste Susanne an.

»Das kommt von der Aufregung …!«

Gabi ging. Ich war mit Susanne alleine. Ich sah irgendwohin. Die Klotür ging, und dann hörten wir den üblichen Begeisterungsschrei. Dann plätscherte es. Es war wirklich eine hellhörige Wohnung. Susanne und ich grinsten uns an. Sie flüsterte.

»Das Fleisch hat übrigens toll geschmeckt! Noch mal danke.«

Am liebsten wäre ich tot umgefallen. Es war so schrecklich, Susanne jetzt flüstern zu hören, mit mir, als ihrem Komplizen. Aber es war auch das Großartigste der Welt! Susanne betrachtete mich. Ich betrachtete sie. Susanne streckte ihre Hand aus. Ich nahm sie. Mit der anderen Hand strich ich ihr über das Gesicht. Sie sah mich an. »Was passiert hier?«, hörte ich mich denken. Dann holte Susanne Luft, ließ mich los, lief auf den Balkon und sah in die Ferne. Ich blieb alleine im Schlafzimmer stehen. Ich betrachtete sie durch die Scheibe auf dem Balkon. Wir mussten verrückt sein. Die Toilettenspülung ging.

»Bee-ernd!«

Ich lief zum Bad. Gabi machte die Tür auf und zeigte mir das Bad. Ich sah es stumm an.

»Was ist? Ist doch toll, oder?! Ganz modern!«

»Ja, es ist schön.«

»Ach, schön ... Es ist toll!«

Ich stand da und sah und hörte nichts mehr. Gabi hantierte mit allerlei Dingen, alles war braun und ich fand es gar nicht schön, aber es gab zwei Wasserhähne über dem Waschbecken, einen für Warm, einen für Kalt, und eine Sitzwanne ohne Vorhang.

Eine Tür ging. Susanne kam vom Balkon zurück. Gabi stiefelte ins Kinderzimmer. Und wieder staunte sie.

»Oh, Bernd, komm mal!«

Susanne vermied es, mich anzusehen, und ging Gabi hinterher. Jetzt waren die beiden alleine im Zimmer.

»Ihr könnt gerne die Wohnung später noch mal ansehen, wenn ihr wollt, ich bin heute den ganzen Tag hier. Stefan ist noch in Berlin.«

»Nein, nein, das reicht uns schon.«

Gabi zog mich an ihre Seite.

»Ach, wir freuen uns so.«

Ich nickte.

»Na, dann ist ja alles gut.«

Es gab nichts, was in dem Moment weiter von der Wahrheit entfernt war.

34

Gabi nahm den Bus zum Krankenhaus, und ich radelte wieder zu meinem Schild und meinem Farbtopf zurück. Ich war wie betäubt. Ich lief die Leiter hoch und sah Susannes Gesicht vor mir. Dann hörte ich wieder ihren Satz, den sie im Kinderzimmer gesagt hatte: »Ihr könnt gerne die Wohnung später noch mal ansehen, wenn ihr wollt, ich bin heute den ganzen Tag hier. Stefan ist noch in Berlin.«

Ich sah auf die Uhr. Bartoczek sagte ich, dass ich noch einmal wegmüsste, die Farbe müsse eh noch trocknen, aber es interessierte ihn kaum. Er nickte nur hinter seiner Zigarette. Seit ich so ungefähr die Fußballweltmeisterschaft nach Klein-Körschow geholt hatte, konnte ich bei *Vorwärts mit Roter Farbe* sowieso machen, was ich wollte. Ich radelte zurück zum Block, aber ich machte einen Umweg über den Wald an den Wiesen, wo ich mein Rad versteckte. Ich wollte nicht, dass es jemand vorm Block stehen sah. Fichtelbier oder einer von den Jungs oder weiß Gott, wer sonst noch hier so vorbeikam. Obwohl, was war so verwerflich daran, wenn ich mir die Wohnung noch einmal ansehen wollte?! Susanne hatte uns ja dazu eingeladen. Gabi hatte bestimmt nichts dagegen. Im Gegenteil, sie würde mein Engagement toll finden. Ich könnte die Wohnung sogar ausmessen. Das war ein guter Grund. Aber ich wusste natürlich, dass es gelogen war. Natürlich. Ich hatte gar kein Maßband mitgenommen, und ich spürte auch, dass ich es nicht brauchen würde. Ich lief aus dem Wald heraus, stieg über einen Weidezaun und stapfte von hinten über die Wiese an den Block heran. Es gab noch keine Kellertüren, vermutlich würde es auch nie welche geben, und man konnte einfach hineinlaufen, durch den windigen Flur nach oben, und dann stand ich wieder vor Susannes Tür.

Susannes und Stefans Tür.

Bald Gabis und Bernds Tür.

Ich konnte hören, dass Susanne da war. Sie lief hin und her. Ich stand da und tat nichts. Ich klopfte nicht, aber ich ging auch nicht weg. Ich dachte, vielleicht ist das jetzt der beste Moment meines Lebens. Die schönste Frau der Welt hinter dieser Tür, aber sie weiß nicht, dass ich sie höre, dass ich zu ihr will. Noch ist alles gut. Alles in seiner schönen Ordnung. Wenn ich jetzt einen Schritt weitergehe, wenn ich jetzt klopfe, wird vielleicht alles schlimm.

Dann hatte ich aber schon geklopft.

Es war einfach passiert. Ich wollte sie sehen. Ich konnte nicht vor der Tür stehen bleiben. Es ging gar nicht anders. Ihre Schritte. Mein Herz klopfte. Trockener Mund. Kalte Hände. Die Tür ging auf, und Susanne stand vor mir. Sie sagte nichts. Sie machte nur die Tür etwas weiter auf, damit ich reinkommen konnte. Ich ging rein. Ich sah sie an. Sie schloss die Tür. Ich strich über ihren Arm. Keiner sagte etwas. Sie kam näher. Jetzt war sie direkt vor mir. Ihre Nasenspitze bohrte sich in meine Backe, sie küsste meinen Hals. Ich küsste sie. Wir küssten uns. Sie schlang ihre Beine um mich und klemmte mich fest. Ich hatte meine Hände in ihrer Hüfte. Weich und hart gleichzeitig. Ich griff zu, ich zog ihr Becken mit Wucht an mich heran. Sie bäumte sich auf. Ihre Füße hoben kurz vom Boden ab. Ich küsste ihren Mund, spürte ihre Zunge und strich ihr über die Hüften und diesen unglaublich perfekten Hintern. Sie drückte mich an die Wand. Ich drückte sie wieder weg. Dann schob sie mich küssend durch die Wohnung, stolperte dabei beinahe über einen Stapel Schallplatten, wir warfen eine Stehlampe um, und schließlich landeten wir auf der Matratze, die Gabi gerade noch begutachtet hatte. Gabi, die jetzt in ihrer Uniform auf ihrer Krankenstation stand und im Leben nicht darauf gekommen wäre, dass ich, ihr langjähriger Freund, Verlobter und zukünftiger Ehemann, gerade meine Hände in die Hose der Frau schob, die uns vorhin noch unsere neue Wohnung gezeigt hatte. Ich lachte. Susanne lachte auch. Ich fühlte mich furchtbar und großartig. Es war, als wenn wir kämpfen würden. Ich wollte sie so sehr, nur sie, sie, sie, sie! – und alles andere war mir in dem Moment tatsächlich egal. Auch wenn ich direkt danach dafür erschossen worden wäre, ich hätte nicht aufgehört, ich hätte noch nicht einmal darüber nachgedacht aufzuhören. Ich konnte nicht anders. Es gab kein Entkommen, und ich hatte ihre Haare im Mund. Ich war mit ihr zusammen, wie ich noch nie mit einer Frau zusammen gewesen war. Es floss, es hatte Rhythmus, ich hörte ihren Körper. Ich dachte nicht an mögliche Schwangerschaften, nicht an einen Stefan, der verfrüht aus Berlin wiederkommen und mich erschießen könnte, nicht an eine Gabi, die gerade in Gedanken unsere, *meine, diese!* Wohnung einrichtete! – es war mir egal, nein, schlimmer: Ich nahm es in Kauf! – denn es war absolut großartig, einfach überirdisch und fühlte sich völlig richtig und ohne jede Alternative an. Und dann kamen wir gemeinsam, unglaublich, und dann sank ich zusammen und floss aus, zitterte und war kurz davor loszuheulen. Susanne hielt mein Haar und zitterte auch. Wir lagen auf unseren verschwitzten Schultern, und ich fühlte mich dieser Frau, mit der ich bis dahin erst drei Sätze gewechselt hatte und die ich in meinem gesamten Leben erst 20 Minuten überhaupt gesehen hatte, näher und tiefer verbunden als allen anderen Menschen auf der ganzen Welt.

35

Ich schlich über die Weide zurück. Ich sah auf den Boden und hoffte einfach nur, dass gerade niemand aus dem Fenster sehen würde. Ich hatte Angst zu stolpern. Ich schämte mich. Und ich schnatterte, obwohl es warm war. Ich weiß nicht, ob vor Aufregung oder vor Angst. Vermutlich beides. Endlich kam der Zaun, dahinter endlich der schützende Wald!

Ich fand mein Rad, stieg darauf und rollte los. Wie sah ich aus? Keine Ahnung. Ich sortierte meine Haare und alles klebte. Ich hielt an und roch an mir. Sie klebte überall an mir. Meine ganzen Sachen. Meine Haare, meine Hände. So konnte ich unmöglich zurück zur *Roten Farbe*. Ich sah mich um. Was tun?

Umziehen! Ich musste mich umziehen! Ich musste die Kleider waschen. Ich musste duschen. Das alles an einem normalen Tag, kurz vor der Mittagszeit. Ich hatte meine Sachen noch nie in meinem ganzen Leben selber gewaschen, und ich musste es heimlich tun. Duschen und Sachen waschen. Und mir durfte dabei niemand begegnen. Nicht auf dem Weg und nicht in unserer Wohnung. Meine Mutter war vermutlich im Laden. Tobi? Der konnte überall sein. In seinem Lieblingssessel genau wie in einer Schlange vorm Laden oder auf seinem Dreirad. Tobi war auch gar nicht das Problem. Er konnte mich sowieso nicht verraten.

Verraten.

Dann kam mir eine andere Möglichkeit in den Sinn: ein Geständnis. Reinen Tisch machen. Ich sah mich im Wald nach einer Antwort um. Nein! Kam nicht in Frage. Es war eine einmalige Sache gewesen. Ich konnte deshalb nicht alles zerstören. Gabi müsste mit mir in eine Wohnung einziehen, in der ich schon Sex hatte – mit einer anderen Frau. Nein. Unmöglich! Ich drückte meine Knöchel am Fahrradlenker weiß. So eine Scheiße! So eine Scheiße!

Wohin jetzt?!

Egal. Erst mal weg hier! Nur weg! Ich trat in die Pedale und rollte los. Ich würde nach Hause fahren, meine Sachen in der Dusche waschen und mich umziehen. Niemand würde sich daran erinnern, was ich am Morgen angezogen hatte. Bartoczek bestimmt nicht. Aber Gabi. Gut. Ganz ruhig. Nerven behalten. Eins nach dem anderen. Gabi würde erst am späten Nachmittag aus dem Krankenhaus zurückkommen. Bis dahin war noch viel Zeit.

Ich konnte die gewaschenen Sachen nass zur *Roten Farbe* mitnehmen und da in der Sonne trocknen. Ich sah mich am Himmel um. Es sah nicht nach Regen aus. Ein bisschen Wind ging. Aber wie die Sachen transportieren?! In einem Korb. Mit einem Korb durch Klein-Körschow radeln, mit nassen Sachen drin? Warum eigentlich nicht?! In Ordnung.

36

Ich rollte auf unser Haus zu. Tobis Dreirad stand davor. Egal. Ich ging hintenrum in den Waschkeller – der gar kein Keller war, sondern ein betonierter Raum mit Wasseranschlüssen, Duschecke, Waschkübeln, Wäscheleinen und unser Weg aus der Wohnung in den Garten. Ich zog mich aus. Ihr Duft quoll an mir hoch. Ich machte das Fenster auf und schob meine Sachen als Haufen mit dem Fuß unter die Dusche. Das kalte Wasser löste meine verklebten Haare. Der erste Teil war geschafft! Das Wasser wurde wärmer, und ich begann auf der Wäsche herumzutrampeln. Ich zog den Vorhang auf und sah mich im Waschkeller um. Da stand eine Packung am Fenster. Ich lief hin und machte sie auf. Es war Waschpulver. Ich nahm eine Handvoll heraus, kniete mich unter den Duschstrahl und wischte sie in die nasse Wäsche. Es wurde glitschig. Sehr glitschig! Ich hatte offensichtlich zu viel genommen. Viel zu viel! Plötzlich schmierte alles.

Ich stand auf und wäre dabei auf dem glatten Betonboden beinahe ausgerutscht. Ich drehte mehr Wasser auf und trampelte unter dem Strahl wie wild auf der Wäsche herum. Der Schaum wurde mehr und mehr. Alles schwamm im Waschkeller herum und kroch in alle Ritzen. Ich brauchte einen Schlauch! Ich drehte die Dusche aus. Ich war nackt. Die Wäsche lag als Schmierhaufen unter mir. Ich nahm den Gartenschlauch aus seinem Blechhänger. Ich drehte ihn auf und spritzte den Keller aus. Alles schwamm und ich hatte das Gefühl, alles wurde nur noch schlimmer. Die

Seife lief in alle Ecken und unter den Schrank. Über dem Abfluss in der Mitte des Raums wuchs ein kreiselnder Schaumhaufen nach oben. Ich machte die Tür zum Garten auf und spritzte das Wasser über den Boden nach draußen. Der Schaum floss langsam heraus. Ich musste meine Wäsche nach draußen bringen. Sie war die Seifenquelle. Ich nahm den nassen Haufen und warf ihn einfach aus der Tür auf die Wiese.

Dann spritzte ich weiter, und irgendwann war es endlich getan. Ich rollte den Schlauch wieder auf, ließ die Tür auf, trocknete mich ab und lief in unser Zimmer. Tobi lag im Bett und schlief. Schon wieder. Ich lief zu meinem Schrank und zog mir frische Sachen an. Geschafft. Endlich! Dann lief ich zurück und packte meine nasse, seifige Wäsche so, wie sie war, auf meinen Gepäckträger, sprang auf mein Rad und rollte davon, runter zum See! Da konnte ich in aller Ruhe die Seife aus der Wäsche spülen.

37

Auf dem Weg runter zum See kam mir zum ersten Mal der Gedanke, was denn wohl Susanne ihrem Stefan sagen würde? Wir hatten uns zum Abschied nur geküsst und gar nichts gesagt. Sie war noch nicht mal aufgestanden. Wir küssten uns, ich ging. Besser: Ich schlich. Ich hatte gar nicht darüber nachgedacht, irgendetwas zu besprechen oder zu verabreden, und sie bestimmt auch nicht. Schon das Wort »besprechen« wäre aus einer anderen, völlig unpassenden Welt gekommen. Was, wenn sie ihrem Stefan unter Tränen alles gestehen würde?! Was, wenn Stefan mich danach zu Hause aufsuchen und – während ich gemütlich mit Gabi, Tobi und meinen Eltern am Tisch sitze und Wurst esse – in unser Wohnzimmer stürzen würde?! Ich musste mit Susanne sprechen! Ich wusste, ich durfte sie nicht wiedersehen, zumindest nicht alleine, aber dieses eine Mal müsste es wohl doch noch sein. Nur für die Besprechung. Man könnte sich ja an einem neutralen Ort treffen. An einer Bushaltestelle, wo es normal war, dass wildfremde Menschen nebeneinandersaßen und ein bisschen miteinander plauderten. Ich brauchte Klarheit. Ich konnte nicht bis Oktober zitternd in unserer Wohnung sitzen, wo ich jederzeit fürchten müsste, ein Stefan tritt die Tür ein und richtet seine Kalaschnikow auf mich. Aber nicht jetzt. Später.

Jetzt war ich auf dem Weg, meine Sachen im See auszuwaschen. Eins nach dem anderen.

Ich fuhr oberhalb an Zillechs Datsche vorbei, rollte dann den Trampelpfad herunter und kam zum See. Hier war das Ufer flach und moderig, ich musste noch etwas weiter, bis fast auf die andere Seite. Da hielt ich, nahm den Wäschehaufen von meinem Gepäckträger und stopfte ihn ins Wasser. Ich wusch, was das Zeug hielt. Aus der Wäsche waberten weißblaue Wolken. Als wenn Milch darin gewesen wäre. Ich drückte im kalten Wasser umher, bis ich vom Drücken steife Finger bekam. Durch die Blätter sah ich Zillechs Datsche. Still und friedlich stand sie im rauschenden Blätterwald. Es war ziemlich windig geworden. Das würde gut für das Trocknen sein. Wie laut es im Wald war, wenn es windig war! Ich holte die nasse Wäsche aus dem Wasser und wrang sie aus. Da ging die Tür auf, und Zillech trat auf seiner Veranda ins Freie. Ich duckte mich noch etwas tiefer zu meiner Wäsche. Zillech hatte ich seit der Nachricht, dass der Nationaltrainer Klein-Körschow beehren würde, noch nicht wieder getroffen. Wenn Zillech mich jetzt am Ufer sah, würde er mit Sicherheit angelaufen kommen, die Wäsche sehen, viele Fragen stellen. Offiziell war ich ja auf der Arbeit. Was machte ich also hier am See? Das konnte ich jetzt alles nicht gebrauchen!

Zillech sah sich auf seiner Veranda um. Dann folgten ihm zwei andere Männer, die ich beide noch nie gesehen hatte. Der eine war unauffällig, etwa Mitte 30, durchtrainiert und trug eine Lederjacke. Der andere war um die 50, schwer und groß und trug die Uniform der befreundeten Sowjetarmee mit vielen Orden und einer großen Mütze. Es musste Wadrilijanokowitsch sein. Zillech griff irgendwohin und verteilte Schnapsgläser, die er wohl schon vorbereitet hatte. Die drei standen zusammen, Zillech goss ein, und alle stießen miteinander an. Sie tranken, nickten sie sich zu und lachten zusammen. Danach gingen sie wieder ins Haus zurück.

38

Ich stand draußen und pinselte an meinem Schild. Bartoczek und Krallmann waren meine neuen Klamotten natürlich nicht aufgefallen. Den Haufen nasse Wäsche hatte ich hinter der Halle einfach auf der Wiese in die Sonne gelegt. Wenn der unwahrscheinliche Fall eintreten würde, dass Gabi mich schon wieder auf der Arbeit besuchen würde – auf der Wiese würde sie bestimmt nicht nachsehen.

Ich wusste nicht, was ich denken sollte. Ich wollte zu Susanne, trotzdem hatte ich Angst, sie wiederzusehen, und natürlich fürchtete ich mich vor der nächsten Begegnung mit Gabi. Ich fühlte mich schrecklich. Und ich verachtete mein Selbstmitleid. Ich war doch der Täter!

Krallmann und Bartoczek waren wie immer pünktlich um 15.20 Uhr gegangen, aber ich arbeitete weiter. Das tat gut. Einfach hier stehen, zu wissen, was man zu tun hat, niemandem begegnen. Die Farbe riechen, der sanfte Fluss des Lacks, die Tropfen, die man unten an der Kante regelmäßig wegwischen musste, die kleinen Fliegen, die im roten Lack ersoffen und vorm Trocknen vorsichtig wegoperiert werden mussten. All diese Routinebewegungen, die warme Sonne auf der Ziegelwand, die großen Buchstaben. Ich mochte es immer, aber heute mochte ich es besonders.

Da kam mein Vater in die Einfahrt gelaufen. Er hatte kurze Hosen an und einen Ball unter den Arm geklemmt. Mein Trikot hatte er auch dabei. Ich musste lachen.

»Wie siehst du denn aus?!«

Er stellte sich vor mir auf.

»Ich dachte, du kommst nach Hause und wir trainieren ein bisschen. Und deshalb bin ich jetzt gekommen. Komm runter da! Feierabend.«

»Ich bin aber noch nicht fertig.«

»Junge! Wenn du eine Chance hast, dann die! Vergiss dieses verdammte Schild. Komm!«

Er stand da, wie ich ihn das letzte Mal gesehen hatte, als er Tobi groß machen wollte. Ich hatte keine Lust.

»Komm jetzt!«

»Lass mich. Der Jeschkat macht das schon.«

»Der Jeschkat hat gar nicht so viel Zeit. Was ist los mit dir?! In den Klub willst du, aber hier?! Mensch, Bernd! Der Nationaltrainer wird dir zusehen!«

Ich sah ihn an. Wie er da in seinen alten Sportsachen stand und wie das ganze Dorf an das Erscheinen des Nationaltrainers glaubte. Es war schon irgendwie niedlich. Dann dachte ich, ob ich jetzt hier oben stehe oder trainiere, ist eigentlich egal. Hauptsache, ich hatte etwas zu tun. Also machte ich den Laden zu, und wir liefen zum Sportplatz. Mein Vater stellte sich am Rand auf und ließ mich laufen. Er war nicht zufrieden.

»Du bist zu langsam. Fußball ist Laufen, Laufen, Laufen.«

Ich tat ihm den Gefallen und lief, bis ich völlig nass geschwitzt war. Ich freute mich darüber, denn dann konnte ich gleich mit einem guten Grund duschen gehen und dabei unauffällig noch mal den Seifenschleim auf unserem Waschkellerboden nachspülen. Mein Vater hockte auf der Tribüne und trieb mich an. Ich betrachtete ihn. Ich kam mir wie ein Betrüger vor, weil der Nationaltrainer niemals kommen würde und mein Vater wie ein Hampelmann dasaß und jetzt alle seine Hoffnungen in mich setzte. Vielleicht war er ja derjenige, mit dem ich reden konnte. Über Susanne. Oder über Gabi. Darüber, was man in so einer Situation tut – wenn er es denn wusste. Mein Schweiß tropfte bei jedem Schritt von meinen Augenbrauen. Mein Vater machte sich

Notizen. Dieses Training würde in seinen Augen also eine längerfristige Einrichtung werden. Bis zum 7. Oktober. Bis zum Spiel. Er meinte es richtig ernst. Als ich ihn so sitzen sah, kam mir der Verdacht, dass er nur nach einer Beschäftigung suchte, die seinen Schmerz betäuben sollte. Mich zu trainieren war eine schöne, anstrengende Aufgabe. Es ging um Fußball, es ging um einen seiner Söhne, es würde bis Oktober dauern, es hatte etwas mit Zukunft zu tun – mit einer positiven Zukunft –, und es lenkte ihn von dem ab, was uns Dr. Görnhardt für Tobi prognostiziert hatte und was sich unübersehbar in unserem Haus abspielte. Abschied.

Ich schluckte, aber ich konnte jetzt unmöglich weinen. Das hätte meinen Vater bloßgestellt, und das wollte ich ihm nicht antun. Nicht heulen, sondern laufen!

Laufen!

Mein Vater sah auf seine Uhr. Er liebte Tobi, und ich liebte ihn, und wenn ich es mit Laufen zeigen konnte, dann lief ich eben. Am liebsten ohne Pause bis Oktober. Er rief zu mir rüber.

»Ist gut. Komm, mach Schluss!«

Ich schüttelte den Kopf und lief einfach weiter. Wir waren alle sterblich! In 100 Jahren würde es niemanden mehr geben, den ich jetzt kannte. Das war ganz normal, und vielleicht war das auch gut so. Der Abschied von Tobi würde mir schwerfallen, aber ich würde es überleben. Ich beschloss, mit niemandem mehr über das Spiel zu sprechen. Jahrestag, Geburtstag, Hochzeit – sollten sie doch glauben, was sie wollten. Sie konnten sich was aussuchen. Tobi und ich würden wissen, dass es sein Abschiedsspiel war – er würde es spüren. Ganz sicher.

39

Ich hatte geduscht, den Keller noch einmal ausgespritzt und dann den ganzen Abend zu Hause verbracht. Dabei hatte ich ständig gefürchtet, dass die Tür aufging und Gabi hereinkam. Aber sie war wohl bei ihren Eltern geblieben. Vielleicht hat sie dort auch auf mich gewartet, ich weiß es nicht. Ich konnte nicht schlafen, denn ich musste abwechselnd an Susanne und an Gabi denken. Ich hatte Angst. Angst, worüber ich mit Gabi reden sollte, Angst, sie wieder zu treffen, Angst, dass Susanne ihrem Stefan alles erzählen würde, aber am allermeisten Angst, Susanne nie wiederzusehen.

Am Morgen saß ich verschlafen am Tisch, frühstückte mit der einen Hand und fütterte den grunzenden und gut gelaunten Tobi mit der anderen. Mein Vater biss in sein Holundermarmeladenbrot.

»Ich hol dich heute wieder von der Arbeit ab.«

Ich sah ihn an, aber ich sagte nichts. Er fing an, mir auf die Nerven zu gehen. Meine Mutter füllte sich ihren Tee in die Kanne, die sie im Laufe des Vormittags im Konsum austrank. Dann reckte sie ihren Kopf und sah aus dem Fenster auf die Straße. Mein Vater guckte, und dann guckten wir alle.

Ein Auto hielt. Ein eierschalfarbener Wartburg. Zillech und Fichtelbier stiegen aus. Sie liefen zur Tür, klopften und traten ein. Sie hielten sich nicht lange mit Gerede auf, sondern kamen gleich zur Sache. Sie wollten mich mitnehmen, zu einer Besprechung. Beide waren ziemlich schlecht gelaunt, aber was hatte ich damit zu tun?! Ich zog mir meine Jacke über, ließ meine besorgte Familie zurück und stieg mit ihnen ins Auto.

40

Wir fuhren schweigend die paar Meter zur Bezirksunterverwaltung, stiegen aus und gingen in Fichtelbiers Büro, wo schon jemand wartete. Ein Mann um die 50, mit dicker Brille und Hut, der mir die Hand gab, sich aber nicht vorstellte und auch seinen Hut aufbehielt. Die Brille natürlich auch. Wir setzten uns. Fichtelbier hinter seinen Tisch, ich und Zillech in die kleine Sitzgruppe zu dem Mann. Die Sekretärin hatte Tee vorbereitet, zu dem sie Marmelade gestellt hatte, denn Zucker gab es nicht. Für mich war keine Tasse dabei. Zillech begann.

»Weißt du, warum du hier bist?!«

Ich sah ihn an.

»Ist mit meinem Antrag auf Mitgliedschaft etwas nicht in Ordnung?«

Fichtelbier schüttelte den Kopf.

»Nein, nein, das ist alles in Ordnung. Das ist in der Bearbeitung.«

Zillech lehnte sich zurück und tat ganz entspannt.

»Bernd. Gestern trifft mein direkter Vorgesetzter und alter Studienkollege Dr. Hellmich in Berlin den Nationaltrainer. Nichts Ungewöhnliches, irgendein Bankett in der brasilianischen Botschaft. Sie reden ein bisschen, über das Wetter und die Kunst, und dann kommt Dr. Hellmich auf dein Spiel zu sprechen, von dem ich ihm natürlich erzählt habe.«

Er sah mich an.

»Jetzt bist du dran.«

Ich guckte ihn an.

»Was meinen Sie? Ich war ja gar nicht dabei.«

Der Mann mit Hut nahm grinsend seine Tasse Tee vom Tisch.

»Will da einer frech werden?!«

Ich sah ihn an.

»Entschuldigen Sie, Herr ...«

Der Mann mit Hut sah Zillech an und beschloss, seinen Namen weiter geheim zu halten. Ich redete weiter.

»Ich bin nicht frech geworden. Ich soll hier den Verlauf eines Gesprächs wiedergeben, bei dem ich nicht anwesend war. Dazu habe ich mich gerade erklärt. Ich war ja nicht dabei. Was soll ich Ihnen also erzählen?!«

Ich betrachtete Zillech.

»Sie wissen es doch. Was wurde denn besprochen?! Sagen Sie es uns.«

Der Mann mit Hut schüttelte den Kopf.

»Er *ist* frech. Aber gut. Genosse Zillech, bitte.«

Zillech sah mich an.

»Der gute Mensch wusste von alldem nichts. Es ist offensichtlich nur ein Gerücht gewesen.«

Ich schnaufte.

»Das ist ja schade.«

Fichtelbier nickte.

»Ja, das finden wir auch. Und jetzt wollen wir natürlich wissen, wieso du so etwas fahrlässig in die Welt setzt!? Wir haben jetzt ein Riesenproblem mit Major Wadrilijanokowitsch.«

Zillech ergänzte.

»Und dem russischen Konsulat.«

Ich sah umher.

»Aber ich habe das nicht in die Welt gesetzt. Ich habe es vom Genossen 1. Bezirksdorfratssekretär Fichtelbier erfahren. Vielmehr von meinem Vater. Genosse 1. Bezirksdorfratssekretär Fichtelbier hat es aus Frichau gehört. Jemand hatte ihn angerufen. Warum fragen Sie nicht in Frichau nach?!«

Fichtelbier schüttelte den Kopf.

»Das können wir natürlich nicht tun. Was denkst du denn?! Sie schicken eine Kaderdelegation.«

Alle schüttelten den Kopf über meine absurde Idee. Den Zusammenhang verstand ich nicht, aber ich spürte, dass es besser war, jetzt nicht nachzufragen. Sie hatten offensichtlich keine Übersicht über das Gerücht. Wie auch?! Es ging ihnen auch gar nicht um die Rekonstruktion desselben. Sie verdächtigten mich, das allein musste zur Wahrheitsfindung ausreichen. Keiner antwortete mir. Ich sah umher. Sie hatten mich extra geholt. Mich, einen 19-jährigen Plakatmaler, der eine harmlose Idee zum glühenden Aufbau der Republik hatte. Gerade hatten sie in meiner Anwesenheit von ihrem Problem mit den Russen gesprochen. Sie waren ganz klein. Ganz klein mit Hut. Mit Brille und Hut. Sie brauchten mich. Wenn ich schuld war, würde vieles für sie besser werden. Dazu war ich hier. Ich verstand. Ich schlug die Beine übereinander.

»Na ja, also ... Ich gebe zu, ich habe vielleicht als Erster davon gesprochen, dass es mich freuen würde, wenn der Nationaltrainer nach Klein-Körschow kommt.«

Fichtelbier schüttelte den Kopf.

»So ein Irrsinn! Nach Klein-Körschow! Was für eine Idee! Absurd.«

Der Mann mit Hut stellte seinen Tee wieder ab.

»Das hat ja Genosse Zillech auch schon vermutet.«

Zillech nickte. Fichtelbier auch. Ich auch.

»Kein Wunder. Das habe ich ja auch bei Genosse Zillech genau so gesagt. Das ist ja kein Geheimnis. Aber ich hab nie gesagt, *dass* er kommt. Natürlich habe ich mich gefreut und es auch gerne geglaubt, als ich es gehört habe.«

Fichtelbier nickte betroffen.

»Was für eine Fehleinschätzung.«

Der Mann mit Hut nahm noch einen Tee und trank. Er schlürfte. Wir alle beobachteten ihn dabei. Sein Geschlürfe juckte in meinen Ohren. Er sah mich an.

»Gut. Major Wadrilijanokowitsch kann man nicht mehr absagen, dem Kader aus Frichau auch nicht, und ganz besonders natürlich nicht dem Kontaktbeauftragten der Konsulatsvertretung der UdSSR. Ganz abgesehen von dem anderen Problem.«

Zillech hob den Finger.

»Das ist besprochen und gelöst. Mit dem Major. Und mit Ihrem Kontakt.«

Der Mann mit Hut nickte.

»Schön. Gut.«

Es beruhigte mich, dass *das andere Problem* bereits gelöst war, kurz nachdem es zum ersten Mal und ohne genaue Inhaltsangabe überhaupt erwähnt worden war. Das war sehr effizient und typisch für die alles entscheidende gesellschaftliche Aktivität. Der Mann mit Hut zupfte eine Falte auf seiner Hose zurecht.

»Wir werden nun Folgendes tun: Herr Zillech, nutzen Sie Ihre Kontakte zum Gremium, damit an den Nationaltrainer und Träger des großen Sportabzeichens eine Einladung ausgesprochen werden kann. Es wäre schön, wenn die Einladung in mündlicher Form erfolgen könnte. Und bitte ohne die Leute vom Parteiinstitut.«

Zillech nickte. Der Mann mit Hut fuhr fort.

»Ich kümmere mich um die Rückendeckung aus der Zentrale. Es ist für uns alle unangenehm, aber ich denke, so können wir einen Affront gegen die befreundeten Kader und Sportsleute aus der Sowjetunion am besten verhindern.«

Ich war nicht sicher, ob er mit »Sportsleute« die Jungs aus der Kaserne meinte, die meinen Kiefer fast gebrochen hatten.

Alle drei nickten.

Es war verrückt! Ich betrachtete den Mann mit Hut. Ich betrachtete Zillech und Fichtelbier. Jetzt steckten sie selber in der Klebe, die sie seit Jahren über unser Land schmierten. Sie mussten den Nationaltrainer nun tatsächlich einladen! Nach Klein-Körschow! Zu Tobis Abschiedsspiel! – von dem sie noch nicht einmal wussten, dass es das war. Und Einladungen abzulehnen war in unserem Land verboten. Nein, es war nicht verboten. Man sagte den Leuten, bevor man sie einlud, dass man sie einladen würde. Das allein reichte schon. Sie *wollten* dann die Einladung nicht mehr ablehnen, um zu beweisen, dass sie gerne und freiwillig kamen – und niemand sie zwang – was ja wiederum auch genau deshalb keiner tun musste. Jedenfalls war es kompliziert, und alle fürchteten sich davor.

Was mir aber ein Rätsel blieb, war, wieso Zillech, Fichtelbier und der Mann mit Hut diese ganzen Dinge vor mir ausbreiteten?! Es musste sich um ein Theaterstück handeln, das für mich aufgeführt wurde. Aber – wozu?! Zillech sah mich an. Offensichtlich konnte er Gedanken lesen.

»Und von dir erwarten wir bei der Durchführung etwas mehr Kaderdisziplin. Wir werden jetzt ein großflächiges System installieren, für das solche Einzelaktionen nicht mehr zu gebrauchen sind. Das ist von nun an zu unterlassen. Gerade für dich als Nachwuchskader. Von nun an ist immer genaueste Rücksprache mit Genosse Fichtelbier zu halten, der als 1. Bezirksdorfratssekretär selbstredend auch der leitende Sekretär dieser Unternehmung auf dem Territorium von Klein-Körschow ist.«

Der Mann mit Hut nickte Zillechs Ausführung noch einmal hinterher.

Darauf wollten sie also hinaus. Sie wollten die Kontrolle. Meine kleine Idee für den gesellschaftlichen Aufbau war ihnen zu groß geworden. Alles was groß war, gehörte ihnen. Sie wollten es zurückhaben.

Ich musste an eine Bildunterschrift denken, die ich jahrelang in meinem Wehrkundebuch ansehen musste. Da war der Leitstand einer Nuklearfabrik abgebildet, in dem sich Männer mit dicken Brillen im anregenden Gespräch mit Männern ohne dicke Brillen befanden. Darunter stand: »Führende Persönlichkeiten informieren sich vor Ort und geben Werktätigen wertvolle Hinweise«.

So war es auch hier. Es waren wertvolle Hinweise. Nichts weiter. Wertvolle Hinweise von führenden Persönlichkeiten. Ein Hinweis hier, ein Hinweis da, und schon lief alles wieder rund.

Ich wusste nicht, was Zillech mit *Einzelaktion* meinte, denn ich hatte nur öffentlich den Wunsch geäußert, der Nationaltrainer möge zum Spiel gegen die Russen kommen. Aber ich wusste, dass es jetzt besser war, nicht mehr nachzufragen, sondern einfach nur zu nicken. Also tat ich es. Ich nickte.

»Selbstverständlich, Herr Genosse Zillech, selbstverständlich.«

Und damit hatte ich aus ihrer Perspektive endlich den Chefstuhl geräumt.

41

Es war Donnerstag, und das hieß, dass ich Gabi wie jede Woche am Wohnwagen treffen würde. Ich konnte es auch nicht länger rausschieben, früher oder später musste ich sie ja wieder treffen. Ich wollte es ja auch. Ich vermisste sie. Also saß ich auf meinem Rad, radelte zum Wohnwagen – hatte Angst vor ihr und freute mich auf sie. Gleichzeitig. Gabi war schon da, ihr Rad lag auf der Wiese. Ich hatte eiskalte Hände, und mein Herz schlug bis zum Hals. Ich öffnete die Wohnwagentür. Da lag sie auf dem Bett und blätterte in ihrem Katalog. Sie sah aus wie immer, und das beruhigte mich schon etwas.

»Hallo, Süßer!«

Ich ging zu ihr. Sie küsste mich. Ich küsste sie, aber ich küsste irgendwie an ihr vorbei. Sie sagte nichts, sondern fing gleich an, mich auszuziehen. Ich hatte keine Lust, aber es war immer noch besser, als zu reden. Also gab ich mir Mühe. Ich zog sie auch aus. Ich bekam keine Erektion, das war mir noch nie passiert. Ich hatte aber meine Hose noch an, also merkte sie es nicht. Es würde sie misstrauisch machen. Ich schloss die Augen und streichelte sie. Ich konzentrierte mich. Auf Gabi, auf ihren Hintern, auf ihren Geruch. Auf den Job, den mein Schwanz gleich hatte. Dann funktionierte er wieder. Alles fühlte sich falsch an, aber ich wollte keine Fragen. Dann war ich in ihr drin, und wir rutschten aufeinander herum. Ich hatte ihre Schulter in der Hand und blickte in den Wohnwagen. Gabi bewegte sich seltsam hölzern und umständlich. Langweilig. Ich überlegte, wann mein Vater wohl endlich die Ritze unter der Tür zumachen würde, wie er es schon lange angekündigt hatte. Gabi rutschte jetzt wilder. Ich musste mich konzentrieren, damit bei mir nicht alles zusammenfiel. Ich wurde wieder weicher. Das war nicht gut. Ich schloss die Augen und überlegte, was ich tun sollte. Dann dachte ich an Susanne. An ihre Schulter, ihr Lachen, an ihren Duft. Es funktionierte. Gabi wurde ganz agil und beweglich, dann hart, dann sanft, und dann lagen wir verschwitzt nebeneinander. Wir sahen an die Decke. Sie nahm meine Hand.

»Hui … du bist aber wild geworden. Das war schön.«

Ich holte tief Luft. Ich wollte weg. Ich setzte mich hoch und wusste nicht, was ich tun sollte. Ich wollte, dass Gabi sich in Susanne verwandelte. Gabi sah mich komisch an.

»Was ist?!«

»Nichts.«

Ich begann ihr über den Bauch zu streicheln. Ich überlegte: Wieso tue ich das? – aber dann wusste ich es, nämlich zur Tarnung! Und dann sah ich von Gabi weg und ließ es wieder, aber nicht ganz so abrupt, damit sie es nicht merkte. Gabi sah mich an.

»Weißt du … Ich hab nachgedacht.«

»Was denn?!«

»Ich glaub, ich find das doch ganz gut, mit dem Fußball. Vielleicht werdet ihr ja doch eine große Mannschaft. Generator Klein-Körschow in der Oberliga. Oder wenn du beim Klub spielst. Das wäre ja auch nicht so weit. Da kannst du auch jeden Tag hinfahren.«

Generator Klein-Körschow in der Oberliga war natürlich totaler Blödsinn, aber das war mir jetzt egal. Sie sollte sich wohl fühlen. Ich nickte.

Gabi stupste mich.

»Freust du dich denn gar nicht?!«

Ich sah sie an.

»Worüber denn?!«

»Na, dass ich mir mich auch als Frau eines Fußballers vorstellen kann – jedenfalls, wenn wir hierbleiben.«

»Doch, das freut mich.«

In Klein-Körschow bleiben. Das war für Gabi irgendwie das Wichtigste. Sie kniff mich in meinen Bauchspeck.

»Hast du heute schon trainiert?!«

»Bin hierher geradelt. Und wir hatten gerade Sex.«

»Das zählt nicht. Du musst laufen. Fußball ist Laufen.«

Ich verdrehte die Augen. Gabi kicherte. Wir schwiegen eine Weile. Gabi räkelte sich und schmiegte sich an mich. Sie war schon süß. Warum konnte sie nicht Susanne sein?! – und Gabi. Gabisanne oder Susabi.

»Ich hab auch noch über was anderes nachgedacht.«

Ich sah sie an.

»Über was denn noch?!«

»Wenn wir in den Block ziehen, dann würde ich gerne im Krankenhaus aufhören.«

»Wieso das denn?!«

»Damit ich Zeit habe.«

»Ach, Su...«

Da hatte ich beinahe Susanne gesagt! Um ein Haar. Schnell irgendein Wort mit S. Mit Su.

»... Suchen ... suchst du was anderes?! Du hast doch genug Zeit. Ihr habt da doch kaum was zu tun. Völlig überbesetzt.«

»Ja schon, aber ...«

Gabi begann damit, an meiner Seite herumzuknutschen.

»Ich hätte Zeit für ein Baby!«

Ich sah Gabi an. Am liebsten hätte ich »Auch das noch!« gesagt, laut geschrien oder wäre weggerannt, oder alles zusammen, aber das ging natürlich nicht.

»Meinst du?! So früh?!«

»Warum nicht?! Du wirst 20, ich bin 19. Wir werden heiraten, haben eine Wohnung ... Was ist daran zu früh?!«

»Ich meine ... ... zu früh für *uns*?!«

Gabi sah mich an und runzelte ihre Stirn.

»Wir sind seit fünf Jahren zusammen. Wir haben zusammen in der Kiesgrube gespielt. Es ist nicht zu früh. Es ist genau richtig.«

Ich nickte.

»Ja, vielleicht hast du recht.«

Gabi umarmte mich von der Seite.

»Ach, mein Bernd. Mein Bernd!«

Die Kiesgrube. Die hatte ich ja völlig vergessen!

»Gibt es die Kiesgrube eigentlich noch?!«

»Glaub schon.«

Ich war ewig nicht dort gewesen. Vielleicht ein Ort für Susanne und mich?! Wie Teenager, an *unserem* – Gabis und meinem Ort.

Eigentlich wollte ich Susanne doch nie wiedersehen! Jetzt dieser Gedanke! – Während Gabi nackt neben mir lag und das erste Mal von Kindern redete! Ich rieb meine Hände übers Gesicht und sah woandershin. Die Kiesgrube! In der Kiesgrube gab es jede Menge stille Orte, an denen man sich treffen konnte. Bagger, Führerhäuschen, der alte Leitstand unten am Kran. Wenn es warm genug war, ging es bestimmt auch unterm Förderband. Was für ein Gedanke! Susanne und ich in der Kiesgrube. Susannes Haare, die über ihre sandige Schulter fallen würden. Sandkörner auf ihrem Hintern.

Gabi stieß mich in die Seite.

»Was ist?! Du grinst so komisch.«

Ich zuckte mit den Schultern.

»Ich freu mich halt.«

Gabi kam hoch und streckte mir ihren süßen Mund entgegen. Ich küsste sie. Sie küsste mich.

»Wir werden eine kleine Familie sein.«

Ich stand auf und stieg in meine Klamotten. Ich musste mir Mühe geben, dass es nicht nach Wegrennen aussah. Ich konnte nicht bleiben.

»Was machst du?!«

»Ich muss laufen!«

Das war sogar die Wahrheit. Der erste wahre Satz des Tages. Laufen erschien mir jetzt als Balsam. Einfach das Fahrrad stehen lassen und ins Dorf zurückrennen!

Gabi streckte ihre Hand nach mir aus. Ich nahm sie, sie zog mich an sich und küsste mich noch mal.

»Dann lauf, mein Kapitän!«

42

Alle 13 Spieler von Generator Klein-Körschow waren versammelt. Wir warteten auf Jeschkat. Es sollte unser erstes Training nach der großen Nachricht vom Erscheinen des Nationaltrainers werden. Wir alle waren laut und aufgeregt. Aber Jeschkat kam nicht. Es war schon mal vorgekommen, dass er später kam, aber irgendwann war er dann immer da.

Nach zwanzig Minuten meldete ich mich freiwillig, um quer durchs Dorf zu laufen und ihn zu holen. Ich wusste nicht, ob ich Susanne treffen wollte oder nicht, aber es wäre eine einfache Variante gewesen, um mit ihr zu sprechen. Ich konnte nicht wieder bei ihr klingeln und hoffen, dass dieser Stefan wieder nicht da war. Ich musste mit ihr reden. Oder das war nur eine Ausrede. Vielleicht musste ich gar nicht mit ihr reden. Es machte mich krank, sie nicht zu sehen. Aber natürlich traf ich sie auf dem ganzen Weg nicht, und stand dann ich in Sportkleidung vor Jeschkats Tür.

Jeschkat lebte alleine in einem winzigen Haus an der Landstraße Richtung Laubenau. Sein Sonder-Trabant stand nicht vor der Tür. Entweder er war geklaut, oder Jeschkat war damit unterwegs. Da ich die DDR auf meinen Plakaten bereits im Juli für diebstahlfrei erklären musste – *Volksorgane reduzieren kriminelle Entwendungsdelikte um 102 %* –, musste Jeschkat also weg sein.

Ich nahm an, dass die überschüssigen 2 % Dinge waren, die die Volksorgane von den Dieben zurückklauten. Dann ging ich mit meinen volkseigenen Organen hintenrum, denn Jeschkats Haus war hinten immer auf. Sicherheitshalber klopfte ich trotzdem. Als keiner antwortete, ging ich einfach hinein. Ich sah mich in Jeschkats niedriger Wohnung um. Sein Sessel, in dem wir die Strategien gegen die nächsten Gegner besprachen. Immer Jeschkat im Sessel, ich auf dem Tisch – mit baumelnden Beinen. Der Ofen war noch warm. Alles sah aus wie immer. Trotzdem kam mir etwas komisch vor. Ich stand in meinen Sportklamotten noch ein bisschen herum. Dann wusste ich es: Wo war seine Katze?! Seine fette, alte Katze, die immer im Sessel hockte und das Haus nur verließ, wenn sie pinkeln musste. Ich sah aus dem Fenster in den kleinen Garten, den Jeschkats Vater mit seltsamen Tonfiguren vollgestellt hatte, die irgendwie nach Antike aussehen sollten, es aber überhaupt nicht taten. Sie sahen einfach nur bekloppt aus. Schief und krumm. Ich habe nie verstanden, wieso Jeschkat diesen dilettantischen Kram nicht weggeworfen hat, nur weil sein Vater sie selber gemacht hatte?! Jeschkat war einfach zu sentimental. Aber draußen war die Katze auch nicht. Ich wollte sie rufen, aber wie hieß das Vieh noch mal?! Jeschkat sagte immer nur »Katze«. Also tat ich es auch.

»Katze! Komm. Katze ...!«

Ich wartete und rief, und als keine Katze kam, zog ich die Tür wieder zu und lief zum Platz zurück.

43

Als ich zurückkam, war der Platz leer, aber ein Auto stand am Rand. Ein eierschalfarbener Wartburg. Ich lauschte an der Umkleide, und da sprach jemand. Es war nicht Jeschkats Stimme. Ich ging hinein. Da stand ein Mann, etwa Mitte 30, blond, mit hellbrauer Lederjacke. Der Mann sah mich an. Ich kannte ihn. Er hatte mit Zillech und Major Wadrilijanokowitsch auf Zillechs Terrasse gestanden und Schnaps getrunken. Dass er jetzt hier war, hatte nichts Gutes zu bedeuten. Er streckte mir seine Hand entgegen.

»Hallo. Ich bin Stefan! Du musst Bernd sein!«

Stefan! Ich erstarrte. Das musste er sein! Er lebte mit ihr! Er durfte sie anfassen! Ich sah ihn an, nickte und gab ihm meine Hand. Meine Hand, die seine Frau überall angefasst hatte.

»Hallo, ich bin Bernd.«

Stefan nickte.

»Und du bist der Kapitän von Generator Klein-Körschow?!«

Ich zuckte mit den Achseln, weil ich nicht wusste, was das jetzt sollte. Was hatte er mit uns zu tun?! Stefan ließ meine Hand nicht los und drückte noch einmal fest zu.

»So, jetzt sind wir komplett. Dann setz dich mal.«

Dazu hatte ich jetzt gar keine Lust. Ich sah zu den anderen, die schon alle brav da hockten, und setzte mich dazu. Wo war Jeschkat?! Was wollte der Kerl von uns?!

Stefan stellte seine Arme in die Hüften und sah auf uns herunter.

»Also, ums kurz zu machen: Ich bin euer neuer Trainer. Wir werden von nun an …«

Ich sah ihn an und unterbrach ihn.

»Quatsch! Jeschkat ist unser Trainer.«

Alle gaben mir recht. Stefan nickte schief.

»Das war einmal. Also … Wir werden von nun an …«

Ich unterbrach ihn wieder.

»Was soll das heißen?! Wo ist Jeschkat?! Wieso ist Jeschkat nicht mehr unser Trainer?!«

Stefan stöhnte in meine Richtung. Man merkte, dass er Widerworte nicht gewohnt war.

»Es ist wegen dem Spiel gegen die befreundete Sowjetarmee!«

Ich stand auf. Alle duckten sich ein Stück unter den Kleiderhaken.

»Erstens heißt es ›wegen *des* Spiels‹, und zweitens haben wir das Testspiel 7:0 gewonnen. In einer Halbzeit. Wozu also ein neuer Trainer?! Meines Wissens nach schmeißt man Trainer dann raus, wenn eine Mannschaft verliert!«

Alle schwiegen. Sie hatten alle Angst vor diesem Stefan – ich nicht. Ich hatte seine Frau gehabt, und ich könnte sie wieder haben. Er hatte eine Lederjacke an, war 15 Jahre älter als ich und kam aus Berlin – das war aber auch schon alles. Außerdem wusste er nichts von mir und Susanne, dass konnte ich spüren. Mir fiel ein Stein vom Herzen. Sie hatte ihm nichts erzählt. Er war schwächer als ich. Ich wusste Dinge von ihr, die er nicht wusste.

Stefan überlegte, was er sagen sollte.

»Man hat Jeschkat nicht *rausgeschmissen*. Das ist doch ein widerlicher Begriff aus dem kapitalistischen Ausland. Du guckst wohl zu viel Westfernsehen! Jeschkat hat seine Arbeit auf hervorragende Weise gelöst und wurde nun ...«

»Was wissen Sie denn von Jeschkats Arbeit?! Das ist doch alles Blödsinn! Wo ist er?! Warum sagt er uns das nicht selber?!«

Stefan zuckte mit den Achseln.

»Das weiß ich auch nicht. Eigentlich sollte er hier sein. Zur Übergabe.«

Er sah mich an.

»Ich weiß deinen Protest als besondere gesellschaftliche Aktivität einzustufen. Deshalb werde ich dich in meinem Bericht positiv erwähnen. Schließlich bist du für all das hier verantwortlich, soweit ich informiert bin.«

Stefan drehte sich zu den anderen. Ich blieb stehen. Stefan sah mich wieder an.

»Ich weiß leider auch nicht, wo Genosse Jeschkat ist. Sein jetziges Engagement für andere volksdienliche Tätigkeiten liegt auch nicht in meiner Verantwortung.«

Vermutlich war ich für Jeschkats Rausschmiss verantwortlich. Sie gingen eben auf Nummer sicher. Vielleicht fanden sie auch, dass es für den Nationaltrainer kein zumutbares Bild wäre, wenn ein einbeiniger Trainer mit uns jubelte. Jeschkat war mein Freund. Vielleicht der einzige Freund, den ich in Klein-Körschow hatte. Außer unserm Verein hatte Jeschkat nicht viel. Seine Eltern waren tot, und eine Frau hatte ich an seiner Seite noch nie gesehen.

Stefan sah mich an.

»Ich würde jetzt gerne weitermachen. Könntest du dich bitte wieder setzen?!«

Natürlich hatte er recht. Er hatte nur einen Auftrag gekriegt, den er nicht ablehnen konnte. Vermutlich hatte er sowieso keine Lust gehabt, aus Berlin nach Klein-Körschow zu kommen. Alles andere wäre geisteskrank. Er konnte nichts dafür.

Stefan. Stefan und Susanne.

Susanne.

Hoffentlich wusste er wirklich nichts.

Ich setzte mich. Dann fing Stefan an zu referieren. Von unserer Verantwortung gegenüber Volk, Partei und Familie. Von der Bedeutung des Sports für die Freundschaft unter den Völkern. Wir schielten uns an, hörten nicht mehr zu und dämmerten dem Ende seines Vortrags entgegen. Ich machte mir Sorgen um Jeschkat. Dann war Stefan offensichtlich fertig und sah umher.

»Verstanden?!«

Wir alle nickten.

Stefan klatschte in die Hände.

»Gut, dann gibt es noch einen Hinweis zum Training selber. Wir treffen uns ab jetzt zweimal die Woche, Montag und Freitag. Jeweils 15 bis 18 Uhr.«

Jetzt ging ein Schwall von »Da kann ich nicht!« oder »Wie soll ich das denn machen?« oder »Freitags bin ich in Frichau!« los.

Stefan beschwichtigte.

»Leute! Für alle, die zu dieser Zeit eigentlich arbeiten müssten, hat Genosse Fichtelbier bereits eine Arbeitsbefreiungsverfügung erwirkt, die mit dem heutigen Tage ihre Gültigkeit erlangt. Privatangelegenheiten haben für unsere Sache selbstverständlich zurückzustehen. Morgen fangen wir an. Das war's schon.«

Wir standen auf. Es wurde laut. Einige klopften mir auf die Schulter, alle freuten sich. Fußball war natürlich besser als Arbeiten, vor allem, wenn es von ganz oben – und Fichtelbier war bei uns ganz oben – gewünscht und genehmigt wurde.

Stefan kam auf mich zu.

»Du bleibst bitte noch hier. Dich muss ich noch sprechen.«

»Wieso?!«

Stefan sah mich an.

»Das erfährst du gleich.«

Die Jungs nickten mir zu und gingen. Für sie war es normal, dass der neue Trainer noch mit seinem Kapitän unter vier Augen sprechen wollte.

Ich setzte mich. Ich tat unauffällig, aber ich war extrem nervös.

44

Stefan wartete, bis es draußen ruhig war und wirklich alle mit ihren Rädern oder Schwalben vom Platz gerollt waren. Ich hoffte nur, dass er Gabi aus dem ganzen Scheiß raushalten würde. Vermutlich würde er mir gleich den Kiefer einhauen, aber das war nicht schlimm. In gewisser Weise hatte ich es auch verdient. Er sollte mir ruhig eine reinhauen, aber er sollte Gabi raushalten und meine Ehe nicht zerstören – oder besser: Er sollte *meine* Handlung, die meine Ehe und ein gemütliches Wohnen im Block auf absehbare Zeit zerstören würde, geheim halten. Das war das Schreckliche daran. Ich musste ihn als meinen Komplizen gewinnen, und ich hatte gar nichts anzubieten. Ich war ihm ausgeliefert.

Stefan setzte sich zu mir auf die Bank und sah mich an.

»Jetzt lassen wir einmal das ganze Gewäsch.«

»Was meinen Sie?!«

»Oh bitte, Bernd. Nenn mich Stefan.«

»Gut. Was meinen Sie, Stefan?!«

»Na, dieser ganze Worthülsenmüll. Parteienscheiß. Mistdreck. Dummer Quatsch. Was ich gerade erzählt habe.«

Ich sah ihn an. War das eine Falle?! Wieso redete er so mit mir?! Noch niemand hatte so mit mir geredet! Erst recht niemand mit Parteiauftrag. Ich sagte nichts und nickte. Das hielt ich für unverfänglich. Nicken war nicht verboten.

»Gut.«

Er klopfte mir auf das Knie.

»Du bist ein schlauer Junge. Fichtelbier hat mir von dir erzählt. Ohne dich wäre Generator Klein-Körschow nicht Bezirksmeister geworden. Du bist hier der Spielmacher. Ohne dich sind sie verloren.«

Was sollte das?! Ich nickte wieder.

»Kann schon sein. Und?!«

Stefan umfasste seine Knie und zog seine Beine an sich heran wie ein Mädchen.

»Tja, wie fang ich am besten an?!«

Ich zuckte mit den Schultern.

»Einfach frei von der Leber weg.«

Ich legte meine Hände so auf meinen Schoß, dass ich eventuelle Schläge gut abwehren könnte.

»Das mit Herrn Jeschkat ließ sich leider nicht vermeiden. Ich bin hier auf Wunsch von Genosse Major Wadrilijanokowitsch.«

Ich sah Stefan an. Ich schöpfte Hoffnung, dass es sich bei diesem Gespräch irgendwie doch um Fußball drehen würde und nicht um Susanne, Gabi und mich.

»Aber wieso?! Hat der Major ein Problem mit Jeschkats fehlendem Bein?!«

Stefan lachte.

»Junge, du bist lustig. Weißt du, wie viele Einbeinige der Große Vaterländische Krieg in der Sowjetarmee hinterlassen hat? Als ich in Moskau zur Schulung war, war die ganze Stadt voll mit alten Einbeinigen. Nein, nein, das wäre kein Problem gewesen. Das hätte den Major höchstens an zu Hause erinnert.«

Stefan sah mich still an und sprach ganz ruhig.

»Wieso hast du dir eigentlich die Russen als Gegner ausgesucht?! Warum nicht einen Verein aus der Gegend? Warum nicht Turbine Frichau?! Das war naiv!«

»Es sollte international sein. Mein Bruder hätte auch international gespielt.«

»Dein Bruder? Was hat der damit zu tun?! Ja, seine traurige Geschichte habe ich auch gehört. Tut mir sehr leid.«

Ich nickte.

»Danke. Was wollen Sie mir denn sagen?!«

»Bitte, Bernd. Nenn mich Stefan.«

»Stefan, was wollen Sie mir sagen?!«

»Bitte, sag doch Du zu mir.«

»Gut. Stefan, was willst du mir sagen?! Ich verstehe nicht, wovon du redest.«

Er nickte.

»Das verstehe ich.«

Er sah auf seine Füße und überlegte. Dann holte er Luft und sah mich an.

»Bernd. Ich bin kein Fußballtrainer. Ich bin Schauspiellehrer und Regisseur am Theater der Weltkunst der Bewegung der Werktätigen der DDR.«

»Schauspiellehrer. Aha. Und was machen Sie dann bis Oktober hier?! Haben Sie sich verfahren?!«

Stefan lachte.

»Nein, leider nicht. Ich wünschte, es wär so.«

»Aber wenn Sie kein Trainer sind, was machen Sie dann mit uns?! Die Tribüne reparieren?!«

Stefan lachte wieder.

»In der Tat. Ihr werdet in einem freiwilligen Diensteinsatz die Tribüne reparieren. Das ganze Stadion. Da ist ja einiges zu machen. Nicht dass du denkst, das ist alles meine Idee … Glaub mir, ich wäre am liebsten in Berlin geblieben.«

»Verstehen Sie überhaupt irgendwas von Fußball?!«

Stefan lachte und zuckte mit den Achseln.

»Nicht mehr als jeder andere auch, der es ab und zu schon im Fernsehen gesehen hat. Ich hab jetzt natürlich ein bisschen was darüber gelesen. Ehrlich gesagt, finde ich das Spiel ziemlich blöd. Es spielt aber keine Rolle, wie ich persönlich dazu stehe. Ganz eigentlich und ursprünglich bin ich Traktorist.«

»Traktorist …«

Er holte Luft und sah mir fest ins Gesicht.

»Ich verstehe aber etwas von Schauspielerei und wie man es lernt. Das reicht in unserem Fall. Also in deinem und meinem. Jedenfalls …«

Ich sah ihn an. Gleich würde ich also erfahren, worauf bei Zillech am See angestoßen worden war.

»… dieser Major Sowieso hat nicht vor, gegen irgendetwas zu verlieren, was mit unserem Land zu tun hat. Das kann ihm auch niemand verübeln. Die befreundete Sowjetarmee hat 20 Millionen Menschen geopfert, um uns vom Faschismus zu befreien.«

Ich nickte.

»Darüber bin ich bereits informiert worden.«

Stefan grinste.

»Richtig. Ich bin es nicht gewohnt, so ehrlich zu sprechen. Aber du hast recht. Für die Arbeit, die vor uns liegt, brauchen wir unbedingt Vertrauen.«

Ich musste an Susanne denken und nickte. Welche Arbeit meinte er?! Vertrauen, um eine Tribüne zu renovieren?! Wohl kaum.

Stefan faltete seine Hände.

»Bernd. Generator Klein-Körschow muss auf Wunsch von Major Wadrilijanokowitsch dieses Spiel gegen die Russen verlieren. Das ist beschlossene Sache. Und du wirst auf dem Platz dafür sorgen. Und ich bin hier, um dir dabei zu helfen, damit es am Ende auch jeder glaubt. Sogar der Nationaltrainer. Dafür trainieren wir dreimal die Woche. Nur wir beide. Du und ich.«

45

Ich stürmte ohne anzuklopfen in Fichtelbiers Büro. Fichtelbier sah hoch.

»Bernd …«

Ich nahm mir ein paar Sekunden, um mich zu beruhigen.

»Herr Genosse 1. Bezirksdorfratssekretär Fichtelbier. Ich komme gerade vom Platz und muss feststellen, dass wir einen neuen

Trainer haben! Und Genosse Jeschkat ist dank seines Engagements eine andere volksdienliche Tätigkeit zugeteilt worden!«

Fichtelbier nickte.

»Ich weiß.«

»Lieber Genosse 1. Bezirksdorfratssekretär Fichtelbier. Was da gerade von mir verlangt wurde, kann und werde ich nicht tun. Generator Klein-Körschow wird dieses Spiel nicht verlieren!«

Fichtelbier schüttelte ganz sanft den Kopf und steckte sich eine Zigarette an.

»Bernd, Bernd, Bernd ...«

Er zog, aschte ab und sah mich an.

»Das sind höhere Systeme. Davon verstehst du nichts. Noch nicht.«

»Ich verlange Jeschkats sofortige Wiedereinsetzung.«

Fichtelbier lachte und fiel dabei fast vom Stuhl.

»Du *verlangst* ...? Jetzt setz dich erst mal hin, du Kapitän.«

Ich nahm mir einen Stuhl und setzte mich. Fichtelbier wartete geduldig, bis ich etwas ruhiger war.

»Wir haben sehr viel für dich getan. Der Nationaltrainer wird in Klein-Körschow erwartet. Es ist eine Kommission gebildet worden, die sein Quartier aussuchen wird. Probeschläfer. Sie werden auch bei euch sein. Auch dein Vater hat sich beworben. Obwohl ...«

»Obwohl was?!«

»Na ja, ich fürchte, ihr habt nicht die besten Karten. Wegen ... Na ja. Wegen deinem Bruder. Das muss man ganz klar so sehen.«

Ich nickte.

»Ja, das muss man ganz klar so sehen.«

Fichtelbier freute sich, dass ich ihm recht gab. Er nickte zufrieden und sah aus dem Fenster. Er war machtlos und klein. Der Major hatte es gewünscht, also wurde es gemacht. Fichtelbier hatte keine Sekunde gezögert. Jetzt sah er mich an. Er zog an seiner Zigarette.

»Ihr seid Major Wadrilijanokowitsch viel zu gut gewesen! Ihr seid auch nicht ganz normal, da hinzugehen und die zusammenzuschießen! 7:0 in einer Halbzeit! Das war völlig unverantwortlich von euch!«

Ich zuckte mit den Achseln.

»Das ... also, wir konnten da gar nichts machen. Selbst wenn wir gewollt hätten. Die haben ja nur Schrott zusammengespielt. Die konnten gar nichts. So ist es eben. Was hätten wir tun sollen?!«

»Ihr hättet aufgeben können. Das wäre sportlich gewesen. Bei so einer Übermacht!«

»Sollen wir im Oktober auch aufgeben, nur weil wir besser sind?!«

»Nein, nein. Das Spiel muss ja jetzt stattfinden. Aber ihr werdet es verlieren.«

Er machte eine Pause.

»*Du* wirst es verlieren.«

»Das werde ich nicht!«

Fichtelbier grinste schief und holte wieder Luft.

»Stefan Seilbruck wohnt übrigens auch im Block, in deiner und Gabis zukünftigen Wohnung. Mit seiner Frau.«

Beinahe hätte ich »Ja, mit Susanne« gesagt.

»Wir sind dort gewesen.«

»Siehst du. Die beiden haben sofort zugesagt, aus Berlin zu kommen und bei der Sache zu helfen. Ein junges Ehepaar. Aufbaukräfte für das Land. Es könnten eure Freunde werden!«

Fichtelbier sah mich plötzlich streng an. Als wüsste er etwas von meinem zwischenzeitlichen Aufenthalt im Körper der neuen Aufbaukraft.

»Auch diese Wohnung ist eine Sache, die hier nicht jeder so einfach bekommt. Es stehen noch ganz andere Leute auf der Liste.«

»Die Wohnung war doch auf keiner Liste!«

»Die Wohnung nicht. Aber die Antragsteller. Und das mit der Wohnung kann sich auch schnell ändern. Vielleicht finde ich noch eine alte Liste. Eine Liste, auf der sie doch steht. Ich hab nur noch nicht angefangen zu suchen.«

Es juckte mich in den Fingern, unsere Wohnung mit einem dummen Satz wieder loszuwerden. Nur aus Protest! Um Fichtelbier zu zeigen, dass er keine Macht über mich hatte wegen einer blöden Wohnung! Aber ich musste an Gabi denken und an das Unglück, dass ich ihr damit bereiten würde. Das mit Susanne würde sie mir vielleicht verzeihen – sollte sie es je erfahren. Aber dass ich unsere Wohnung aufs Spiel setzte – niemals! Also ließ ich es. Fichtelbier rauchte.

»Weißt du eigentlich, was dein Vater so treibt?!«

Ich zuckte mit den Schultern.

»Was hat das damit zu tun?!«

Fichtelbier setzte sich gerade hin und sah mich an.

»Man könnte viele Dinge viel genauer untersuchen. Wer weiß, wie viel in der *Glühenden* bereits vermisst wird?! Produktionstechnisch wichtige Dinge, die irgendwo eingebaut wurden und jetzt dem dringenden Aufbau des Volkskörpers fehlen?! Es gibt durchaus richterliche Ermessensskalen, die das als Sabotage auslegen können. Und darauf steht Zuchthaus.«

Er sah mich an.

»Das will doch keiner von uns. Ich am allerwenigsten.«

Ich schwieg. Was war Fichtelbier nur für ein armer Wicht?! Saß hier rum, genoss seine Unfreiheit und fing an, mich zu erpressen. Er drückte seine Zigarette aus.

»Und was ist mit deinem Dienst in den Nationalen Organen?! Soweit ich weiß, muss unsere Nationale Volksarmee vorerst auf dich verzichten. Du bist doch als Kraft für Familienaufbau bis zu deinem 23. Lebensjahr vom Dienst befreit. Das ist auch die Leistung vieler engagierter junger Menschen, deren engagierter Dienst in den Organen dir das ermöglicht. Das wäre doch ein guter Grund für dich, einmal deutlich deine mlWA, deine marxistisch-leninistische Weltanschauung, zu demonstrieren, den richtigen Klassenstandpunkt. So etwas kann sich nämlich auch schnell ändern ...«

»Das Engagement oder der Klassenstandpunkt?!«

»Bernd. Bitte. Natürlich das Engagement.«

Er hatte sich gut informiert. Er hatte mit meinem Widerstand gerechnet und fleißig Informationen gesammelt. Er nickte mir zu.

»Ich gehe also davon aus, dass du Stefan Seilbruck bei seiner wichtigen Aufgabe unterstützt. Gerade du als Kapitän!«

Fichtelbier blies den Rauch weg und gab mir eine Sekunde zum Nachdenken.

»Ich kann also auf deine Unterstützung zählen?!«

Ich bewegte mich nicht. Fichtelbier nickte.

»Das ist gut. Danke. Das macht mich sehr froh! Ich danke dir, dass du gekommen bist, um mir das zu sagen. Ich werde das als positive gesellschaftliche Aktivität vermerken. Wer weiß, vielleicht willst du ja doch mal studieren?«

Ich stand auf und ging wortlos davon.

»Bernd?!«

Ich drehte mich in der Tür noch einmal um. Fichtelbier nickte mir zu.

»Das bleibt selbstverständlich alles unter uns. Und …«

Ich sah ihn an.

»… grüß bitte deinen Vater von mir. Unser Wasserhahn funktioniert jetzt wieder wunderbar!«

46

Ich lief durch das Dorf und wusste nicht wohin. Ich war so wütend. Es gab niemanden, bei dem ich mich beschweren konnte, denn ich war der Hauptverantwortliche für all das! Es war jetzt meine Privatangelegenheit, die für die große Sache zurückzustehen hatte. Die große, beschlossene Sache. Die beschlossene Sache, alle glauben zu lassen, Generator Klein-Körschow würde gegen die Mannschaft aus der sowjetischen Kaserne verlieren. Stefan war auch nur ein armer Tropf, der in die Mühlen geraten war – wegen mir!

Stefan und Susanne!

Susanne!

Wir mussten unsere Aussagen noch abstimmen – wir mussten uns absprechen! Gerade jetzt, wo ich wusste, was Stefan hier eigentlich machte und wie oft ich ihm begegnen würde! Vielleicht war das alles doch ein großer Glücksfall für mich?! Ich sah mich um, als ob einer diesen Gedanken gehört haben könnte. Hoffentlich nicht. Ich schämte mich dafür.

Ich blieb stehen. Dreimal die Woche könnte ich eventuell Zeit mit Susanne verbringen! Bis Stefan aufgeben würde, zu warten, dass ich beim »Training« erschien, hätten wir bestimmt eine halbe Stunde.

Nein!

Ich verwarf das wieder. Ich war so durcheinander! Ich musste Susanne sagen, dass es eine einmalige Sache gewesen war! Es war viel zu gefährlich – und außerdem liebte ich Gabi.

Ich trat in die Pedale und raste nach Hause. Ich war für Jeschkats Rausschmiss verantwortlich! Mein Freund! Wo war er?!

Zu Hause lief ich an Tobi vorbei, die falsche Wendeltreppe nach oben, warf mich schreiend aufs Bett und boxte in meine Kissen.

Fichtelbier, dieses miese Schwein!

Box!

Sie würden ein Theaterstück aufführen, und ich war dazu verdammt, dabei mitzumachen!

Box!

Alles war Lüge!

Wie viele von solchen Theaterstücken hatte ich wohl selber schon gesehen, ohne es überhaupt zu merken?! Das ganze Land war ein Theaterstück! Vielleicht hieß es ja deshalb real existierender Sozialismus – nur um die Leute ab und zu daran zu erinnern, dass es keine Aufführung, sondern die Realität war. Es war wie auf meinen Schildern, auf denen immer das stand, was ganz sicher nicht stimmte. Die DDR hieß Demokratisch, die Zeitungen hießen *Wahrheit*, und die *Glühende Freundschaft* zu den geliebten

Völkern der Sowjetunion bestand aus Erpressung, Schlägereien und dem besoffenen Russenhass von meinem Onkel Günther.

Irgendwo saßen Leute herum, dachten sich die Realität für uns aus und gaben ihr Namen. Dann kamen andere und machten aus den Namen Abkürzungen. Dann kamen die Fichtelbiers und Zillechs und Wadrilijanokowitschs zusammen, prosteten sich zu und begannen mit der Inszenierung. Und wie im Theater wussten natürlich auch die Zuschauer, dass es sich um eine Inszenierung handelt. Nur dass der Vorhang nie fiel und keiner das Theater verlassen durfte. Wer es trotzdem versuchte, kam ins Gefängnis oder um.

Wo war Jeschkat?! Hoffentlich ging es ihm gut! Die Katze auf dem Bauch, selig schnarchend und voller Freude, dass er uns nicht mehr trainieren musste! Bei einem Freund auf dem Sofa – und nicht im Kofferraum eines Westautos oder »im Zuchthaus«, wie Fichtelbier sagen würde.

Ich verfluchte mich! Wieso hatte ich diesen ganzen Mist überhaupt angefangen?!

Wegen Tobi! Aber wozu? Er würde es ja doch nicht richtig mitkriegen!

Oder vielleicht doch mehr wegen mir?! Damit die Leute *mich* spielen sahen! Der Nationaltrainer! Die Kader vom Klub!

Mein Vater!

Damit mein Vater auch merkt, was für ein toller Hecht ich bin! Seht her, ich bin auch ein großer Fußballer! Ich kann unser tolles Erbe weitertragen! Alle aus unserer Familie schaffen es bis in den Klub! Wie ihr es mir immer gesagt habt!

Ich lag wütend auf dem Bett. Ich war wütend auf Fichtelbier und seine Bande, die das ganze Land verpestete – aber ich war auch wütend auf meinen Vater, und vor allem war ich wütend auf mich. Auf meine Gier! Ich war weit davon entfernt, so genial zu sein, wie Tobi es gewesen war! Ich war ein Fußball*arbeiter*. Für Generator Klein-Körschow reichte es, mit sehr viel Arbeit reichte es vielleicht für den Klub, aber für mehr bestimmt nicht!

Tobi musste damals überhaupt nicht dafür arbeiten. Er konnte es einfach. Was konnte ich denn überhaupt?! Ich konnte gar nichts! Buchstaben malen und meine Verlobte betrügen!

»Scheißeeee!!«

Jetzt boxte ich in die Kissen, bis die Federn flogen.

»Aaaaaaah!«

Tobi machte die Tür auf und guckte. Er betrachtete die fliegenden Federn und grinste. Er fing an zwischen Schrank und Bett herumzulaufen und sie zu fangen. Ich sah vom Bett hoch. Nicht jetzt, dieser Tobi! Fleischgewordene Demonstration meines Scheiterns!

»Hau ab! Geh! Raus!«

Konnte ich denn nie alleine sein?! Tobi ging wieder. Ich hörte ihn die Treppe herunterstaksen. Ich musste an Susanne denken, die ich nie mehr anfassen würde, und heulte los. Ich vermisste sie! So lag ich mit den juckenden Federn im Gesicht und heulte in mein Kissen.

Dann tat Tobi mir leid. Ich wischte mir die Tränen und Federn aus dem klebrigen Gesicht, ging runter und suchte ihn. Ich fand ihn im Wohnzimmer. Er saß in seinem Sessel und sah auf den Boden. Ich berührte seine Schulter.

»Tut mir leid.«

Er guckte nicht hoch. Er sah angestrengt unter das Sofa und grunzte. Da klimperte etwas.

»Was ist denn da?!«

Tobi lachte sein tonloses Lachen.

»Willst du mir was zeigen?!«

Ich bückte mich und guckte unters Sofa. Erst sah ich nur einen klimpernden Anhänger im Dunkeln blitzen, doch dann sah ich Augen!

Da saß etwas!

Ich erschrak und haute meinen Kopf an die Sofakante.

»Au! Scheiße!«

Tobi lachte. Ich guckte vorsichtig wieder hin, und dann sah ich, dass es eine Katze war. Und dann sah ich, *welche* Katze es war!

Jeschkats Katze!

Ich musste grinsen, denn ich war vermutlich der erste Mensch auf der Welt, der sich vor Jeschkats Katze erschrocken hatte. Tobi lachte. Tiere machten ihn glücklich. Ich hockte mich vor das Sofa, zog die dicke Katze vorsichtig heraus und streichelte sie.

»Was machst du denn hier?! Wie kommst du denn hier rein?!«

Tobi streckte seine Arme aus, und ich setzte ihm die Katze vorsichtig auf den Schoß. Tobi streichelte sie und spielte mit ihrem großen, glitzernden Anhänger. Ich betrachtete die beiden.

»War Jeschkat hier?!«

Tobi grunzte herum und war jetzt ein glücklich versunkener Streichler. Jeschkat musste hier gewesen sein! Seine Katze hatte sich in den letzten Jahren nie weiter vom Haus wegbewegt, als unbedingt nötig. Sie war die faulste Katze der Welt. Sie wäre niemals von ihrem Sessel aufgestanden und quer durchs Dorf gelaufen, um sich bei uns unters Sofa zu hocken. Jeschkat musste sie vorbeigebracht haben, damit wir uns um sie kümmerten!

Ich betrachtete die Katze. Das hieß: Jeschkat war weggegangen! Er musste Klein-Körschow verlassen haben.

Und zwar für immer.

47

Ich hatte Tobi ins Bett gebracht, und nun wir saßen zusammen beim Abendbrot. Meine Eltern, Gabi und ich. Bier, Wurst, Gurken.

Unsere neue Katze hatte schon Tobis Sessel in Beschlag genommen und sah uns beim Essen zu. Alle am Tisch vermuteten Jeschkat in einem Kofferraum oder im Gefängnis, und deshalb sprachen wir nicht darüber. Aber natürlich sprachen wir drum herum. Die Katze war ja auch nicht zu übersehen.

Ich war traurig. Ich würde Jeschkat vermissen. Er war mein Freund. Vielleicht hatte ich ja doch Glück und er lag betrunken auf einem Sofa herum. Das hoffte ich zumindest.

Also sprachen wir über Fußball. Mein Vater wartete immer noch sehnsüchtig auf den Brief vom Probetraining, dessen Inhalt ich schon kannte. Er streckte den Arm quer über den Tisch und pikste sich eine Gurke aus dem Glas.

»Jetzt braucht ihr natürlich einen neuen Trainer!«

»Haben wir schon.«

Er sah mich an.

»Ach, tatsächlich?!«

»Tatsächlich.«

»Die sind aber schnell. Dann ist der ...«

Meine Mutter beobachtete uns. Sie sorgte stets dafür, dass es nicht allzu politisch im Haus wurde. Mein Vater wusste, dass er gerade verbotenes Terrain betreten wollte, und warf ihr einen Blick zu.

»Dann ist der Jeschkat vielleicht deshalb ...«

Ich nickte.

»Nehm ich auch an.«

Gabi schaltete sich ein.

»Wir wissen doch gar nicht, wo er ist.«

Ich biss ab. Meine Mutter meldete sich.

»Jetzt lass uns von was anderem reden. Der Jeschkat liegt betrunken auf irgendeinem Sofa. So wie der Werner damals. Der war auch drei Tage verschwunden. Der Jeschkat macht doch keinen Unsinn.«

Ich sah sie an. Ich fand es lustig, dass sie meine Vorstellung vom betrunkenen Jeschkat auf einem Sofa teilte.

»Und warum gibt er uns die Katze?!«

»Ja, nu. Er wird ein paar Tage weg sein.«

Mein Vater schüttelte den Kopf.

»Da redet der doch vorher mit uns! Der steckt uns doch nicht einfach die Katze durchs Fenster ins Haus!«

Ich sah ihn an.

»Oder er gibt sie Tobi.«

Mein Vater nickte.

»Oder er gibt sie Tobi.«

Meine Mutter stand auf, um mehr Aufschnitt zu holen.

»Wir wissen es nicht. Und vielleicht ist es besser so. Der taucht schon wieder auf. Wir kennen ihn doch kaum.«

Das war jetzt natürlich totaler Quatsch! Natürlich kannte ich Jeschkat! Sehr gut sogar! Alle am Tisch kannten ihn! Seit fast zehn Jahren. Er war oft bei uns, hatte sich immer rührend um Tobi gekümmert und mich bereitwillig in der Gegend rumgefahren, wenn es sein musste.

Meine Mutter fing nur schon mal an, für den Fall der Fälle vorzubauen. Für den Fall, dass Jeschkat etwas Verbotenes – schlimmer noch: politisch Verbotenes, wie etwa die Flucht aus dem Theatersaal – getan hatte. Für den Fall haben wir ihn dann »kaum gekannt«. Damit man sich schnell daran gewöhnte, wurde es jetzt schon mal erwähnt. Prophylaktisch.

Gabi sah mich an.

»Und wie ist er so, der neue Trainer? Wer ist es denn?«

Meine Mutter meldete sich aus der Küche.

»Na, am liebsten wäre das ja wohl dein Vater geworden. Ne, Wilhelm?!«

»Quatsch. Ich mach da höchstens ein Zusatztraining. Wegen dem Nationaltrainer muss der Bernd topfit sein!«

Er sah mich an.

»Ihr müsst das ganz elegant gewinnen. So eine Chance kommt nie wieder!«

Gabi nickte.

»Bernd muss das ganz elegant gewinnen! Also wer ist denn nun der neue Trainer?!«

Ich sah Gabi an.

»Der Kerl, der nicht da war. Der, der in unserer Wohnung wohnt, mit dieser ... wie hieß sie noch?!«

»Weiß nicht mehr. Ihr Mann?! Ehrlich?! Ach!«

Meine Mutter kam mit neuer Wurst.

»Was sind denn das für Leute?! Aus Berlin, hab ich gehört.«

Mein Vater schüttelte grinsend den Kopf.

»Jetzt hat der Fichtelbier auch endlich kapiert, dass das ein wichtiges Ding ist. Holt einen Trainer aus Berlin! Für Generator Klein-Körschow!«

Er kicherte in sich hinein.

»Toll!«

Gabi faltete die Hände.

»Also, ich fand, die war ein bisschen ... Na ja. Ich weiß nicht. Matratze auf dem Boden und so ... Oder, Bernd?!«

Sie sah mich an. Matratze auf dem Boden. Ich hatte darauf winzige blaue Blüten gesehen, unter Susannes Haaren, direkt neben Susannes Ohr. Ich konnte mich jetzt nicht zu dieser Matratze äußern. Ich wollte rausrennen und sterben! Stattdessen wühlte ich im Gurkenglas.

Gabi stupste mich.

»Bernd?!«

»Ja, ja! Ach. Ich fand die ganz nett. Aber stimmt. Die Matratze auf dem Boden, das war schon komisch.«

Gabi kicherte meine Eltern an.

»Großstadt!«

Meine Mutter nickte.

»Heute finden die das toll, und morgen können sie sich nicht mehr dran erinnern. Und dann kommt schon wieder was Neues.«

Gabi nickte und aß weiter.

»Na ja, im Oktober sind die ja wieder weg. Lad die bloß nicht zu unserer Hochzeit ein!«

»Was?! Nein, nein ... Keine Sorge.«

Ich nahm endlich eine Gurke. Eine kleine Erlösung. Etwas zu tun haben. Eine Gurke essen.

»Obwohl, na ja. Den Trainer und seine Frau müssen wir schon einladen.«

Gabi verzog ihr Gesicht.

»Wirklich?!«

Es nervte mich.

»Du kennst sie doch gar nicht! Nur wegen einer Matratze, die woanders liegt als bei dir.«

»Was hast du denn jetzt?!«

»Gar nichts.«

Mein Vater nickte.

»Natürlich muss man den Trainer und seine Frau einladen! Das ist doch selbstverständlich!«

Gabi nickte.

»Ja, vielleicht ist *er* ja auch ganz nett. Stimmt schon.«

Eine Weile sagte niemand etwas. Dann sah mich meine Mutter an.

»Bernd. Was hast du eigentlich im Waschkeller gemacht?!«

Mein Herz klopfte los.

»Was soll ich da gemacht haben?!«

»Irgendwas gewaschen?!«

Gabi lachte los.

»Der Bernd wäscht doch nichts!«

Gabi sah zwischen meiner Mutter und mir hin und her. Jetzt war ich dran. Irgendetwas war meiner Mutter aufgefallen. Vielleicht war es doch noch schmierig gewesen, vielleicht stand die Waschmitteldose zehn Millimeter weiter links, als sie das normalerweise tat. Es musste irgendwelche Beweise geben, also hatte Leugnen keinen Sinn.

»Ich hab mein Trikot durchgewaschen.«

»Mit der Hand?!«

Ich nickte.

»Ich hab 'n bisschen zu viel Waschmittel genommen. Hab den Boden aber schon abgespritzt.«

Gabi kicherte.

»Bernd … du bist echt witzig.«

Meine Mutter sah mich an.

»Das war am Donnerstag, und da lagen deine Trikots frisch im Schrank.«

»Donnerstag?! Das weiß ich gar nicht mehr.«

»Na doch. Als ihr euch die Wohnung angeguckt habt!«

Ich nickte.

»Ach, richtig. Genau. Kann sein.«

»Was hast du denn dann gewaschen?!«

Ich zuckte mit den Schultern und aß weiter.

»Weiß ich nicht mehr.«

»Weißt du nicht mehr?!«

Ich tat so, als wäre das Gespräch beendet. Ich hoffte einfach nur, dass es niemandem auffallen würde, dass ich eigentlich noch gar nicht geantwortet hatte. Meine Mutter sah mich an, aber dann aß sie einfach weiter und seufzte über ihren merkwürdigen Sohn.

»Du hast den Boiler brennen lassen. Der brannte noch, als ich vom Konsum kam. Das ist nicht gut.«

Mein Vater schüttelte den Kopf.

»Gar nicht gut. Das weiß der Bernd aber.«

»Hab ich vergessen.«

Gabi grinste.

»Wie werde ich das bloß aushalten?!«

Alle lachten, ich lachte auch, und ich überlegte, ob ich nicht auch »Wie werde ich das bloß aushalten?!« fragen sollte.

Aber natürlich ließ ich es sein.

48

Noch bevor ich am Morgen vom Rad absteigen konnte, hatte Bartoczek mich gefragt, ob es stimmte, dass der Fichtelbier »ein Genie aus Berlin« verpflichtet habe?! Bartoczek und Krallmann hatten den ganzen Tag kein Blatt vor den Mund genommen, was Jeschkat anging. Dabei befanden sie sich in der misslichen Lage, auf der einen Seite die Aufwertung von Generator Klein-Körschow durch einen neuen Trainer aus Berlin zu feiern – auf der anderen Seite den Rauswurf von Jeschkat zu bedauern und sein mysteriöses Verschwinden damit in Zusammenhang zu bringen.

»Klar, dass der abhaut! Das Letzte haben sie ihm genommen!«

»Ich würd auch rübermachen! Nur ein Bein und keine Aufgabe!«

Krallmann kicherte seinen Rauch durch die Zähne.

»Nee, bei dir zwei Beine und keine Aufgabe.«

»Halt's Maul, Krallmann!«

Auf dem Weg zur Arbeit hatte ich einen Schlenker gemacht, um noch einmal bei Jeschkat reinzuschauen. Da standen aber die Polizei und noch andere Autos davor, deshalb bin ich einfach weitergefahren. Vielleicht suchten sie die Katze. Ich hoffte nur, dass es Jeschkat gutging. Mehr konnte ich im Moment nicht tun.

Bartoczek selber war es dann, der mich um 14.30 Uhr daran erinnerte, dass ich zum Training musste.

»Lass den Neuen mal nicht warten!«

Dann war ich auf dem Weg zum Platz. Ich bog auf meinem Rad um die Ecke, und da sah ich Susanne! Sie radelte mir entgegen! Früher oder später musste es ja passieren. Ich war froh! Endlich! Eine unauffällige Begegnung, wie ich sie mir gewünscht hatte. Wir hatten uns schließlich in Gabis Beisein kennengelernt, also konnte man auch in der Öffentlichkeit ein paar Worte wechseln.

Sie kam näher. Ich wurde nervös. Ich hatte Angst. Ich fuhr langsamer. Sie auch. Unsere Bremsen quietschten, und dann standen wir mit unseren Rädern nebeneinander. Sie sah toll aus. Sie schob ihr Haar hinters Ohr. Ich wusste nicht, was ich sagen sollte, aber zum Glück fiel ihr etwas ein.

»Fährst du zum Training?!«

Ich nickte.

»Ja.«

Ich hätte sie gerne geküsst. Einfach meinen Arm ausgestreckt, sie zu mir herangezogen und geküsst. Aber natürlich ging das nicht. Nicht mitten auf der Straße. Ich sah sie an.

»Wir, äh ... Wir müssen noch miteinander reden.«

Sie grinste mich an.

»So ...? Worüber denn?!«

Sie grinste noch mehr. Sie machte mich verrückt. Ich sah mich vorsichtig um. Wir waren alleine.

»Na ja. Darüber, was wir jetzt machen sollen ...«

Susanne lachte.

»Aber das machen wir doch schon: nichts!«

Sie sah mich an. Sie machte Anstalten weiterzufahren. Ich streckte die Hand aus und hielt ihren Lenker.

»Ich vermisse dich.«

Ich zog meine Hand wieder zurück und konnte nicht glauben, was ich da gerade gesagt hatte. Aber es war die Wahrheit! Ich vermisste sie. Ich hatte mir fest vorgenommen, mich zu entschuldigen, hatte mir Sätze zurechtgelegt, die von meiner baldigen Hochzeit und meiner Verantwortung handelten, davon, dass Gabi schon über Kinder nachdachte, die bald unser Kinderzimmer im Block füllen würden, und jetzt war einfach die Wahrheit aus mir herausgepurzelt. Schnell, glitschig und nicht wieder rückgängig zu machen. Dabei wollte ich eigentlich nur, dass sie nicht weiterfuhr.

»Ich vermisse dich!«

Susanne sah mich an. Dann sah sie wieder auf den Boden. Sie sprach ganz leise.

»Ich vermisse dich auch.«

Sie machte eine lange Pause.

»Wo kann man sich hier denn mal treffen?! Draußen, meine ich ...«

Ich bekam weiche Knie. Wir beide wussten, was das bedeuten würde – zumindest: bedeuten *könnte*!

»In der Kiesgrube.«

Susanne lachte.

»In der Kiesgrube?! Wie die Kinder. Wo ist das denn?!«

Ich hörte Stimmen. Ein paar von den Jungs kamen von hinten auf ihren Rädern angerollt.

»Die findest du, es gibt nur eine. Ich muss los.«

Ich stieg in die Pedale.

»Wann?!«

Susanne sah mich an.

»Morgen Abend. Um neun.«

Ich stieg auf, nickte ihr zu und rollte los.

Susanne sagte ein flüchtiges Hallo zu den Jungs und fuhr weiter. Es waren Timmi und die Funkenbrüder, Gerd und Peter Funken, Zwillinge. Timmi war unser Torwart, Gerd Abwehrspieler und Peter mein Partner im Sturm. Jetzt rollten sie neben mir her.

»Was war das denn für eine Braut?!«

»Hast du was mit der?!«

»Quatsch. Das ist die Frau vom neuen Trainer!«

»Ach so. Nicht schlecht!«

»Der ist doch viel zu alt für die!«

»Weiß auch nicht ...«

»Und woher kennst du die?!«

»Ach, die wohnen doch bis Oktober im Block, in unserer neuen Wohnung.«

»Ach so ...«

Dann sahen wir aber schon die anderen vor der Umkleide stehen, und das Gespräch war zum Glück beendet. Wir stellten unsere Räder ab und gesellten uns dazu. Die Stimmung war gut. Über Jeschkat wurde nicht gesprochen. Es hatte sich schon herumgesprochen, dass die Polizei bei ihm war und er vermutlich das Land verlassen hatte, im Wald lebte oder im Gefängnis saß. Da war es besser, man vergaß ihn ganz schnell. Am besten sofort. Außerdem haben wir alle ihn ja auch *kaum gekannt*. Jetzt konzentrierte man sich ganz auf das neue Trainergenie aus Berlin, der von Fußball weniger verstand als Jeschkats Katze. Zumindest hatte sie wesentlich mehr Spiele im Fernsehen gesehen als er.

Ich redete und lachte mit den anderen, aber es war nur Tarnung. Mir zitterten die Knie vor Aufregung. Ich hatte mich gerade mit Susanne verabredet! Ich würde sie wiedersehen. Allein! Ich lehnte mich an die Wand. In der Kiesgrube, wo ich das erste Mal mit Gabi geschlafen hatte! – als es den Wohnwagen noch nicht gab. Nicht auszudenken, wenn wir wieder übereinander herfallen würden! Vielleicht wollte sie auch nur reden?! Der Gedanke beruhigte mich. Irgendwie hoffte ich es, aber ich hatte auch Angst davor. Was, wenn sie tatsächlich nur reden wollte?! Wie zum Teufel sollte ich mich abends um zwanzig vor neun, wenn es gerade dunkel wurde, unauffällig von meiner Familie – und besonders von Gabi – in die Kiesgrube absetzen?!

Ich konnte sagen, dass ich spazieren gehen würde! Eine Möglichkeit. Das wäre zwar ungewöhnlich für mich, aber nicht so absonderlich, dass gleich die Polizei eingeschaltet werden müsste. Gabi würde aber vermutlich mitkommen wollen. Also ging es nicht. Vielleicht würde sie denken, ich wollte mit ihr zum Wohnwagen. Wenn sie mitkommen würde, müsste ich dummerweise tatsächlich spazieren gehen – was Gabi sehr wundern würde –, und ich würde natürlich Susanne verpassen. Ich wollte Susanne aber nicht versetzen. Nicht abends, alleine in der Kiesgrube.

Vielleicht hätte ich Glück, und es würde regnen! Dann könnte ich alleine los, weil Gabi nicht mitwollen würde. Ich musste sicherheitshalber Ersatzkleidung mitnehmen!

Dann schüttelte ich über mich selber den Kopf.

Nein!

Ich würde Susanne nicht anfassen! Ich musste das beenden, bevor es zu spät war!

Ja! So würde ich es machen! Plötzlich erschien mir alles einfach und klar! Das war die einfachste Lösung! Ich würde hingehen und es sauber beenden! Es würde wehtun, aber es war für alle das Beste.

»Bernd?!«

Vor mir stand Stefan. Ich sah mich um. Die anderen waren schon reingegangen.

»Kommst du bitte auch?!«

49

Stefan hatte ein ganzes Netz neuer Bälle mitgebracht. Eine Spende von Fichtelbier. Sie waren steinhart aufgepumpt und glatt. Alle freuten sich wie die kleinen Kinder. Diese Bälle zeigten, dass es jetzt endlich aufwärtsgehen würde. Unter Jeschkat hatte es nur einmal einen neuen Ball gegeben, und das war meiner, den ich zu Weihnachten bekommen hatte, von Gabis Oma aus dem Westen.

Diese Bälle änderten alles. Es war kaum möglich, sie zu führen. Man spielte nur mit halber Kraft, und sie flogen trotzdem doppelt so weit. Torwart Timmi konnte sie kaum bändigen.

Stefan stellte uns im Kreis auf, und dann mussten wir uns einen Ball zuschießen. Jeder, der den Ball berührte, musste seinen Namen sagen. Erst ganz langsam, dann immer schneller. Dann ganz schnell. Den Takt dazu klatschte Stefan mit den Händen. Als es richtig schnell wurde, verlor ständig jemand den Ball zwischen seinen Beinen. Stefan ließ uns dann wieder von vorne beginnen. Es war absurd. Ich sah ihm an, dass er sich das ausgedacht hatte, um besonders originell zu wirken. Egal, was er machte, es musste anders sein, damit er seinem Ruf als »Genie aus Berlin« gerecht wurde und niemand hier darauf kam, dass er eventuell gar keine Ahnung von Fußball hatte. Ich sah in die Gesichter meiner Mannschaft. Die Jungs waren glücklich! Sie strahlten mich an. Das machte es irgendwie noch schlimmer. Generator Klein-Körschow – ein dem Untergang Geweihter, dem man die Wahrheit nicht sagt, damit er noch ein bisschen Spaß hat. Ich sah Stefan. Unsere Blicke trafen sich. Stefan grinste schief. Ich grinste schief zurück. Nur er und ich wussten, was hier vor sich ging. Wir waren Betrüger und Komplizen.

50

Stefan und ich standen in der alten Turnhalle. An einigen Stellen wellte sich das Parkett nach oben und war wegen Stolpergefahr abgesperrt. Im hinteren Teil der Decke war ein großes Loch, wo die Sonne reinschien oder es reinregnete. Je nach Wetter. Ich kannte das Loch, denn dort hatte ich mich zusammen mit Frank Wellweritz schon mal abgeseilt, um endlich das Geheimnis der alten Turnhalle zu lüften. Wir fanden immerhin heraus, dass es kein Geheimnis gab. Jahrelang geisterten Vorstellungen von Waffenkammern, toten Nazisoldaten – Skeletten, die noch ihre Waffen im Arm hatten –, alten Folterkellern oder einem versteckten Kinderheim durch unsere Köpfe. Als dann das Dach an der einen Ecke eingestürzt war, konnten wir endlich gucken und sind danach nie wieder hergekommen. Jetzt sah es immer noch genauso aus. Nur noch kaputter.

Es roch muffig und schimmelig. Stefan hatte von Fichtelbier den Schlüssel bekommen und auch gleich hinter mir abgeschlossen. Damit uns keiner sah.

»Wie möchten Sie anfangen?!«

»Oh bitte, Bernd, duz mich doch. Willst du mich beleidigen?! Ich kann doch auch nichts dafür, dass wir beide hier sind! Machen wir doch das Beste draus. Lass uns Freunde werden!«

Ich sah ihn an. Wir konnten keine Freunde werden, aber das wusste er natürlich nicht. Ich wusste auch nicht genau, was »das Beste« sein könnte. Trotzdem nickte ich.

»Es ist nichts Persönliches. Ich bin es nur nicht gewohnt, Leute zu duzen, die schon so alt sind.«

Stefan lachte.

»So alt? Ich bin 33.«

»Und ich bin 19. Das sind 14 Jahre Unterschied.«

»Meine Frau ist auch 12 Jahre jünger, und die duzt mich auch.«

Ich lachte. Susanne, die Wunderbare, die ich nachher in der Kiesgrube treffen würde.

»Das ist doch was anderes.«

Ich hatte immer noch keine gute Idee, wie ich unauffällig dahin kommen sollte. Schon wieder wurde ich nervös.

Wieso eigentlich um neun Uhr? Was machte Stefan heute Abend um neun Uhr?!

Stefan sah an mir herum und kratzte sich.

»Gut, fangen wir an.«

Er lief einmal um mich herum.

»Also. Du musst danebenschießen, aber nur knapp. Deine Pässe dürfen nicht ankommen, aber nur knapp. Also musst du viel besser schießen können als jetzt! Viel genauer! Du musst fallen können, aber nicht so, dass du dich dabei verletzt, und auch nicht so, dass Generator einen Freistoß bekommt. Also alleine, aber mit Ball. Du musst langsamer rennen als deine Gegner, aber nur ein bisschen langsamer. Jeder deiner Gegner wird anders rennen, also musst du immer anders langsamer rennen. Du musst das viel besser einschätzen können als jetzt. Und du musst viel besser rennen können als jetzt! Du musst dreidimensional rennen können. Damit fangen wir an.«

»Dreidimensional rennen. Das mach ich eigentlich schon.«

Stefan nickte.

»Entschuldige. Ich meine natürlich vierdimensional!«

Eine Pause entstand. Ich sah Stefan an.

»Was soll ich jetzt tun? Rennen?!«

Stefan legte die Hand an den Mund und knibbelte an seiner Lippe.

»Weiß ich noch nicht. Ich weiß nicht, ob es gut ist, wenn du jetzt rennst, oder ob wir nicht vielleicht ganz anders anfangen sollen …«

Ich verschränkte die Arme.

»Entschuldigen Sie mal, Herr … Stefan. Also, Sie müssen schon wissen, was wir tun. Sonst können wir uns das auch sparen.«

Er nickte.

»Ich weiß, ich weiß. Ich will nur nichts zerstören. Es ist wichtig, dass wir nichts Falsches anfangen. Viel Zeit haben wir nicht.«

»Aber ich kann doch erst mal ein bisschen rennen. Dann können Sie sich das in Ruhe ansehen.«

Stefan nickte.

»Gut, das ist vielleicht eine Idee. Aber nicht so schnell. Ich muss schon noch was sehen können.«

Ich lief los. Wie ein Pferd trabte ich um Stefan herum, der mich wie ein Viehhändler ansah. Ein Viehhändler, der überlegt, ob er nicht gerade übers Ohr gehauen wurde. Ich dachte, Laufen ist besser als Stehen und Reden. Vor allem so ein wirres Zeug.

Von Jeschkat hatte ich so etwas nie gehört. Nur noch wenige Stunden bis zur Kiesgrube! Irgendwas wird mir schon einfallen. Susanne!

Stefan klatschte in die Hände.

»Gut. Ich weiß jetzt, was wir tun!«

»Na endlich!«

»Komm her.«

Ich kam angelaufen. Stefan stellte sich vor mich.

»Du bist ein Lügner!«

Ich sah ihn an, und ich spürte, dass ich rot wurde.

Er grinste.

»Siehst du. Du wirst ganz rot. Ich habe recht. Du hast mich belogen!«

Wenn er etwas von Susanne wusste, wieso rückte er erst jetzt damit heraus?! Was meinte er bloß? Stefan nickte mir zu.

»Ich bin auch ein Lügner!«

Ich nickte.

»Dann ist ja gut. Das beruhigt mich.«

Stefan schüttelte den Kopf.

»Worauf ich hinauswill ... ich ... nein. Wir müssen anders anfangen.«

Er begann damit, hin und her zu laufen.

»Wie fangen wir an?«

Dann blieb er stehen und sah mich an.

»Ich kann es dir nicht verübeln, dass du mich belogen hast. Wir werden alle zum Lügen erzogen. Erst das Elternhaus, dann die Massenorganisationen, die Partei, das ganze Land. Guck dich um, was wir hier machen! Was machen wir hier?!«

Ich sah mich um.

»Wir stehen in einer halb verfaulten Turnhalle und ...«

»Und ...?!«

»... und lügen?!«

Stefan klatschte froh in die Hände.

»Genau. Sieh mal, das Leben ist immer die letzte Kugel einer Kette. Wir sind sozusagen die letzte Kugel. Hier in dieser Turnhalle. Du und ich. Alle Kugeln vorher haben dazu geführt, dass wir jetzt hier sind. Es ist eine logische Folge von Dingen.«

Ich nickte.

»Das ist mir auch schon aufgefallen.«

»Ich weiß, dass dir das aufgefallen ist, deshalb freue ich mich ja so!«

Ich legte meinen Kopf schief.

»Aha ...«

»Und deshalb werden wir uns das abgewöhnen! Das Lügen. In diesem Raum wird nicht mehr gelogen. Unsere ehrliche Insel! Sieh her!«

Er öffnete seine Hose und ließ sie runterrutschen. Sein Schwanz baumelte unter dem Hemd.

»Wir werden nichts mehr verbergen!«

Ich verschränkte die Arme.

»Stefan, ganz ehrlich: Das ist mir 'ne Spur zu verrückt. Ich meine, was soll das bringen?! Wir beide in dieser Turnhalle, mit heruntergelassener Hose?! Was hat das mit dem Training zu tun!?«

Stefan zog die Hose gürtelklimpernd wieder hoch und machte sie zu.

»Gut, du bist noch nicht so weit!«

Er hob die Hand.

»Das soll kein Vorwurf sein. Es ist ...«

Er suchte nach Worten.

»... es ist nur ... Als ich dich gerade da um mich herumlaufen sah, wurde mir klar, dass ich die Lüge in deinem Gesicht sehe. Was wurde euch nur angetan?! Eine ganze Generation von Lügnern. Unschuldige Lügner! Unsere Hauptaufgabe wird sein, die Lüge aus deinem Gesicht zu bekommen.«

»Aber ich soll doch lügen! Wir sollen ja verlieren!«

Stefan nickte. Dann knibbelte er wieder an seiner Lippe.

»Richtig. Das ist das Problem. Du musst ehrlich wirken, obwohl du lügst, also eigentlich eine viel schlimmere Lüge ... beziehungsweise zwei Lügen!«

Ich dachte: Drei Lügen! Stefan sah mich an.

»Herrje, was machen wir bloß?!«

Ich nahm meine Trikothose in die Hand.

»Du kannst auch gerne meinen Schwanz sehen, wenn das was nützt.«

Stefan lachte und schüttelte den Kopf.

»Nein, nein. Ich muss mir etwas anderes überlegen. Mein altes Konzept funktioniert nicht. Ich komme auch hierher mit ganz dummen, verstaubten Ideen aus dem Fernsehen.«

»Das glaub ich auch.«

Stefan sah mich an.

»Wir beide brauchen wirklich Mut! Es darf nicht einfach nur behauptet sein! Weißt du, ich habe es jetzt erst richtig verstanden! Dank dir!«

Er kam einen Schritt auf mich zu und nahm mich in den Arm.

»Danke, Bernd.«

Er schob mich von sich weg und nickte mir zu.

»Ich denke, wir machen Schluss für heute.«

51

Ich stand mit Tobi im Garten. Wir übten Elfmeterschießen. Die alte Schaukel war unser Tor. Ich legte Tobi den Ball hin, er schoss, ich holte den Ball zurück, legte ihn wieder hin, Tobi schoss wieder. Sobald der Ball vor ihm lag, schoss er wieder. Dabei war er glücklich. Und er wurde immer besser. Manchmal sah er sogar schon zum Ball herunter. Am Anfang hatte er immer nur sinnlos dagegengetreten. Manchmal schon, bevor der Ball überhaupt lag. Ich dachte, wenn sich jemand die Zeit nehmen würde, könnte man ihm alles wieder beibringen – fast alles.

Ich schielte auf die Uhr. Es war acht. Gabi saß mit meinen Eltern im Haus und guckte die *Tagesschau.* Ich musste an Stefan denken, der mir heute meine Lüge im Gesicht angesehen und zum Glück gedacht hatte, es ginge um das Spiel. Oder um unser Land. Irgendwie mochte ich ihn. Seine komische verhaspelte Art. Sein merkwürdiges Gerede, eigentlich sein lautes Denken. Diese merkwürdige Aktion mit seiner Hose. Sein baumelnder Schwanz. Lustig. Er war jedenfalls viel ehrlicher, als ich es war. Wie sollte ich es auch sein?! Irgendwie war er anders als die anderen »Erwachsenen«. Er war jünger. Ein großes Kind. Vielleicht konnten wir doch Freunde werden?! Wenn ich die Sache mit Susanne beendet hätte. Heute Abend.

Während ich Tobi die Bälle hinlegte, ging ich meine Sätze noch einmal im Kopf durch. Ich hatte mir alles zurechtgelegt. Es klang wie eine neue Fassung vom »Katalog der Tugenden«, den mir Fichtelbier feierlich im Jugendlager überreicht hatte, als ich zwölf war. Es ärgerte mich, dass ich zu Susanne »Ich vermisse dich« gesagt hatte, statt bei meinem ursprünglichen »Wir müssen miteinander reden« zu bleiben. Ich hatte Angst, dass sie mit falschen Erwartungen in die Kiesgrube kommen würde. Vor allem hatte ich Angst, dass ich nicht stark genug sein würde.

Die *Tagesschau* war aus, und Gabi kam auf die Wiese in die

späte Abendsonne gelaufen. Sie sah süß aus. Sie war die richtige Entscheidung! Ich legte Tobi wieder den Ball vor die Füße.

»Und, was gibt's Neues?!«

»Nichts. Es soll so warm bleiben.«

»Ich kann mir nicht vorstellen, dass *nichts* tatsächlich zutrifft.«

»Guck doch selber, wenn du es wissen willst.«

»Da hast du recht. Ich will es gar nicht wissen.«

»Eben.«

Tobi schoss. Er trat richtig zu und traf! Ich klopfte ihm auf die Schulter.

»Hey, hey! Gut, mein Kleiner! Klasse!«

Gabi sah mich an.

»Du bist der Kleine.«

»Ja, ja. Weiß ich doch.«

Sie hatte Lust zu streiten. Das war um zwanzig nach acht – also 40 Minuten vor neun! – gar nicht gut. Gabi schloss die Augen und hielt ihr Gesicht in die Abendsonne. Jetzt war der Moment. Jetzt musste ich sprechen. Ich lief unauffällig zum Ball und holte ihn zurück. Mein Vater erschien in der Tür.

»Macht jetzt mal Schluss. Der Tobi muss ins Bett.«

»Gleich. Nicht mehr lang.«

»Aber wirklich. Ist gleich halb neun.«

Ich hätte gerne »Ich weiß, dass es halb neun ist, Papa. Ich bin doch um neun mit Susanne in der Kiesgrube verabredet und gucke seit Stunden alle zwanzig Sekunden auf die Uhr!« gesagt. Einfach mal ehrlich sein!

Vielleicht hatte Stefan doch recht. Dieses ewige Lügen machte uns alle krank. Bald wäre damit Schluss. Noch ein paar Wochen. Nach dem Spiel! Das würde meine letzte Lüge! Danach Hochzeit und eine glückliche Zukunft im Block mit Gabi. Ich würde mich um nichts mehr kümmern, meine Schilder abschreiben und auch gar nichts mehr hinterfragen. Irgendwie war ich müde. Ich hätte ins Bett gemusst und nicht Tobi – allerdings für die nächsten drei Wochen.

Ich sah meinen Vater an.

»Ich wollte gleich noch etwas laufen.«

Er nickte.

»Gut. Fußball ist Laufen!«

Gabi antwortete mit geschlossenen Augen.

»Da komm ich mit.«

»Es wird doch gleich dunkel.«

»Na und?!«

Mein Vater lachte.

»Ja, das macht ihr nichts aus! Sie ist jetzt meine Assistentin. Sie wird dir Beine machen!«

Ich sah Gabi an. Dann legte ich Tobi wieder den Ball vor die Füße, um Zeit für meine Antwort zu gewinnen. Tobi holte aus und schoss. Und wieder traf er! Ich jubelte. Mein Vater sah auf den Boden.

»Ich muss auch noch mal los!«

Dann ging er rein.

Ich lief, um den Ball zu holen, und sah flüchtig zu Gabi.

»Aber. Ich wollte eigentlich *richtig* rennen.«

»Kein Problem.«

Ich ging zu ihr und strich ihr über die Backe.

»Und was ist, wenn ich dir weglaufe?!«

»Das schaffst du nicht!«

»Wetten?«

»Wetten!«

»Dann komm!«

52

Gabi war nach Hause geradelt und hatte sich umgezogen. Ich holte sie ab. Wir standen vor der Haustür ihrer Eltern. Ich im Trikot, Gabi in den alten Turnsachen ihrer Massenorganisation. Sie hüpfte auf und ab.

»Los … komm. Wo lang?!«

Es war halb neun. Wir mussten irgendwo langlaufen, wo ich sie entspannt abhängen konnte. Und wir mussten irgendwo laufen, wo wir Susanne nicht begegnen würden. Susanne, die sich jetzt gerade auf den Weg zur Kiesgrube machen würde. Warum konnte Gabi nicht einfach zu Hause bleiben? Warum musste alles immer so kompliziert sein?! Andererseits – wenn es keine Susanne geben würde, wäre ich froh, dass Gabi mich so unterstützt. Also musste ich jetzt auch so tun, als freute ich mich. Gabi sah mich an.

»Warum nicht zur Kiesgrube?!«

Sie kam näher und hörte kurz mit dem Gehüpfe auf, um mich zu küssen.

»Wegen der alten Zeiten. Mal gucken, wie es da jetzt aussieht!«

Ich schüttelte den Kopf.

»Es sieht immer noch genauso aus. Und man kann da nicht gut hinlaufen. Ich will ernsthaft trainieren. Ich will dieses Spiel gewinnen!«

Sie küsste mich wieder.

»Das will ich auch! Also dann. Wo lang?!«

»Einfach raus in den Wald, Richtung See!«

Ich dachte, dass ich sie im Wald gut abhängen und dann quer durchs Gebüsch Richtung Kiesgrube zurückkonnte. Es war fünf nach halb. Wir mussten los. Gabi nickte.

»Gut.«

Ich nickte.

»Also gleich richtig losrennen, gut?!«

Gabi nickte und rannte lachend los. Ich sah ihr hinterher. Das war also ihre Antwort! Ich rannte ihr hinterher. Sie lachte beim Rennen. Ich rannte mit aller Kraft, aber ich kam nicht wirklich näher. Sie war schnell. Auch das noch! Das Tempo würde ich nicht durchhalten können. Ich schaltete einen Gang runter. Gabi gewann erst noch mehr Abstand, dann wurde sie aber schnell langsamer. Wir kamen in den Wald, und da hatte ich sie schließlich. Sie sah mich von der Seite an. Sie lief neben mir her, kam näher und küsste mich im Laufen auf die Backe. Dann blieb sie stehen und lachte mir hinterher.

»Du bist zu langsam, mein Süßer!«

Ich drehte mich im Laufen um und winkte ihr zu. Sie winkte zurück. Als ich um die nächste Ecke war, hielt ich an. Ich sah auf meine Uhr. Zehn vor neun. Ich schielte hinter dem Baum entlang und wartete, bis Gabi sich erholt hatte, sich umdrehte und schließlich nach Hause trottete.

Ich musste schräg durch den Wald wieder zurück. Also los. Ich rannte durch den Wald. Die Abendsonne ging unter und flackerte in meinen Augen. Bloß nicht hinfallen, ganz ruhig laufen. Ich kam aus dem Wald auf den Sandweg nach Lauberitzwooge. Ich lief rechts. Am Ende des Weges erhob sich hinter den Bäumen schon der alte Kran aus der Kiesgrube in den Himmel. Ich sah auf die Uhr. Zwei Minuten vor neun. Ich würde es schaffen! Ich sah mich um. Vielleicht war sie ja schon irgendwo hier?! Ich lief langsamer und kroch unter dem *Betreten verboten*-Schild durch das Loch im Zaun. Dann schlich ich den alten Trampelpfad entlang, vorbei an der »Tarzanschwinge«. Das war ein altes Seil, an dem ein alter Reifen hing, mit dem alle Kinder von Klein-Körschow schon über den Bach geschwungen waren, auch ich. Ich kam aus dem Gebüsch und lief hinunter ins große Kiesbett, wo der rostige Bagger brav an seinem kaputten Förderband stand. Ich sah auf die Uhr. Es war Punkt neun. Ich hatte es geschafft! Ich sah mich um. Niemand war da. Nur der Geruch von altem Schmierfett nach einem langen, warmen Tag. Ich stieg auf das platte Rad vom Bagger und guckte ins Führerhäuschen. Das war auch leer. Ich lauschte. Es war auch nichts zu hören. Nur eine leichte Brise, die über die Bäume wehte.

Ich beschloss zu warten. Susanne kannte sich in der Gegend nicht aus. Sie würde bestimmt noch kommen. Vielleicht hatte sie sich verlaufen. Ich saß auf dem Reifen und sah zu, wie das Licht aus der Gegend kroch. Plötzlich und pünktlich setzte das Gequake der Frösche aus allen Ecken ein. Dann wurde alles grau, und schließlich war es beinahe dunkel. Da hörte ich etwas. Schritte. Mein Herz klopfte. Gleich wäre es so weit! Ich ging im Geiste noch einmal meine Sätze durch. Meinen Katalog der Tugenden. Jetzt hörte er sich total albern an. Vielleicht würde ich das alles doch nicht sagen. Dann sah ich eine Taschenlampe durch das Gebüsch näher kommen. Ich stand auf und ging auf das Licht zu. Vielleicht wollte sie mich küssen?! Da war es besser zu stehen. Jemand kam über die Kiesel gelaufen. Ich stellte mich gut sichtbar hin und lächelte. Ich war nervös. Die Lampe leuchtete mir ins Gesicht.

»Bernd. Was machst du denn hier?!«

Es war Gabi!

Ich erschrak.

»Hab ich dich erschreckt?!«

»Nein. Schön, dass du kommst!«

Ich nahm sie in den Arm. Sie wollte nicht.

»Warum sind wir nicht zusammen hergelaufen?! Das ist doch blöd.«

»Ich ... ich weiß nicht. Ich habe darüber nachgedacht, von dem Moment, als du es gesagt hast, und dann wollte ich doch mal nachsehen, wie es jetzt wohl aussieht. Hab an früher gedacht. Hast du mich gesehen?!«

»Dein Vater hat dich gesehen. Er saß im Jägerstand.«

Auch das noch! Natürlich! Jetzt fing mein Vater an, in diesen Dingern rumzuhocken. Es war nicht das erste Mal, dass er mich irgendwo gesehen hatte. Vor Jahren hatte er mich und Frank Wellweritz mit seinem Fernglas beim Rauchen erwischt.

Was, wenn Susanne jetzt noch kommen würde?! Verdammt! Wir mussten hier weg! Sofort!

»Komm, lass uns nach Hause gehen!«

Gabi kam näher. Sie schmiegte sich an mich.

»Wieso denn so schnell?! Jetzt, wo wir einmal hier sind.«

So standen wir da, und ich hielt sie im Arm. Sie sah an mir hoch.

»Ich kann dein Herz klopfen hören.«

Ich sah zu ihr herunter. Mein Mund war trocken. Sie küsste

mich. Ich hielt das nicht aus. Ich löste die Umarmung und nahm ihre Hand.

»Komm, lass uns gehen.«

»Wieso denn?!«

»Mir wird kalt.«

»Na gut.«

Ich zog Gabi zurück über die Steine, wir stiegen in das Gebüsch und liefen hintereinander den Pfad entlang. Ich hatte jede Sekunde Angst, dass ich Susanne plötzlich doch noch im Licht von Gabis Taschenlampe erblicken würde. Gabi mag ahnungslos gewesen sein, aber sie war nicht blöd! Susannes Auftauchen im Dunkeln in der Kiesgrube hätte man ihr nicht als Zufall verkaufen können.

Mein Herz klopfte bei jedem Schritt, vor jeder Kurve, bei jedem Geräusch. Gabi lief vor mir her, leuchtete und redete gut gelaunt über Dinge, die sie sich in unserer Wohnung vorstellen konnte. Wenn Susanne noch kam, würde sie zuerst unsere Stimmen hören. Vielleicht wäre sie so schlau, sofort kehrtzumachen. Das hoffte ich jedenfalls.

Dann waren wir am Zaun, krochen drunter durch und liefen auf dem geraden Sandweg nach Klein-Körschow zurück. Gabi hakte sich bei mir ein. Ich nahm die Taschenlampe. Ich leuchtete auf meine Uhr. Es war halb zehn. Ich entspannte mich. Susanne würde nicht mehr kommen. Sie war nicht gekommen. Zum Glück!

Aber – warum nicht?!

53

Ich stand mit Stefan in der Turnhalle. Er verband mir die Augen.

Ich hatte Susanne den ganzen Tag nicht gesehen, obwohl ich ständig unauffällig im Dorf herumgelaufen war. Ich zermarterte mir das Hirn, warum sie nicht gekommen war – obwohl ich natürlich total froh darüber war. Wenn sie gekommen wäre, hätte es eine Katastrophe gegeben.

Stefan war fertig. Ich sah nichts mehr.

»Das ist eine Vertrauensübung, die wir auch am Theater machen. Aber wir machen es natürlich etwas anders.«

Er drückte mir den Ball in die Hände.

»Alles dunkel?!«

Ich nickte.

»Versuch mal, die Tür zu treffen.«

»Gut.«

Ich legte mir den Ball vor die Füße. Ich spürte Stefans Hand an der Schulter.

»Bevor du schießt, musst du etwas Ehrliches sagen. Ich tu es auch.«

Eine Pause entstand. Ich spürte, dass Stefan mich ansah.

»Was soll der Blödsinn?!«

»Ich hatte schon mal eine Zyste am Hintern. Sie musste wegoperiert werden. Jetzt bist du dran.«

Ich lachte kurz.

»'ne Zyste hatte ich nicht. Aber nach Tobis Unfall habe ich 'ne Zeit lang gestottert.«

Stefan klopfte mir auf die Schulter.

»Danke.«

Ich überlegte, wo die Tür war. Dann schoss ich.

»Und?«

»Daneben.«

Ich lachte. Stefan lief, um den Ball zu holen.

»Wie soll ich denn treffen?!«

»Du musst dir vertrauen. Du kennst die Halle doch. Ich stehe immer noch da, wo ich gerade gestanden habe.«

»Hab ich nicht drauf geachtet.«

»Ein Fehler. Du musst ganz genau auf alles achten. Jedes Detail, alles, jeder Stein, das Gesicht vom Torwart, welche Schnürsenkel trägt der Trainer …«

Stefan legte mir den Ball wieder vor die Füße.

»Gut. Wieder was Ehrliches.«

Er überlegte.

»Meine Frau, Susanne. Sie langweilt sich hier. Sie ist nur mitgekommen, damit wir hier als Ehepaar auftreten. Irgendwie ist sie anders geworden, seit sie hier ist. Ich habe Angst, dass sie mich verlässt.«

Ich wusste nicht, was ich sagen sollte. Ich stand im Dunkeln und sah Susanne, die ihre Koffer nahm und Stefan einen Abschiedskuss gab. Ich musste lachen.

»Das mit dem Langweilen ist hier ganz normal.«

»Du bist dran.«

»Meine Frau ... Quatsch. Meine Verlobte Gabi langweilt sich hier nicht. Sie wird immer hierbleiben. Ich habe Angst, dass ich sie mal verlassen werde. Weil ich Angst habe, dass ich sonst nichts von der Welt sehe.«

»Danke. Und nun schieß!«

Ich tippte mit der Fußspitze auf den Ball. Stefan stand rechts. Die Tür war schräg hinter ihm. Ich versuchte in der Schwärze die Turnhalle zu sehen. Da war die Tür. Ich schoss. Es rappelte. Stefan fiel mir um den Hals.

»Es klappt! Es klappt!«

Wieder ging er den Ball holen.

»Übrigens ... Wir sind gestern Abend noch ins *Haus der Freundschaft* gegangen. Man hat mir gesagt, dass da die Jungs rumhängen, und da dachte ich, ich guck mal vorbei. Außerdem wollte Susanne spazieren gehen. Also passte es. Auch so eine merkwürdige Idee von ihr, abends um halb neun spazieren zu gehen.«

Sie wollte also kommen! Mir fiel ein Stein vom Herzen. Es ging nur nicht, wegen Stefan. Ich grinste Stefan an.

»Sie muss sich wirklich langweilen, wenn sie hier freiwillig spazieren geht. Abends um halb neun. Und, wie war es so im Haus der *glühenden* Freundschaft?! Waren ein paar von den Jungs da?!«

Stefan lachte.

»Ja. Sie glauben alle, ich wäre ein ganz toller Trainer. Es ist schrecklich, so zu lügen. Hier geht es mir gut. In dieser Halle wird nicht gelogen. Ich bin dir sehr dankbar dafür. Was ist mit dir?! Gehst du da nicht hin?!«

»Ins *Haus der Freundschaft*?! Früher ja, aber mittlerweile ... Ist irgendwie langweilig geworden.«

Stefan nahm mir die Binde ab. Alles war hell, ich blinzelte. Stefan sah mich an.

»Sollen wir nicht mal was zusammen machen? Du, ich, Susanne und deine Gabi?! Wir könnten doch einen kleinen Ausflug machen?! Wir vier. Ihr kennt euch doch hier aus. Zeigt uns doch mal was Schönes in der Gegend.«

Ein Ausflug mit Susanne und Gabi und Stefan! Das war das Letzte, was meine Nerven jetzt gebrauchen konnten!

»Und was ist mit Gabi?! Ich meine, die darf doch von alldem nichts mitkriegen. Von dem ganzen Training. Weiß Susanne davon?!«

Stefan lachte.

»Natürlich. Na gut. Dass Gabi nichts davon wissen darf, muss ich Susanne eben sagen. Das kennt sie schon aus Berlin. Der weiß das, und der weiß das. Sie ist schon von dieser ganzen Lügnerei genervt.«

Eine Pause entstand. Stefan nickte.

»Also, machen wir einen Ausflug.«

»Ach, hier gibt es doch gar nichts, was man angucken könnte.«

Stefan sah mich an.

»So ein Quatsch! Irgendwas wird es schon geben! Komm. Machen wir ein Picknick. Eine schöne Wiese reicht doch. Wir haben noch ein paar Wochen miteinander zu tun. Machen wir das Beste draus!«

»Aber für so was hab ich keine Zeit. Ich muss trainieren!«

Stefan lachte.

»So ein Quatsch! Ich bin dein Trainer. Was ist los?! Ist dir was peinlich?!«

»Nein, wieso?!«

»Na also. Komm!«

54

Gabi hatte einen Korb gepackt und ihn mit allerlei Dingen vollgestopft. Sie hatte zwei Tage Essbares gesammelt, damit wir auch was zu bieten hatten. »Die sind immerhin aus Berlin«, hatte sie gesagt.

Stefan würde uns mit seinem Wartburg abholen. Ich konnte die Spannung kaum noch aushalten und flüchtete zu Tobi in den Garten. Ich würde Susanne wiedersehen. Mit beiden, mit Susanne und Gabi zusammen unterwegs. Ein Albtraum! Noch zehn Minuten, wenn Stefan und Susanne pünktlich waren.

Ich legte Tobi den Ball hin und sah zur Schaukel, aber dann hörte ich das Auto, und ich hörte Susanne, und ich hoffte inständig, dass es irgendwie gutgehen würde. Ich küsste Tobi, ging durch die Waschküche ins Haus und vor die Tür, und da stand Susanne neben Stefan und Gabi. Ich ging zu ihr. Wir gaben uns die Hand. Stefan nickte.

»Ihr kennt euch ja schon.«

Susanne nickte.

»Ja, flüchtig. Hallo!«

»Hallo!«

Ihre Hand fühlte sich gut an. Sie lächelte. Ich wollte sie anfassen, und alle andern sollten sich in Luft auflösen! Gabi strahlte hinter ihrem vollen Picknick-Korb. Wir stiegen ins Auto. Ich sollte den Weg zeigen und durfte neben Stefan nach vorne. Es war mir ein Rätsel, warum immer Männer den Weg zeigen und vorne sitzen durften, obwohl Gabi den Weg genauso gut kannte. Ich hätte lieber hinten neben Susanne gesessen. Stefan und Gabi hätten nach vorne geguckt. Vielleicht hätte ich Susannes Hand berührt. Ich sah aus dem Fenster, tat möglichst neutral und dirigierte Stefan durch die Felder, bis wir an einem unserer schönsten Picknickplätze waren. Eine Wiese mit einem Bach, eingerahmt von einem Wäldchen. Stefan fuhr ran und wir stiegen aus.

Gabi breitete die Decke aus, Susanne half ihr. Ich sah Susannes Hintern und guckte schnell wieder woandershin. Gabi stellte unser ganzes Zeug in die Mitte, Stefan hatte auch was mitgebracht, und wir setzten uns drum herum. Ich wollte beim Hinsetzen irgendwie neben Susanne landen, aber dann saß ich doch zwischen Stefan und Gabi, und Susanne saß mir gegenüber. Es fiel mir schwer, sie anzusehen, aber dann tat ich es doch. Sie sah zurück. Ich wollte ihr mitteilen, dass ich wusste, warum sie nicht zur Kiesgrube hatte kommen können.

»Stefan hat mir erzählt, dass ihr gestern im *Haus der Freundschaft* wart.«

Susanne lachte.

»Oh ja. Was für ein langweiliger Laden!«

Gabi sah Susanne an.

»Ich bin gerne da. Man kann da gut feiern. Wenn man aus Berlin kommt, ist hier bestimmt alles langweilig.«

Susanne zuckte mit den Schultern.

»So meinte ich das nicht.«

Gabi nahm meine Hand.

»Bernd und ich werden dort unsere Hochzeit feiern.«

Susanne guckte merkwürdig.

»Ach. Das ist ja schön. Und wann?!«

Gabi sah mich stolz an.

»Nachdem mein Mann hier unter den Augen des Nationaltrainers die Russen besiegt hat!«

Stefan nickte freundlich.

»Also direkt am Tag des Spiels?«

Gabi nickte.

»Wir dachten, dann haben wir gleich alle zusammen. Und so eine Hochzeit vergisst dann niemand. An so einem Tag, nach so einem Spiel! Auch keiner vom Klub, und bestimmt auch nicht der Nationaltrainer. Dann kommen die sicher auf Bernd zurück.«

Stefan nickte.

»Wahrscheinlich.«

Stefan betrachtete mich. Ich konnte ihm ansehen, dass er sich nach unserer ehrlichen Turnhalle sehnte.

Susanne griff sich den Korb.

»Kommt. Lasst uns was essen! Ich hab Hunger!«

Alle stimmten zu, wir verteilten die Sachen, und dann aßen wir. Wir redeten über Stefans Fußballverein in Berlin, ein Verein, den Stefan sich ausdachte, während er darüber sprach. Ich erzählte von Tobi und dem Klub, wir erfuhren etwas aus Gabis Krankenhaus und dass Susanne eigentlich gar nicht aus Berlin, sondern nur aus einem Vorort von Berlin kam. Wir scheuchten späte Septemberwespen weg, und ich sah Susanne an, wie sie aß und ihr Haar in der Sonne leuchtete. Dann waren wir satt und lagen auf der Decke herum.

Wenn ich nicht gewusst hätte, was zwischen mir und Susanne passiert war, ich hätte gar nicht gemerkt, dass uns etwas verband. Es gab keine Anspielung, kein Anstarren, es war ganz entspannt. An der Oberfläche. Susanne passte auch ganz schön auf. Sie war nicht dumm. Zwischendurch stellte ich mir kurz vor, dass ich mit Susanne zusammen war und Gabi Stefans Frau war. Auch das wäre gegangen. Ich dachte, eigentlich kann es auch so weiterlaufen. Dann brauchte ich von alldem aber doch eine Pause. Ich musste weg. Ich stand auf.

»Ich lauf mal ein bisschen rum.«

Susanne stand auf.

»Da komm ich mit.«

Ich wurde nervös. Gabi und Stefan lagen in der Sonne und reagierten nicht. Gabi blinzelte mich hinter einem Hand-Sonnenschutz an.

»Viel Spaß, ihr beiden!«

Gabi würde hierbleiben. Es war in Ordnung, dass wir gingen. Ich konnte endlich mit Susanne reden. Ich war so dankbar darüber, dass ich Gabi einen Luftkuss zuwarf. Sie knutschte in die Luft zurück. Dann ging ich mit Susanne über die Wiese. Wir sprangen über den Bach und liefen auf einem Pfad in den Wald hinein.

55

Wir waren gerade um die ersten zwei, drei Bäume gelaufen, da sah sich Susanne kurz um. Dann nahm sie im Laufen meine Hand. Es war ein wahnsinniges Gefühl. Alle meine Härchen reckten sich in die Höhe. Es war elektrisch. Jetzt, hier, Hand in Hand durch den Wald zu laufen. Wir liefen einfach nur nebeneinanderher und genossen es. So sollte es immer sein! Sie blieb stehen.

»Was denkst du?!«

»So sollte es immer sein.«

Ich schüttelte den Kopf und lachte. Sie sah mich an.

»Was?!«

»Es ist nur ... Stefan will beim Training immer, dass wir uns die Wahrheit sagen ... Alles muss so ehrlich sein. Ich lüge natürlich trotzdem. Muss ich ja. Jedenfalls: So sollte es immer sein! Wie jetzt. Das ist die Wahrheit!«

»Zu Hause sitzt Stefan immer nur rum und sagt keinen Ton. Ich weiß überhaupt nicht, was in ihm vorgeht. Aber das war schon immer so.«

Susanne drehte sich noch einmal um und sah nach, ob uns auch ganz sicher niemand folgte. Sie zog mich an sich heran.

»So sollte es immer sein. Das finde ich auch.«

Sie kam ganz nah und streichelte mit ihrer Hand meinen Nacken. Dann zog sie mich an sich, und wir küssten uns. Ich hob meinen Kopf. Ich flüsterte.

»Nicht hier. Nicht jetzt.«

Susanne sah zu unserer Wiese zurück.

»Komm. Die liegen da rum. Die kriegen nichts mit.«

Wieder küssten wir uns. Es war so schön, sie zu halten und zu spüren. Ich hatte meine Hand über ihrer weichen, perfekten Hüfte. Sie sah mich an.

»Du zitterst ja.«

»Das kommt von ... Es ist einfach ein bisschen zu schön.«

Sie küsste mich wieder.

»Ich will mit dir schlafen! Ich will mit dir zusammen sein!«

Wir drückten uns, und meine Hand fuhr über ihren Hintern. Sie zog ihren Rock hoch, ich küsste sie, zog ihr Höschen herunter und knöpfte meine Hose auf. Ich schob sie gegen den nächsten Baum und steckte mich in sie hinein. Dann waren wir plötzlich ganz ruhig. Wir sahen uns an.

»Das dürfen wir nicht. Wir dürfen das nicht.«

Ich bewegte mich ein bisschen in ihr. Sie schloss die Augen. Sie war dabei so unglaublich schön. Ich bewegte mich noch mehr. Ganz sanft. Nur um ihr Gesicht weiter anzusehen. Ihr Höschen war irgendwie im Weg. Ich zog es tiefer.

Susanne drückte sich gegen mich und machte die Augen wieder auf.

»Als ich dich im Laden gesehen hab, wollte ich dich schon. Ich will dich!«

»Ich wollte dich auch!«

Sie küsste mich. Ich küsste sie.

»Was machen wir bloß?!«

Sie sah mich an. Sie zog sich mit ihrer Hand an meinem Nacken hoch und knickte ihren Unterleib, sodass ich noch tiefer in sie rutschte.

»Lass uns von hier weggehen! Ich will dich jeden Tag sehen. Kannst du nach dem Spiel nicht nach Berlin kommen?!«

Da hörte ich etwas! Stöcke knackten. Jemand kam. Susanne schob mich weg, ich machte meine Hose zu, sie zog ihr Höschen hoch, zupfte ihren Rock gerade, warf sich die Haare aus dem Gesicht und sah mich an.

»Wie seh ich aus?!«

Ich guckte sie an und an ihr herunter.

»Ganz normal.«

»Gut. Du auch.«

Ich steckte meine Hand in die Hosentasche und drückte meinen Schwanz zur Seite. So schlenderten wir unauffällig weiter.

Herzklopfen.
»Huuhu!«
Es war Gabi. Ich sah Susanne an. Susanne sah mich an.
»Liebst du sie?!«
»Ich glaub schon.«
Ich konnte jetzt aber unmöglich über Gabi reden. Ich zuckte mit den Schultern. Mein Schwanz klebte in meiner Hose. Ich war gerade in Susanne gewesen. Ich hatte damit zu kämpfen, ihn wieder weich zu kriegen. Gabi näherte sich. Ahnungslos. Vertrauensvoll. Betrogen.
Es roch nach Ameisen und trockenen Fichten. Ein Sommertag im Herbst. Da war sie. Sie sah uns an.
»Weit seid ihr ja nicht gekommen. Stefan ist eingeschlafen. Was macht ihr?!«
»Wir haben Ameisen beobachtet. Am Baum.«
»Ameisen beobachtet?! Wozu?! Wo?!«
Ich zeigte wahllos auf einen Baum.
»Da vorne.«
Susanne nickte.
»Schöne Tiere.«
Gabi lachte.
»Schöne Tiere. Ihr seid ja witzig!«
Ich roch unauffällig an meiner Hand. Ich musste sie waschen, bevor Gabi sie wieder in die Hand nehmen würde. Ich drehte mich um und lief zurück. Zurück zum Bach.
»Kommt! Gabi hat recht. Das ist doch langweilig. Lass uns zurück zum Bach, einen Staudamm bauen!«
Susanne nickte, lief an mir vorbei und rannte vor. Ihre nackten Beine wirbelten unter dem wehenden Rock hervor.
»Juchuu! Wir überschwemmen die Wiese!«
Als sie weg war, sah Gabi zu mir hoch.
»Die ist echt schräg. Aber eigentlich sind die ganz nett, die beiden.«
»Find ich auch.«

Gabi nickte.
»Schräg, aber nett.«
Gabi suchte meine Hand, aber ich behielt sie in der Hosentasche. Also hakte sie sich ein.

56

Gabi und ich waren mit dem Zug in die Stadt gefahren, denn Gabi hatte einen Termin wegen unserer Sachen für die Hochzeit gemacht. Ihr Kleid war da, und ich sollte endlich nach meinem Anzug gucken. Dann stand ich in dem kleinen, muffigen Geschäft und wartete vor einer Tür, hinter der Gabi angezogen wurde. Gleich würde sie rauskommen, und ich nahm mir ganz fest vor zu staunen, ganz egal, wie sie aussehen würde.

Bevor wir losgefahren waren, war Training mit den Jungs gewesen, und wir hatten Testspiele in kleinen Gruppen gemacht. Stefan hatte mich gebeten, zum ersten Mal extra falsch zu spielen. Es war gar nicht so einfach. Einen falschen Pass abzuschießen und dabei nicht so auszusehen, als wäre es geplant. Stefan war gar nicht zufrieden gewesen.

Dann öffnete sich die Tür. Gabi kam heraus. Sie trug ein kurzes rosa Kleid mit einem schwarzen Rand um den Saum. Sie strahlte mich an.

»Und?! Was sagst du?!«

Ich war sprachlos. Es passte so gut zu ihr und zu Klein-Körschow, dass ich einfach nur nickte.

»Ich bin sprachlos! Es passt total!«

Gabi fiel mir um den Hals.

»Ist es nicht schick?!«

Sie küsste mich.

»Komm! Und jetzt du!«

Meine Mutter hatte mir Geld zugesteckt, und ich konnte mir einen Anzug für 231 Mark aussuchen. Ich orientierte mich an Gabis Gequietsche. Den Anzug, bei dem sie am lautesten quietschte, nahm ich. Er war hellblau, mit weitem Schlag. Dazu nahm ich ein weißes Hemd für 12,36 Mark und eine Fliege für 8,27 Mark. Als ich alles angezogen hatte, stellte sich Gabi neben mich, und wir sahen in den großen Spiegel.

»Wir sehen klasse aus!«

Das perfekte Paar, dachte ich. Das perfekte Paar für Klein-Körschow, für den Block, für das Land, für das Theater. Junge Aufbaukräfte für alle. Fichtelbiers fleischgewordener Traum.

Gabi stieß mich in die Rippen.

»Sind wir nicht hübsch?!«

Ich nickte.

»Wie gesagt, sieht klasse aus! Und jetzt muss ich zurück. Training mit Stefan.«

»Ach komm, der soll mal warten!«

Ich sah Gabi an.

»Soll ich dieses Spiel gewinnen oder nicht?!«

Gabi grinste mich an.

»Natürlich sollst du gewinnen!«

»Na also!«

57

Stefan war irgendwie sauer.

»Hinfallen ohne Fremdeinwirkung, über den Ball stolpern und vor allem Ärgern – das alles klappt noch gar nicht! Das war vielleicht ein Gehampel heute! Und dann dein Ärgern! Lächerlich! Das würde dir deine blinde Großmutter nicht glauben. Es sah einfach scheiße aus – entschuldige die Ausdrucksweise. Normalerweise mache ich Ballett. Kultur! Diese Leute könnten das sofort! Du bewegst dich wie ein … wie ein Kartoffelbauer!«

»Ich bin Fußballer.«

»Ja, genau das ist das Problem!«

Stefan lief herum.

»Wir machen es so: Du läufst mit dem Ball. Ich erzähle dir etwas Ehrliches. Dann fällst du über den Ball, und dann erzählst du mir etwas Ehrliches. Und immer so weiter. Sei ehrlich. Sei elastisch. Ich muss es glauben, nur das zählt!«

»Gut.«

Ich stellte mich mit dem Ball hin und sah Stefan an. Er nickte mir zu, ich lief los. Es war schwer, diese neuen Bälle am Fuß zu halten. Ich lief um Stefan rum. Er begann.

»Weißt du, als ich diesen Auftrag hier bekam, sollte ich eigentlich alleine fahren. Aber ich kann Susanne irgendwie nicht alleine lassen. Ich muss immer wissen, was sie tut. Also hab ich darum gebeten, dass sie mitdarf. Ihr hab ich erzählt, dass sie mitmuss.«

Ich lief, drehte den Ball zwischen meinen Füßen und stolperte darüber. Ich rollte mich auf dem harten Holzboden ab und lag auf der Seite. Stefan nickte.

»Gar nicht schlecht.«

Ich sah ihn an.

»Wirklich?!«

»Ja, es war gar nicht schlecht! Weißt du, ich glaube, es ist wichtig, das du dich auf etwas anderes konzentrierst. Auf etwas Wahres. Wenn du daran denkst, kannst du wunderbar die Lüge leben. Wie ein Gegengewicht.«

Ich wusste nicht, was ich von dieser verqueren Theorie halten sollte. Womit er recht hatte, war die Ablenkung. Das war gut. Und natürlich hörte ich Stefan aufmerksam zu, wenn er von sich und Susanne erzählte. Ich glaube auch, er meinte mit »etwas Wahres« nicht unbedingt ehrlich, sondern vielmehr »etwas von Bedeutung«.

Jetzt war ich dran. Ich stand auf und legte mir den Ball wieder vor die Füße.

»Ich habe dieses Spiel nicht organisiert wegen dem dreißigsten Jahrestag der Republik, sondern um für meinen Bruder ein großartiges Abschiedsspiel zu spielen. Er hat da Geburtstag, und es sieht im Moment ganz danach aus, dass es sein letzter sein könnte.«

Dann lief ich mit dem Ball los. Stefan stand da und war wie geschlagen.

»Wie?! Ich dachte, du wolltest ein großes Vorspiel machen ...«

Ich trabte um ihn herum.

»Nachfragen sind nicht erlaubt! Du bist dran!«

Stefan versuchte sich zu konzentrieren.

»Gut. Also ... mmh. Manchmal denke ich, meine Angst, dass Susanne mich verlassen könnte, ist nicht mehr normal. Vielleicht liegt es an meinem Alter. Manchmal denke ich, ich führe keine Ehe, sondern passe nur auf sie auf. Erst hab ich gedacht, ich hab sie mitgenommen, weil ich ihr das Land zeigen will, Kühe, Bäche, Wälder – weil ich sie glücklich machen wollte. Aber als ich hier war, habe ich gemerkt, dass ich sie eigentlich nur mitgenommen habe, um auf sie aufzupassen.«

Ich stolperte über den Ball und schlug hart auf. Aber ich rollte mich weg. Es tat weh, aber ich genoss es. Als Strafe für den Lügner!

Stefan klatschte in die Hände.

»Das war sehr gut! Klasse! Das hab ich geglaubt!«

»Aber du kannst mir doch beim Spiel nicht so was erzählen!«

»Nein, da musst du dir selber was erzahlen! Erzahl dir die Wahrheit! Reiß dir deine Maske herunter! Vor dir selber! Und dabei lügst du uns alle an!«

»Zur Strafe!«

»Zur Strafe! Oder aus Rache! Das ist doch eine gute Motivation!«

Er kam und reichte mir die Hand. Ich nahm sie, Stefan zog mich vom Boden hoch. Ich zupfte meine Hose zurecht und schüttelte den Kopf.

»Du bist wirklich ganz schön irre!«

Stefan nickte.

»Wäre nett, wenn du es für dich behalten könntest.«

Dann lachten wir zusammen.

58

Fichtelbier hatte seine Pläne geändert und die Probeschläfer-Idee leider wieder verworfen. Das fand ich schade, denn ich hätte gerne einen Abend mit den Probeschläfern bei uns zu Hause verbracht, obwohl wir natürlich wegen Tobi schlechte Karten hatten, das musste man ja ganz klar so sehen.

Und ich hätte zu gerne die Liste mit den Kategorien gesehen, die Fichtelbier dafür angefertigt hätte, und die von den aus dem Dorf rekrutierten Probeschläfern sorgfältig und in Druckbuchstaben ausgefüllt worden wäre.

Abstand vom Bett zum Toilettenraum (Alle Angaben bitte in Zentimetern!). Dicke und Gesamtzustand der Matratze. Hygienische Verhältnisse in Küche und Bad. Qualität des Frühstücks. Intellekt der Gastgeber, marxistisch-leninistische Weltanschauung (mlWA) der Gastgeber (von null Punkte: Staatsfeinde, bis zehn Punkte: Staatschefs), visuelle Erscheinung der Gastgeber (von null Punkte: Staatschefs, bis zehn Punkte: Staatsfeinde).

Jetzt aber hatte Fichtelbier eine viel bessere Idee: Mit Jeschkats leerem Häuschen hatte er eine wunderbare Übernachtungsgelegenheit für den Nationaltrainer gefunden – falls der überhaupt in Klein-Körschow übernachten wollte. Vermutlich würde er direkt nach dem Spiel wieder nach Hause fahren, aber Fichtelbier wollte vorbereitet sein. Also wurden wir, die 13 Spieler von Generator Klein-Körschow und unser Trainer Stefan, von Fichtelbier freiwillig verpflichtet, sämtliche Sachen aus Jeschkats Wohnung zu räumen.

Bei dem Gespräch ließ Fichtelbier durchblicken, dass Jeschkat »im kapitalistischen Ausland« aufgetaucht wäre. Mich freute vor allem, dass er nicht im Gefängnis saß oder umgekommen war. Das war die Hauptsache. Ich bewunderte Jeschkat dafür, mit einem Bein die Flucht zu wagen und sie offensichtlich auch zu schaffen. Ich freute mich darauf, ihn vielleicht als Rentner irgendwann einmal wiederzusehen. Andererseits misstraute ich auch Fichtelbiers Andeutungen, die genauso gut der Verzerrung unserer Realität – zumindest aber unserer Wahrnehmung – dienen konnten, wie alles andere auch, was er von sich gab.

Jedenfalls waren Jeschkats Sachen beschlagnahmt worden und wurden nun – da man seiner selbst nicht mehr habhaft werden konnte – sozusagen stellvertretend für ihn einer anderen Verwendung zugeführt. Sprich: Sie wurden weggebracht und dann an einem geheimen Ort von Mitgliedern der Partei geplündert.

Wir luden alles auf einen Laster, den Fichtelbier vor die Tür fahren ließ. Es war uns ausdrücklich verboten worden, Dinge an uns zu nehmen. Gefährliche Gegenstände hatten wir bei Stefan zu melden, der sie bei Fichtelbier zu melden hatte, der sie bei Zillech melden musste, der sie bei dem Mann mit Brille und Hut melden musste, der sie dann bei einem Mann mit Brille ohne Hut melden musste – aber die gefährlichsten Gegenstände in Jeschkats Haus waren bloß die einsturzgefährdeten Tonskulpturen seines Vaters im Garten, die beim Aufladen natürlich alle sofort zu Bruch gingen.

Außerdem fehlten schon Dinge, als wir anfingen, zum Beispiel im Bücherregal. Deshalb war ich sicher, dass es bestimmt keine gefährlichen Sachen mehr im Haus gab, und das war doch sehr beruhigend.

Susanne wollte auch kommen und helfen, nachdem Stefan ihr von der Aktion erzählt hatte. Dementsprechend nervös war ich, als ich mit den Jungs in Jeschkats Wohnung herumstand, und die Sachen zusammenpackte. Nur war es diesmal eine andere Nervosität. Vorher hatte ich Angst vor Susanne gehabt und davor, was sie sagen oder machen würde, oder davor, was passieren konnte – oder eben auch nicht. Jetzt war ich nervös, ob es mir und Susanne gelingen würde, alle anderen möglichst geschickt und unauffällig loszuwerden – vor allem Stefan – und uns abzusetzen. Es war also eher eine wohlige Aufregung als Angst. Ich freute mich auf sie! Ich wollte mit ihr alleine sein! Vielleicht auch mal für länger als nur ein paar Minuten. Ich wusste, dass sie wegen mir kommen würde – und nicht, weil sie plötzlich eine Leidenschaft für das Ausräumen von fremden Wohnungen entdeckt hatte.

Erst kam es mir komisch vor, die Schränkchen und vollen Schubladen von Jeschkat zur Straße zu tragen, aber dann dachte ich – wusste ich –, dass es ganz und gar in Jeschkats Sinne war! Alter Plunder. Seine Katze hatte er in Sicherheit gebracht, alles andere war unwichtig für ihn.

Dann kam Susanne! Ich tat unauffällig, obwohl ich sie sofort gesehen hatte. Sie stieg vom Rad und kam zu uns hereingelaufen. Sie sah sich um, sah mich, winkte mir, sagte »Hallo«, sah Stefan, ging zu ihm, gab ihm einen Kuss. Ich nahm eine Schublade mit alten Alumessern und trug sie nach draußen. Susanne nahm sich dann auch irgendwas, und so liefen wir immer mit neuen alten Sachen aneinander vorbei, bis wir endlich gemeinsam einen Tisch raustrugen. Er passte nicht durch die Tür, also nahmen wir ihn hochkant. Susanne kicherte und ließ den Tisch wieder auf den Boden knallen. Ich grinste sie an, kam auf ihre Seite und wir probierten es nebeneinander. So liefen wir durch die Tür.

»Gibt es hier eigentlich einen Speicher?!«

»Keine Ahnung.«

»Sollen wir mal nachsehen?!«

Ich nickte.

»Gerne.«

Wir trugen zusammen den Tisch raus, hoben ihn auf die Pritsche vom Lkw und gingen dann zusammen die enge Treppe hoch. Susanne lief vor mir, und beinahe hätte ich an ihren Hintern gefasst. Total leichtsinnig – es waren ungefähr 15 Leute im Haus. Auf den letzten Stufen der Treppe dachte ich, dass es vielleicht doch nicht gutgehen wird. Vielleicht erwischten sie uns irgendwann. Vielleicht war es naiv, zu glauben, wir könnten es im Griff behalten.

Es gab einen Speicher, aber leider liefen dort auch schon Spieler von Generator Klein-Körschow herum, schnitten Wäscheleinen ab, steckten sich heimlich Dinge in die Taschen und warfen alte Decken durch die Dachluke auf die Straße. Also mussten wir weiter Ausräumen spielen. Ich nahm mir einen Koffer. Der war ziemlich schwer. Ich öffnete ihn. Er war voller Fotografien.

»Guck mal.«

Susanne kam und wir hockten uns vor den Koffer, ganz nah, sodass sich unsere Beine berührten. Wir durchwühlten die Bilder. Susanne nahm eins hoch.

»Bist du das?!«

Ich guckte.

Jeschkat, Tobi und ich, vielleicht ein Jahr nach dem Unfall. Jeschkat war frisch nach Klein-Körschow gezogen. Ich war ungefähr elf, vielleicht zwölf. Ich kannte das Bild schon, wir hatten davon auch einen Abzug zu Hause.

»Ja, das bin ich. Mit Tobi.«

»Ah, das ist Tobi.«

»Mein Vater hat es aufgenommen. Und das da ist Jeschkat.«

»Der, der hier gewohnt hat?! Euer alter Trainer?!«

Ich nickte.

»Sieht nett aus.«

»War er auch ... Ich meine ... ist er auch.«

Susanne sah sich um. Gerade waren alle weg. Sie kam mit ihrem Kopf näher und küsste mich. Ganz langsam, ganz weich, ganz zart. Mein Herz klopfte. Endlich! Alles in mir streckte sich. Nur deshalb war ich heute hier! Nur deshalb ...

Treppenstufen!

Wir rückten voneinander weg, setzten uns wieder gerade hin, streckten unsere Arme aus und wühlten weiter in den Bildern.

»Ach, hier steckt ihr!«

Es war Stefan! Ich sah zu ihm hoch.

»Komm mal her, wir haben 'nen Koffer mit alten Bildern gefunden.«

Ich reichte ihm das Bild.

»Hier! Der rechte bin ich.«

Stefan betrachtete es.

»Ist ja verrückt.«

Susanne hob noch eins hoch.

»... und hier!«

Ein paar Wehrmachtssoldaten auf einem mit Osterglocken geschmückten Motorrad samt Beiwagen. Darauf mit geschwungener Schrift: »Lieben Gruß von der Ostfront, April 43!«

Stefan setzte sich zu uns.

»Ich habe Angst vor der Fotografie. Diese Leute sind zum Teil schon tot. Es gefriert die Zeit. Eiskalt.«

Susanne sah ihn an.

»Es ist doch nur ein Spaß! Lass uns doch einfach gucken. Mach doch nicht aus jedem Scheiß gleich eine Philosophie.«

»Ich sage doch nur, dass ich davor Angst habe.«

Susanne fächelte sich Luft mit dem Motorradbild zu.

»Ich finds ehrlich gesagt ziemlich gut, dass ein paar von denen nicht mehr leben!«

Stefan lachte und nickte.

»Du hast recht. Na gut.«

Er begann auch zu wühlen. Sofort hatte er was.

»Ach, guck mal. Meine Mannschaft!«

Er zog ein altes Bild von Generator Klein-Körschow hervor. Das kannte ich auch schon.

»Das ham wir hier unten gemacht, bei Jeschkat im Garten, an seinem Geburtstag, letztes Jahr, oder vorletztes, glaub ich.«

Susanne nahm es Stefan aus der Hand.

»Und wo bist du?!«

Sie suchte und fand mich neben Jeschkat.

»Zu seiner Rechten. Natürlich. Oh, guck mal, die Katze! Niedlich.«

»Ja. Jeschkat meinte, sie gehört zum Verein und muss mit aufs Bild.«

Die Katze saß auf Jeschkats Schoß, der zwischen uns allen

auf seinem Stuhl thronte. Da fiel mir etwas auf. Wo war der Anhänger?! Die Katze hatte keinen Anhänger auf diesem Bild! Ich wühlte weiter.

»Gibt es noch ein anderes Bild von der Katze?!«

Susanne fand eins.

»Hier!«

»Zeig!«

Sie gab es mir. Jeschkats Katze, fett und faul, wie sie immer in ihrem Sessel hockte. Ohne Anhänger. Mir kam der Verdacht, dass es möglicherweise nie einen Anhänger gegeben hatte – bevor die Katze zu uns kam. Ich steckte das Bild ein.

»Was willst du damit?!«

»Ich muss später mal was nachsehen, wenn ich zu Hause bin.«

59

Ich fand Jeschkats Katze auf dem Sessel. Ich nahm ihr vorsichtig den Anhänger ab und lief damit in mein Zimmer, um ihn in Ruhe zu begutachten. Dort saß meine Mutter mit rotgeweinten Augen an Tobis Bett. Tobi lag drin und schlief. Ich ging zu ihr. Sie sah mich an.

»Er war so schwach. Er ist vom Mittagsschlaf gar nicht mehr aufgestanden. So schwach hab ich ihn noch nie gesehen.«

Ich nahm sie in den Arm und schielte über ihre Schulter zu Tobi. Wie er da lag, bleich, mit offenem Mund, sah er jetzt schon ein bisschen so aus, als wäre er tot.

»Hat er was gegessen?!«

Meine Mutter nickte.

»Jetzt bist du ja da. Ich wollte ihn nicht alleine lassen. Bleibst du bei ihm?!«

»Natürlich.«

Sie stand auf und ging. Ich setzte mich ans Bett und sah Tobi an. Ich tätschelte seine Hand.

»Ruh dich ruhig aus. Du verpasst gar nichts.«

Ich sah in meine Hände und begutachtete den Anhänger. Ein blauer, geschliffener Glasstein in einer Fassung. Dann kam vom Garten lautes Geklapper. Ich stand auf und sah aus dem Fenster. Mein Vater, Major Kremplin und Gabi trugen jede Menge Klapptische in den Garten und lehnten sie gegeneinander. Gabi sah mich am Fenster stehen und winkte nach oben.

»Huhu! Guck mal, was wir mit Herrn Kremplin geholt haben! Die Tische!«

Ich winkte Major Kremplin aus dem Fenster zu.

»Danke, Herr Major!«

»Gerne!«

Gabi rief hoch.

»Wir probieren es gleich aus. Wie wir sie stellen können. Magst du uns helfen?!«

»Ich muss hier bei Tobi bleiben!«

Sie nickte und winkte noch einmal.

»Ist gut.«

Ich machte das Fenster zu und ging zum Bett zurück. Ich nahm den Anhänger und hielt den Glasstein gegen das Licht. Ich drehte ihn in meiner Hand. Es war etwas drin. Ich wackelte und etwas rutschte darin hin und her. Ich war aufgeregt. Vielleicht eine Nachricht von Jeschkat für mich – überbracht von seiner Katze! Ich begutachtete noch einmal die Fassung. Ich versuchte sie vom Stein abzudrehen, und tatsächlich bewegte sie sich. Ich schraubte vorsichtig, bis die beiden Teile auseinander waren. Dann sah ich in den Glasstein hinein. Er war hohl. Darin ein Röllchen. Ich schüttelte das Röllchen wie Salz aus einem Salzstreuer heraus. Es war aus Papier. Ein Brief an mich! Eine geheime Nachricht! Mein Herz klopfte. Ich rollte das Papierchen aus. Jeschkats Schrift. Zahlen.

45 2323 11 237.

Eine Nummer. Eine Telefonnummer?! Was war das?! Jeschkat würde mir sicher kein Rätsel stellen. Es musste eine Information sein, die ich leicht entschlüsseln konnte. Ich sah die Zahlen an und lernte sie auswendig. 45. 23, 23.

11.

237.

45 23 23 11 237.

Dann zerknüllte ich das Papier, stopfte es in den Mund, kaute darauf herum und aß es auf.

60

Wir aßen zu Abend. Tobi war wieder wach und saß gut gelaunt am Tisch. Trotzdem beobachtete meine Mutter ihn anders als sonst. Als würde sie jede Sekunde mit seinem endgültigen Zusammenbruch rechnen.

Ich dachte über die Zahl von Jeschkat nach.

45 23 23 11 237.

Es war vermutlich eine Telefonnummer. Vielleicht *seine* Telefonnummer. Aber – er konnte doch unmöglich eine neue Nummer haben, schon *bevor* er verschwunden war. Ich musste sie einfach ausprobieren. Aber wo?! Bei Fichtelbier?!

Gabi und mein Vater waren hochzufrieden mit ihrer Tischaktion. Sie hatten ein bisschen puzzeln müssen, aber dann passten alle Tische auf die Wiese hinters Haus, und wir würden im Garten feiern können.

»Und was ist, wenn es regnet?!«

Gabi klopfte dreimal auf den Tisch.

»Es wird nicht regnen, Süßer! Es wird nicht regnen!«

Mein Vater tupfte sich die Lippen.

»Wir bekommen von Wewering eine Lkw-Plane, dann müssen alle eben ein bisschen zusammenrücken. Aber das geht schon.«

Ich nickte.

»Schön. Danke.«

Gabi sah mich an.

»Gerne.«

»Du weißt ja, wegen des Trainings kann ich nicht so viel machen ...«

Gabi nickte.

»Das weiß ich doch. Das weiß hier doch jeder. Sieh du nur zu, dass du gewinnst und der Nationaltrainer dir danach einen Job gibt.«

Ich wusste nicht, was ich dazu sagen sollte. Mein Vater zog wortlos einen Brief aus seiner Hemdtasche.

»Vielleicht braucht er das gar nicht mehr. Das war heute in der Post!«

Er reichte mir den Brief über den Tisch. Ich nahm ihn.

Es war der Brief vom Klub.

Alle Augen waren auf mich gerichtet. Ich drehte den Umschlag in der Hand.

»Na, jetzt mach schon, Junge!«

Ich öffnete den Umschlag mit dem Käsemesser, nahm den Brief heraus und faltete ihn auf. Es war ein vorgefertigter Zettel zum Ankreuzen. Ich sah aus den Augenwinkeln, dass Gabi die Daumen drückte.

»Sehr geehrter Herr Bernd Stühler,

Betreff: Vorspiel nebst Einordnung ...«

Zuerst kamen mein Name und Adresse, Datum des Vorspiels, Jeschkats Daten als vorschlagende Begleitperson, Hallennummer und der ganze Kram. Ich suchte im Text entlang nach einer klaren Aussage.

»... blablabla. Wo ...? Ah, hier!«

Unten prangte ein Stempel in Blau.

Nicht tauglich.

»Nicht tauglich.«

Alle sanken in sich zusammen und waren ruhig. Nur Tobi nicht. Meine Mutter sah mich an.

»Das ist alles?! Mehr steht da nicht?!«

Ich reichte ihr den Zettel rüber. Sie nahm ihn kopfschüttelnd und suchte darin umher, als wenn ich etwas übersehen hätte. Mein Vater holte Luft und faltete die Hände.

»Gut. Es ist, wie es ist. Warum auch immer so ein Urteil gefällt wurde ...«

Gabi unterbrach.

»Weil er eben in keiner Massenorganisation ist!«

»Bin ich doch.«

»Ja! Jetzt bist du reingegangen! Im letzten Moment!«

Mein Vater breitete seine Hände wie ein Friedensengel aus.

»Warum auch immer so ein Urteil gefällt wurde, wir müssen uns dem stellen. Vergessen wir nicht, dass in knapp zwei Wochen eine ganz andere Chance auf Bernd wartet. Bernd?!«

Gabi schmollte. Ich sah meinen Vater an.

»Wir werden nun jeden Tag unser Lauftraining machen. Du stehst ab morgen eine Stunde früher auf.«

Ich nickte.

»Danke, Papa, dass du mir so hilfst!«

Sollte er doch etwas zum Festhalten haben. Ich würde für ihn laufen und dabei Stefans neue Wahrheitstechnik anwenden. In zwei Wochen war endlich alles vorbei. Generator Klein-Körschow würde verlieren, Susanne würde wieder mit Stefan in Berlin leben, ich würde mit Gabi in den Block ziehen, Tobi würde sterben und ich den Rest meines Lebens als schweigender Versager durch die Gegend laufen, damit mein Vater nicht ins Gefängnis kam, oder was man sich sonst Grausames in Fichtelbiers Büro ausdenken würde, um mich und meine Familie zu schikanieren.

Ich lehnte mich zurück. Ich wusste nicht, was ich von alldem am schrecklichsten finden sollte. Es klingelte. Mein Vater sah auf die Uhr. Meine Mutter lief zur Tür und kam wieder. Sie sah mich an.

»Für dich. Eine Susanne. Ist das die aus Berlin?!«

61

Ich versuchte nicht ohnmächtig zu werden, machte ein verwundertes Gesicht, stand auf und lief zur Haustür. Waren jetzt alle verrückt geworden?! War das jetzt das Ende?! Gabi kam hinter mir her. Das fand ich jetzt sogar gut. Ich wollte keine Heimlichkeiten direkt an der Haustür. Susanne stand vor der Tür. Atemberaubend schön. Was wollte sie?!

»Abend!«

»Abend! Was gibt's?«

Gabi kam zu uns und stellte sich in den Türrahmen.

»Hallo, Susanne!«

»Abend, Gabi!«

Susanne sah mich an.

»Tschuldigung, dass ich euch noch störe. Bernd, der Stefan wollte dich noch einmal sehn, und da ich gerade spazieren war, dachte ich, ich hol dich einfach ab.«

»Was will er denn?!«

Susanne zuckte mit den Schultern.

»Keine Ahnung. Will was besprechen. Irgendwas mit eurem Training.«

Gabi nickte mir zu, drückte mir einen Kuss auf die Backe und schob mich praktisch aus der Tür.

»Dann geh mal los! Das ist jetzt ja noch wichtiger geworden!«

Susanne und Gabi lächelten sich an.

Ich sah zu Gabi.

»Hast recht. Bis später!«

»Tschüss. Und grüß Stefan!«

Susanne antwortete.

»Machen wir.«

Gabi zog die Tür zu. Ich stand neben Susanne vorm Haus. Dann liefen wir los, über den schiefen Frau-bau-lau-G-W-fü-frau-bau, durch die staubigen Straßen von Klein-Körschow, wo es gerade anfing, dunkel zu werden. Ich hätte gerne Susannes Hand genommen, aber das ging natürlich nicht. Als wir außer Hörweite vom Haus waren, sah sie mich an.

»Wie hältst du das aus?!«

Ich zuckte mit den Achseln.

»Lass uns bitte über was anderes reden. Mir geht es mit dem ganzen Scheiß grad nicht besonders.«

Susanne lief eine Weile schweigend neben mir her.

»Mir auch nicht.«

»Heute haben sie die Tische für die Hochzeitsgäste im Garten ausprobiert.«

»Ist nicht mehr viel Zeit.«

»Nein. Nicht mehr viel Zeit.«

Wir sahen uns kurz an und schwiegen. Sie strich an meinem Arm entlang. Nur ganz kurz, wie eine zufällige Berührung. Sie wusste, wie man sich bewegte.

»Hast du auch mal Ballett gemacht?!«

Susanne nickte.

»Ich könnte ewig so mit dir laufen.«

»Ich auch.«

»Sollen wir das machen?! Einfach weiterlaufen, für immer?«

Das kam mir irgendwie merkwürdig vor. Wie ein Kindertraum, den man mit zwölf hat, mit seiner ersten großen Liebe. Wir würden nicht weit kommen, ohne Gepäck und mit Fichtelbier, Wadrilijanokowitsch, Gabi, Stefan und meinem Vater auf den Fersen, 117 Kilometer bis zum nächsten Zaun. Ich seufzte.

»Jetzt müssen wir erst mal zu Stefan.«

Susanne grinste.

»Stefan ist nicht da.«

Ich sah sie an. Sie guckte zurück.

»Er ist in Berlin. Ein Vorsprechen. Vielleicht bekommt er eine Inszenierung. Er kommt erst morgen zu deinem Training wieder.«

Ich holte tief Luft. Meine Stimme zitterte vor Aufregung.

»Das heißt, wir gehen jetzt zu euch … und da ist gar keiner?!«

»Kein Mensch. Nur du und ich.«

Ich lief und war glücklich. Natürlich war es verrückt! Es war leichtsinnig! Es war unmöglich! Es war eine Sauerei – und es war das Beste auf der Welt!

»Und was, wenn Gabi Stefan trifft und sie darüber reden?!«

Susanne zuckte mit den Achseln.

»Das war mir gerade egal. Ich musste zu dir.«

62

Es war zwei Uhr nachts. Jetzt stand ich tatsächlich unter meiner zukünftigen Dusche und wusch mich, aber ohne Seife. Kein fremder Duft! Susanne kam ins Bad, zog den Duschvorhang zur Seite und küsste mich. Ich küsste sie zurück. Sie wollte mit unter die Dusche.

Ich schob sie vorsichtig weg. Susanne kicherte und zog den Vorhang wieder zu. Ich duschte, trocknete mich ab, besonders meine Haare – sie mussten trocken sein, wenn ich mich gleich neben Gabi legen würde –, zog meine Sachen wieder an, stellte mich vor die Tür und nahm Susanne in den Arm. Es war schrecklich, überhaupt zu gehen. Ich hielt sie ganz fest.

»Wann fahrt ihr wieder nach Berlin?!«

»Direkt nach dem Spiel. Auf meinen besonderen Wunsch bleiben wir nicht zu deiner Hochzeit.«

»Das versteh ich. Das wäre auch mein Wunsch gewesen.«

»Ich weiß.«

Sie küsste meinen Hals.

»Limpotzihner Straße 44, im sechsten Stock. Du musst kommen!«

»Aber wir sehen uns doch noch hier! Es sind noch fast zwei Wochen! Treffen wir uns morgen. Morgen Abend! Nach dem Training. In der Kiesgrube.«

Susanne schüttelte den Kopf.

»Nein. Ich kann nicht mehr! Keine Treffen mehr! Wir sehen uns noch, aber nur noch als Susanne, die Frau vom Trainer, und Bernd, sein Kapitän. Wie zwei flüchtige Bekannte.«

Ich hielt sie fest.

»Aber ...«

»Nicht mehr hier! Nicht mehr in diesem Kaff!«

Sie hielt mich fester.

»Komm nach Berlin! Die Stadt ist riesig. Niemand kennt uns da! Da sind wir frei. Stefan ist abends praktisch immer auf Probe. Schick mir eine Karte. Schick mir eine Karte und schreib, dass es euch gutgeht. Wie deine Kinder heißen, was ihr so macht. Egal. Irgendetwas. Wenn ich deine Karte bekomme, weiß ich, dass du bald kommst. Dann werde ich glücklich sein.«

»Warum denn so?!«

»Weil ich nicht mehr kann.«

Ich konnte eigentlich auch schon nicht mehr. Sie hatte recht. Doch es tat weh.

»Limpotzihner Straße 44, im sechsten Stock. Vielleicht dauert es lange, bis ich kommen kann. Urlaub, Gabi ...«

Sie sah mich an.

»Ich weiß. Vielleicht kommst du sogar nie!«

Dann gab sie mir einen langen, einen unendlich langen Kuss, öffnete die Tür, schob mich in den Flur, warf mir noch einen Blick zu und machte dann die Tür zu. Ich sah mich im kalten Flur um. Ich roch die unverputzten Wände. Der feuchte Wind blies mir in die Nase. Hier hatte es angefangen, und hier hatte es aufgehört. An diesem Ort. Im Flur vom Block.

63

Es fing an zu regnen. Was für ein Glück! Keine Probleme mit meinen nassen Haaren. Ich lief durch den Regen nach Hause, ging in mein Zimmer, zog mich aus und legte mich neben Gabi ins Bett. Sie drehte sich gurrend zu mir und schmiegte sich an mich. Ich sah an die Decke. Das war es jetzt! Jetzt war das Abenteuer vorbei, und ich lag mit meiner zukünftigen Frau im Bett! Ich musste noch ein paar Tage Schmerzen aushalten, aber dann wäre Susanne weg, und Gabi und ich könnten endlich damit anfangen, unser Leben zu leben. Ich vermisste Susanne. Jetzt schon. Ich würde sie immer vermissen. Ich schluckte. Eine Träne lief mir aus dem Auge quer über die Backe. Ich hörte sie ins Bettzeug tropfen, so dick war sie. Ich wollte mich zusammenreißen, doch dann schluchzte ich einfach los. Gabi wurde wach und nahm mich in den Arm.

»Was ist denn?! Mein Süßer ...«

Ihre Stimme machte alles nur noch schlimmer. Sie war so weich und sanft. Es tat mir alles leid! Ich heulte noch mehr. Ich schämte mich. Ich schluchzte, und Gabi strich mir über das Gesicht.

»Was ist?!«

Gabi wartete, bis ich mich beruhigt hatte. Ich schnäuzte mich. Ich würde Susanne nie mehr haben. Es war vorbei. Damit musste ich jetzt leben.

»Was ist, mein Schatz?!«

»Es ist nur ... Es ist wegen Tobi. Er ist so schwach geworden.«

Gabi strich mir über meine Haare.

»Dieser Dr. Görnhardt war heute Abend noch da. Deine Mama hat ihn geholt, als Tobi wieder im Bett lag. Er sagt ...«

»Was?!«

»Er schafft es auf jeden Fall noch bis zum Spiel. Er wird ganz sicher bei unserer Hochzeit dabei sein!«

Da brachen alle Dämme. Ich schluchzte wieder los. Ich krampfte mich schluchzend an Gabi fest und wimmerte, dass das ganze Bett wackelte, und Gabi hielt mich.

64

Wie angekündigt weckte mich mein Vater eine Stunde früher, und wir gingen laufen. Vielmehr, ich lief, er radelte hinterher und brüllte mich dabei an. Als wir zurückkamen, stand ein schwarzes Auto vor der Tür. Ein alter Wolga, ein russisches Auto. Ich dachte, eigentlich war bei uns im Land alles ganz einfach: Wenn man was ausgefressen hatte, musste man sich nur vor eierschalfarbenen und schwarzen Autos in Acht nehmen. Wenn die einen nicht fanden, konnte einem nichts passieren!

Ich wusste allerdings nicht, was ich ausgefressen hatte. Zuerst erschrak ich, weil ich dachte, dass Stefan vielleicht mit dem Wolga aus Berlin zurückgekehrt war und gerade mit einer Kalaschnikow im Haus stand, die man bei diesen Autos serienmäßig im Handschuhfach finden konnte – aber es waren Zillech und Fichtelbier. Sie waren tatsächlich wegen mir da, morgens um acht Uhr, mit einem Chauffeur, ein Mann, den ich noch nie gesehen hatte.

Meine Mutter, die auch schon das Gerücht von den eierschalfarbenen und schwarzen Autos gehört hatte, stand ganz besorgt in der Tür, sodass Fichtelbier sich zu einem »Ist nichts Schlimmes. Nur wegen der Organisation« durchrang, bevor er mit mir und Zillech einstieg.

In seinem Büro rückte er dann mit der Wahrheit heraus. Er begann damit, dass er sich lange am Ohr kratzte.

»Wir sind darauf hingewiesen worden, dass Herr Jeschkat dich beim Klubtraining vorgeschlagen hat. Er taucht dort in einem Dokument als *vorschlagende Begleitperson* auf. Ist das richtig?!«

Ich nickte.

»Ja, das ist richtig.«

Richtig war sicherlich auch, Jeschkat ab jetzt nur noch als »Herr« zu bezeichnen und nicht mehr als »Genosse«. Zillech übernahm.

»Ist dir in letzter Zeit irgendetwas an Herrn Jeschkat aufgefallen?!«

Ich schüttelte den Kopf.

»Nein. Er war wie immer.«

»Er hat dich ja zum Klub gefahren. Hat er auf dieser Fahrt irgendetwas zu dir gesagt?! Irgendetwas, was dir komisch vorkam?! Irgendwelche Hinweise?!«

»Hinweise worauf?!«

»Namen von irgendwelchen Ländern vielleicht?!«

Ich schüttelte den Kopf.

»Nein, nicht dass ich wüsste. Er war wie immer.«

»Hat er irgendwie versucht, dir seinen negativen Klassenstandpunkt zu erläutern oder dir einen negativen Klassenstandpunkt näherzubringen?!«

Ich schüttelte den Kopf.

»Nein, nicht dass es mir aufgefallen wär.«

Sie wussten nicht, wo er war. Ich war froh, dass Jeschkat es offensichtlich geschafft hatte, denn sonst würden sie *ihm* und nicht mir diese Fragen stellen. Fichtelbier grinste.

»Entschuldige die Formalitäten, Bernd. Wir mussten dich das fragen. Die Herren vom Amt erwarten einen Bericht über die nahen Bekannten von Jeschkat.«

»Wir haben ihn eigentlich kaum gekannt.«

Fichtelbier nickte.

»Selbstverständlich.«

Ich spürte, dass das erst das Vorspiel gewesen war.

»Sind wir dann fertig?! Ich würde nämlich gerne pünktlich zur Arbeit kommen.«

»Leider noch nicht. Ich will nicht lange drum herumreden. Heute früh mussten wir Susanne Seilbruck nach Berlin fahren.«

Ich guckte möglichst unbeteiligt.

»Wen?! Die Frau vom Trainer?!«

Zillech kicherte in sich hinein. Fichtelbier sagte lange nichts.

»Bernd. Wann ist deine Hochzeit?!«

»In zwölf Tagen.«

Fichtelbier nickte.

»Genau. Wir haben in zwölf Tagen hier im Dorf einen großen Auflauf. Den größten, den dieses Dorf je gesehen hat. Major Wadrilijanokowitsch kommt mit seinem Gefolge. Der Konsul der UdSSR, sein Sekretär, der Nationaltrainer, eine Delegation vom Klub, die Kader aus Frichau nicht zu vergessen. Der Major ist für uns ein äußerst wichtiger Mann in der Gegend. Und alle sind selbstverständlich auch auf deiner Hochzeit eingeladen!«

Ich nickte.

»Das habe ich mit Gabi und meinen Eltern so besprochen!«

»Ich glaube zwar nicht, dass einer von denen bei euch auftaucht, aber eingeladen sind sie nun mal!«

»Ich dachte, man kann in diesem Land niemanden einladen, der nicht kommt.«

Fichtelbier schlug mit der Hand auf den Tisch.

»Bernd! Reiß dich zusammen! Was du da getan hast, ist unverantwortlich! Gabi wird deine Frau, verdammt noch mal!«

Ich sagte nichts. Fichtelbier musste mich gestern Nacht im Flur oder am Block gesehen haben. Oder er hatte unten auf der Wiese gestanden, als ich unter der Dusche war.

»Ich kann erklären, warum ich gestern im Block war. Ich hatte dort eine Besprechung wegen des Spiels.«

Zillech kicherte kopfschüttelnd in sich hinein. Fichtelbier nickte ihm zu. Zillech drückte auf ein kleines, schwarzes Gerät. Ton kam heraus. Man hörte mich und Susanne, wie wir uns liebten. Zu meinen und Susannes quakigen Geräuschen aus der schwarzen Kiste sah und roch ich alles, was passiert war! Ich wusste sofort, welche Stelle der schönsten fünf Stunden meines Lebens sie mir da vorspielten. Dann wurde ich wütend! Ich bewegte mich nicht, aber ich wurde wegen unserer Geräusche auch nicht ansatzweise rot oder verlegen!

Was ging diese Leute mein Leben an?! Mein Schwanz? Mein Stöhnen? Meine Liebe?!

Endlich machte Zillech das Gerät wieder aus. Fichtelbier kratzte wieder sein Ohr.

»Das war keine Besprechung.«

Er suchte seine Zigaretten, fand sie und steckte sich eine an.

»Das geht uns ja alles nichts an. Unter normalen Umständen würde uns das gar nicht interessieren! Wir fürchten aber, Susanne Seilbruck hat leider keine mlWA. Wir wissen nicht, wie lange wir sie noch bei Stefan Seilbruck halten können. Er will ja Karriere machen. Es ist auch nicht das erste Mal, dass sie ihn betrügt.«

Er sah mich bedeutungsvoll an. Er wollte mich provozieren. Wie billig! Er konnte mich mal! Fichtelbier wartete auf meine Reaktion. Als sie ausblieb, sah er kurz zu Zillech. Dann fuhr er fort.

»Am allermeisten wollen wir aber nicht, dass mit deiner Hochzeit etwas schiefläuft und deinem Leben mit Gabi etwas im Wege steht.«

Er machte eine Pause und sah nach draußen.

»Wir sind auf deiner Seite, Bernd.«

»Herr Fichtelbier. Wieso bin ich jetzt genau hier?!«

Fichtelbier aschte ab.

»Nur um zu wissen, dass Susanne Seilbruck nicht mehr da ist und du sie nicht wiedersehen wirst. Es wird keine Postkarte von dir nach Berlin geben. Wir werden nicht zulassen, dass es für dich einen Anlass gibt, nach Berlin zu fahren. Jedenfalls nicht in den nächsten fünf …«

Zillech unterbrach.

»Sieben.«

»… sieben Jahren. Stefan Seilbruck weiß von alldem nichts und wird auch nichts erfahren. Von uns nicht, und von dir auch nicht. Das ist unser Angebot. Das sind wir deinem Vater und natürlich ganz besonders auch Gabi schuldig.«

Zillech sah mich an. Er faltete die Hände und guckte ganz lieb.

»Guck mal. Wir wollen einfach, dass du keinen Ärger bekommst. Geh einfach nach Hause und mach deine Arbeit. Wie wir es besprochen hatten.«

Fichtelbier nickte.

»So ist es! Das ist alles, was wir wollen.«

Ich stand auf.

»Was ist mit der Aufnahme?! Kann ich sie haben?! Zur Erinnerung?!«

Zillech grinste, tippte auf das Gerät, und ein kleiner Deckel sprang auf. Er zog eine Kassette heraus und warf sie Fichtelbier zu.

Fichtelbier reichte sie mir über den Tisch.

»Wir haben natürlich eine Kopie. Nur zur Erinnerung.«

65

Die Postkarte mit der Benachrichtigung für unsere Eheringe war gekommen. Der Laden, wo wir sie abholen konnten, war auch gar nicht so weit weg, direkt um die Ecke vom VVV, wo wir das verunglückte Verlobungsessen hatten. Bartoczek fuhr mich und Gabi mit dem Laster von der *Roten Farbe* raus, und dann standen wir im Laden.

Gabi reichte die Postkarte aufgeregt über den Glastisch. Die Frau nahm sie, studierte alles genau und verschwand hinter einem riesigen Holzregal, das voll war mit kleinsten verpackten und nummerierten Dingen. Gabi tippte auf die Glastheke und sah irgendwohin. Sie flüsterte.

»Ich hab im Krankenhaus gehört, dass der Jeschkat in Dänemark sein soll.«

»In Dänemark?! Wer sagt das?!«

»Sein Arzt. Er hat da wohl Verwandte.«

45 23 23 11 237.

Das würde zumindest erklären, warum Jeschkat diese Nummer *vor* seinem Verschwinden schon kannte. Es musste eine Telefonnummer sein. Dänemark!

Die Frau kam wieder. Sie hatte eine kleine Schachtel dabei. Sie stellte sie ab, öffnete und begutachtete den Inhalt. Ich sah die üblichen Standard-Eheringe glitzern. Dann zeichnete sie etwas in einem Zettel ab, den sie uns rüberschob.

»Sie müssen mir den Erhalt quittieren. Hier … und hier …«

Sie legte uns einen Kugelschreiber dazu. Gabi unterschrieb. Ich unterschrieb. Ich reichte die wegen vorbildlicher Arbeit auf gesellschaftlichem Gebiet erstattungsfähige Zusatzzahlung von 61,23 Mark über den Glastisch. Die Frau zählte nach und schrieb uns eine Quittung. Die reichte sie uns mit der Schachtel über die Theke, und die Ringe gehörten uns.

»Ach, sind die schön! Süßer!«

Gabi küsste mich und gab mir meinen Ring. Ich betrachtete ihn. Ich fand ihn gar nicht schön. Es war der normale Ring, den alle Verheirateten in unserem Land trugen. Ich fand es süß, wie Gabi sich über die einfachen Dinge freuen konnte. Eins ihrer großen Talente. Ich beneidete sie darum. Ich nickte.

»Wirklich hübsch! Schön, dass wir jetzt auch so einen haben.«

66

Wir waren alle am Platz. Die Herbstsonne schien. Krallmann und Bartoczek hatten für uns den Grill aufgebaut und verteilten Würste. Das halbe Dorf war auf den Beinen, um freiwillig verpflichtet die Tribüne zu renovieren. Fichtelbier stand im Anzug und blickte ganz selig über seine sozialistische Schafherde. Er freute sich wirklich, dass alle freiwillig gekommen waren. Überall wurde geschrubbt, geputzt, gekratzt und lackiert – natürlich immer schön dünn, damit noch etwas Lack für den Türrahmen zu Hause abfiel. Ich gewann sowieso immer mehr den Eindruck, diese ganzen Feierlichkeiten und Jubiläen wurden letztlich nur dazu organisiert, um heimlich Renovierungsmaterial abzuzweigen. Sogar mein Vater lief mit einer Wurst im Mund herum, und das war eigentlich ein untrügliches Zeichen dafür, dass es hier etwas zu holen gab. Ich lief hinter Stefan her und schnitt und kratzte Unkraut aus den Ritzen. Dann warf ich es in den Sack, den Stefan mir aufhielt. Stefan war ganz geknickt.

»Mann, Mann, Mann. Du kannst dir nicht vorstellen, wie anstrengend das ist, dass Susanne nicht mehr hier ist!«

»Wieso?! Sei doch nicht so faul!«

»Quatsch. Das mein ich doch gar nicht.«

»Was dann?!«

»Ach. Diese ständige Angst, dass sie mich verlassen könnte. Ich kann es nicht ertragen, wenn ich nicht bei ihr bin. Ich muss immer wissen, was sie tut.«

»Sie wird dich schon nicht verlassen.«

»Vielleicht. Aber das ist nicht der Punkt. Der Punkt ist, dass ich es nicht in der Hand habe ... Das Schlimme ist einfach, dass es keine Garantie gibt.«

Ich musste lachen. Vielleicht funktionierte unser ganzes Land nur deshalb. Weil die Menschen Garantien für ihr kleines Leben wollten und bereit waren, jeden Preis dafür zu zahlen. Ich warf ein Grasbüschel in Stefans Sack.

»Weshalb ist sie eigentlich zurück nach Berlin?!«

»Sie ist gestern bei Nacht und Nebel gekommen. Sie sagt, sie hat mich vermisst. Dann wollte sie aber nicht mehr mit hierher.«

»Und du machst dir Sorgen, dass sie dich verlässt?! Was sagen unsere Freunde dazu?«

»Fichtelbier hat sie zum Bahnhof gefahren. Er meinte, vielleicht passt es besser zu uns, wenn sie keine Zeit hat, weil sie in Berlin etwas zu tun hat. Das hab ich jetzt auch den Jungs erzählt.«

Ich sah Stefan von der Seite an. Ich wusste nicht, ob er den ganzen Quatsch wirklich glaubte, einfach nur glauben wollte, oder ob er ihn vielleicht sogar selber mit erfunden hatte.

»Und, hat sie in Berlin was zu tun?«

»Noch nicht. Sie will ja studieren.«

Ich dachte, dass ein Studium für Susanne mit ihrer beurkundeten Abneigung gegen die marxistisch-leninistische Weltanschauung sicherlich schwer werden würde. Wie bei mir auch.

Nach einem gVteK (grandiosen Verlieren trotz eindrucksvollem Kampf) hätte ich vielleicht wieder eine Chance. Vielleicht könnte ich sogar in Berlin studieren?! Darüber hatte ich noch nie nachgedacht. Stefan steckte sich eine an.

»Tut mir leid, dass ich dich mit dem ganzen Scheiß vollrede. Aber du bist mein einziger Vertrauter hier.«

Ich nickte.

»Nehmen wir es doch für unser Training. Du etwas Wahres. Ich etwas Wahres.«

Stefan nickte.

»Gut.«

Er schüttelte den Sack zurecht, sah über den geschäftigen Platz und überlegte.

»Also. Manchmal wache ich nachts auf und habe Angst, dass ich gar nicht gerne mit Susanne zusammen bin. Dann denke ich, ich liebe sie gar nicht, ich will sie einfach nur kontrollieren.«

Ich schüttelte den Kopf.

»Junge, du bist aber auch kompliziert!«

Stefan nickte schief und sah mich vorsichtig an.

»Jetzt du.«

Ich überlegte. Es blieb nicht mehr viel übrig. Bei mir drehte sich alles um Susanne, und das konnte ich Stefan nicht erzählen. Klein-Körschow war ohne sie überflüssig und noch kleiner geworden. Dass ich sie nicht mehr treffen konnte, wenn ich durch unsere staubigen Straßen lief, machte alles überflüssig. Das Laufen, die Straße, mein Ziel. Ich dachte an ihren Geruch. Ihre Haut. Ihre Augen. Ihr Lachen. Stefan wartete. Ich sah ihn an.

»Ich werde erpresst.«

Stefan schüttelte den Kopf.

»Komm. Das zählt nicht. Das werd ich doch auch. Du musst was von dir erzählen!«

Ich kratzte die nächste Ritze aus.

»Manchmal denke ich, Klein-Körschow wäre eigentlich überflüssig, wenn ich Gabi nicht sehen könnte.«

Stefan seufzte.
»Du liebst sie wirklich, was?!«
Ich nickte.
»Ja, das tu ich.«

67

Als der Grill wieder kalt war, machte Stefan ein kleines Testspiel, sechs gegen sechs. Es war meine Generalprobe, denn Stefan meinte, dass es unauffälliger wäre, wenn meine Form schon vor dem eigentlichen Spiel einen deutlichen Knick bekam. Deshalb waren Zeugen wichtig. Es musste unbedingt Leute geben, die nächste Woche – am Tag der Tage – am Spielfeldrand stehen und kopfschüttelnd »Letzte Woche hat der auch schon Scheiße gespielt« sagen würden.

Ich lief umher und schoss mir die Wut aus dem Bauch. Stefan stand am Rand. Er war nicht bei der Sache. Ich sah ihm an, dass er sich den Kopf zermarterte. Ich machte mir ganz andere Gedanken, aber natürlich handelten sie auch von Susanne. Ich wusste nicht, wie ich es sieben Jahre ohne sie aushalten sollte. Ich wusste ja schon nicht, wie ich die nächste Woche ohne sie aushalten sollte. Ich würde heimlich nach Berlin fahren. Bald. Wenn dieses ganze Theater vorbei war. Wenn ich verheiratet war.

Ich benutzte meine Wut. Ich übte. Ich fiel hin. Ich schoss daneben. Ich schubste und trat. Es machte mir richtig Spaß. Weg mit Generator Klein-Körschow! Sollte der Verein doch untergehen, wie der ganze Rest dieses sinnlosen Dorfes! Wie das ganze Land!

Ich freute mich schon über das nächste falsche Abspiel oder meinen nächsten Sturz über den Ball. Es sollte wehtun!

Die Jungs wurden sauer. Zum ersten Mal ärgerten sie sich über mich. Sie schüttelten den Kopf. Das war ein gutes Zeichen. Es funktionierte.

»Was ist los mit dir?! Du spielst hier eine Scheiße zusammen!«

Stefan hatte recht! Ich musste nur in Gedanken sein. In wütenden Gedanken! Ich musste mir die Wahrheit erzählen! Und die Wahrheit war, dass ich Susanne vermisste, wie ich noch nie jemand vermisst hatte! Auch als Gabi direkt nach unserem ersten Mal für eine Woche mit ihrer Mutter in eine betriebliche Erholungseinrichtung fahren musste, war es nicht so schlimm gewesen. Nicht halb so schlimm! Ich schoss mit geradem Blick. Der Ball ging knapp vorbei. Ich ärgerte mich. Aber ich ärgerte mich nicht über den danebengegangenen Schuss – der war mir völlig gleichgültig. Ich ärgerte mich über die Wahrheit!

Über Fichtelbier und seine Bande, über das Schweigen, sogar über den Tod, und das musste ich mir im Staub vom Platz auch eingestehen – am allermeisten ärgerte ich mich über mich selbst! Den größten Feigling auf der Welt! Ein Weichei, das sich von noch größeren Weicheiern erpressen ließ! Was für ein Versager! Betrüger! Ich schoss den Ball in den Himmel. Einfach weghauen. Mit hochrotem Kopf! Voller Wut! Es sah absolut echt aus! Stefan nickte mir heimlich zu.

Ich wusste jetzt, wie es ging! Es konnte losgehen.

68

Die letzte Woche vor dem Tag der Tage bestand eigentlich nur aus Fußball, Hochzeitsvorbereitungen, schwarzen und eierschalfarbenen Autos.

Die Jungs hatten immer noch nicht gemerkt, dass Stefan keine Ahnung von Fußball hatte, und waren ganz heiß auf das Spiel. Stefan hatte allerdings auch gute Arbeit geleistet. Immer kam er mit etwas Neuem an, von dem sie glaubten, es wäre wieder ein besonderer Trick. Mal warfen wir beim Laufen Eier hin und her, mal schossen wir mit verbundenen Augen, einmal gab es eine »Vertrauensstunde«, wo man Dinge über seine Eltern loswerden konnte. Stefan war wirklich ein außergewöhnlicher Trainer – eben das Genie aus Berlin –, und die Mannschaft war wie aus einem Guss und niemand vermisste Jeschkat. Keiner zweifelte an unserem Sieg. Ich wusste aber, dass ich es ihnen vermasseln würde, und das gab mir Sicherheit. Generator Klein-Körschow würde ausradiert werden!

Gabi, meine Mutter und mein Vater schleppten Dinge ins Haus, räumten um, liehen aus und fuhren irgendwohin, um etwas zu holen oder wegzubringen. Immer wenn ich helfen wollte, sah mich Gabi mit einem mitleidigen Blick an, und mein Vater schickte mich in den Wald, um dort zu laufen, was ich dann auch tat. Mit den Hochzeitsvorbereitungen hatte ich nichts zu tun.

Ich würde das Spiel verlieren, alle würden enttäuscht, aber gefasst reagieren, ich würde meinen Anzug anziehen und eine große Hochzeit haben, an deren Ende man versöhnlich und betrunken zugeben würde, dass die Russen einfach besser gewesen wären. Mein Vater würde vielleicht endlich kapieren, dass er nur einen großen Fußballer in der Familie hatte, und ich hätte vielleicht endlich mal Zeit, zu überlegen, was ich im Leben wirklich wollte – außer Susanne.

Tante Marie, Onkel Günther und die Cousins reisten an. Die Cousins zogen zu mir ins Zimmer, und Tobi wurde bei meinen Eltern einquartiert, weil es da ruhiger war und er immer mehr schlafen musste. Ich hatte den Eindruck, dass er immer weißer wurde. Immer weicher und weißer. Dr. Görnhardt, den ich lange Jahre nie gesehen hatte, wurde in diesen Tagen ein regelmäßiger Gast, und meine Mutter begann damit, Tobi irgendwelche Pillen ins Essen zu mischen. Aber unser Elfmeterschießen klappte trotzdem noch gut, nur dass Tobi es nicht mehr so lange schaffte wie am Anfang.

Gabi schlief solange wieder bei ihren Eltern, und das entspannte mich noch mehr. Seit der langen Nacht mit Susanne und meinem Heulanfall danach hatten Gabi und ich keinen Sex mehr gehabt, und mir gingen langsam die Ausreden aus. Ich wollte einfach nicht. Ich hoffte inständig, dass ich bald wieder Lust auf Gabi bekam. Möglicherweise wenn mein Schmerz wegen Susanne nachlassen würde. Eine körperliche Pause tat uns bestimmt ganz gut. Ich hoffte auf den positiven Effekt der Verknappung, der in unserem Land ja auch angewendet wurde, um geschmacklose Dinge an die Volksmassen zu verfüttern.

Im Dorf trieben sich mehr und mehr Leute herum, die noch nie jemand jemals gesehen hatte. Meistens Männer zwischen 30 und 50 mit Oberlippenbärten und beigen Blousonjacken. Auffällig Unauffällige, die aus eierschalfarbenen Autos stiegen, Spaziergänge machten und in alle Ecken schielten. Wenn sie nicht spazieren gingen, schraubten sie an einer kleinen Tribüne auf der anderen Seite vom Platz, wo alle unsere Ehrengäste ungestört von der werktätigen Bauernschaft Platz nehmen konnten. Bartoczek und Krallmann nähten in zwei Sonderschichten ein großes Spruchband zusammen, das wir über die Tribüne spannten.

»Klein-Körschow steht bereit für die Aufbauleistungen zum 30. Jahrestag der Deutschen Demokratischen Republik!«

Das war Zillechs Idee gewesen. Was ich daran besonders gut fand, war, dass Klein-Körschow nur anderthalb Tage für die Aufbauleistung bereitstehen musste, denn der 30. Jahrestag begann ja bereits 36 Stunden nachdem das Spruchband aufgehängt worden war.

Zwei Tage vor dem Spiel kam ein Laster mit *zum Verzehr durch die Volksmassen geeigneten Konsumgütern,* wie es offiziell hieß, also Lebensmitteln, und füllte zum ersten Mal in seiner Geschichte das Lager von Mutters Laden auf. Meine Mutter erzählte davon ganz begeistert am Mittagstisch, und wir mussten alle gucken kommen. Allerdings durften wir nicht darüber sprechen, denn die Sachen sollten gar nicht verkauft werden. Sie sollten nur am Tag der Tage – der ja ein Feiertag war, an dem der Laden nicht geöffnet hatte – durchs Schaufenster zu sehen sein, damit diejenigen, die nicht aus Klein-Körschow waren, dachten, in Klein-Körschow gäbe es einen vollen Laden. Vor allem Major

Wadrilijanokowitsch und sein Gefolge, der Nationaltrainer und die Kaderdelegation aus Frichau sollten das denken – in dem äußerst unwahrscheinlichen Fall, dass sie vor oder nach dem Spiel am Laden vorbeischlendern und hineinsehen würden. Einen Tag vor dem Spiel sollte der Laden geschlossen bleiben, damit meine Mutter Zeit hatte, alles einzuräumen – und einen Tag nach dem Spiel sollte er ebenfalls geschlossen bleiben, damit Zeit war, alles wieder auszuräumen. Dann sollten die Sachen wieder zurückgebracht werden. Vermutlich in ein Lager, um dort gut gekühlt auf den 35. Jahrestag der Republik zu warten, um dann erneut ausgeliefert zu werden. Einige von den Dosen waren bereits unten geöffnet und ausgeleert worden. Das machte meine Mutter dann mit einigen anderen Dosen auch.

Stefan und ich trainierten und wandten dabei weiter Stefans Wahrheitsmethode an, was wirklich gut funktionierte. Stefan erzählte mir weiter hemmungslos von seinen Ängsten, die fast ausschließlich von Susanne und ihm selber handelten, und ich erzählte Stefan hemmungslos von meinem Schmerz, meiner Sehnsucht und meinem Verlangen, die ganz ausschließlich von Susanne handelten, mit dem Unterschied, dass ich Susanne einfach Gabi nannte. Stefan war neidisch auf mein Glück, und mir tat es gut, mit jemandem darüber zu reden. Obwohl es Stefan war – der einzige Mann, den ich kannte, der auch mit Susanne geschlafen hatte.

69

Der Tag der Tage begann damit, dass Tobi gar nicht mehr aus seinem Bett wollte. Das Spiel sollte schon um 11 Uhr sein, die Gäste wurden bereits ab 10 erwartet, und Tobi musste noch gewaschen und fein angezogen werden. Also brachten wir um 9 Uhr seine Geburtstagstorte ans Bett, um ihn zu motivieren, aber natürlich auch, um Zeit zu sparen. Onkel Günther war extrem nervös und nervte uns alle. Er hätte den ganzen Tobi-Geburtstagskram am liebsten ausfallen lassen und machte daraus auch kein Geheimnis.

»Der merkt das doch sowieso nicht«, grummelte er im Flur, als wir alle nacheinander die Falschrum-Wendeltreppe hochgingen, um uns vor Tobis Tür zu versammeln. Wir sangen Tobi ein Geburtstagslied, und meine Mutter half ihm dabei, die Kerzen auszublasen. Die Cousins hatten ihm Bilder gemalt, und ich schenkte ihm einen neuen Fußball, den ich aus der Umkleidekabine abgezweigt hatte. Jeschkats Katze hockte am Fußende von Tobis Bett und sah uns bei allem mit ausdruckslosem Gesicht zu.

Meine größte Sorge war, dass Tobi nicht aufstehen würde. Er brauchte jemanden, der ihn aus dem Bett holen würde, aber ich musste gleich schon los. Meine Mutter winkte mit einem »Lass ihn doch schlafen« ab, aber für mich musste er aufstehen, sonst wäre alles sinnlos gewesen. Die Bewegung im Haus war enorm. Alle mussten sich noch anziehen, die Frauen mussten sich noch schminken, den drei Cousins fehlten noch Socken oder Hosen oder beides, in unserem Waschkeller standen zwischenzeitlich sechs Leute herum. Ich nahm meinen Vater zur Seite.

»Komm mal mit.«

Mein Vater lief mit mir in seinem schicken dunkelblauen Anzug ein paar Meter auf die Wiese hinaus, wo schon alle Tische und Bänke und unter Wewerings Lkw-Plane ein Turm aus Gläsern standen. Mein Vater erwartete ein letztes ernstes Gespräch mit dem unverheirateten Sohn, jedenfalls hatte er diesen milden Gesichtsausdruck, als ich ihn ansah.

»Papa, du musst Tobi mit zum Spiel bringen!«

Mein Vater zuckte mit den Achseln.

»Junge, wenn er doch nicht aufstehen will. Ist doch nicht so wichtig. Er braucht die Kraft für deine Hochzeit. Heute wird ein langer Tag für uns alle!«

Ich fasste meinem Vater an die ausgestopften Schultern seines schicken Sonntagsanzugs, als wollte ich ihn schütteln. Er erschrak richtig. Ich kam ein Stück näher und sah ihn an.

»Papa! Bring ihn mit! Nur dafür habe ich all das gemacht! Es ist für ihn! Es ist *sein* großes Spiel! Sein Abschiedsspiel!«

Mein Vater stand wie zur Salzsäule erstarrt. Er bewegte sich nicht, rollte seine großen Augen und sah irgendwohin. So stand er eine Weile. Dann nickte er, ohne mich anzusehen.

»Ist gut. Ich bring ihn mit.«

»Versprochen?!«

»Versprochen.«

70

Natürlich war das ganze Dorf schon auf den Beinen. Und die Nachbardörfer natürlich auch. Schon zwei Straßen von unserem Haus entfernt wurde es langsam voll. Überall standen Autos, sogar zwei Busse parkten auf der Wiese. Am Platz war dann richtig Gedränge. Die ganze linke Hälfte neben dem Spielfeld und die neue Tribüne waren abgesperrt worden. Männer standen herum und sorgten dafür, dass niemand hinter die Absperrung ging. Vor der Tribüne, unter dem Spruchband, war ein kleines Rednerpult aufgestellt worden. Es gab Würstchen und Luftballons. Musik spielte. Fichtelbier und Zillech rannten ganz aufgeregt in ihren Anzügen herum. Die Jungs waren alle schon da und standen in ihren Trikots vor der Umkleide. Stefan nickte mir zu. Dann kamen drei schwarze Autos angerollt. Volvos. Alle reckten sich. Tatsächlich stieg unter anderem der Nationaltrainer aus einem Wagen. Als die Leute ihn erkannten, brauste spontan Applaus auf. Der Mann war sichtlich stolz, nickte und winkte fröhlich in die Gegend. Er sah viel kleiner aus als im Fernsehen. Zillech begrüßte ihn, dann Fichtelbier, dann die Kaderdelegation aus Frichau, dann wurde ihm Stefan vorgestellt. Daraufhin kamen ein paar schwarze Wolgas angerollt, als hätten sie hinter einer Ecke auf ihren Einsatz gewartet. Sie wurden von Massenorganisationsmitgliedern aufgeregt auf die Wiese zum Parken gefuchtelt. Der

Sekretär des sowjetischen Konsuls, seine Leute und deren Leute stiegen aus. Fichtelbier, Zillech, der Nationaltrainer und seine Leute und deren Leute kamen zu ihnen gelaufen. Dann ging eine unglaubliche Händeschüttel- und Verbeugungsorgie los, bei der man völlig die Übersicht verlor und die noch nicht aufgehört hatte, als alle schon fast ihre Plätze auf der Tribüne eingenommen hatten. Stefan kam zu mir.

»Ohne dich würde es all das nicht geben. Du kannst stolz sein.«

Ich nickte. Es war der standesgemäße Auflauf bei einem Abschiedsspiel für einen der größten Fußballer unseres Landes, und das machte mich schon stolz. Auch wenn ich dieses Spiel verlieren musste.

Gabi, meine Mutter und Onkel Günther hatten mir schon zugewinkt, aber Tobi war immer noch nicht da!

Ich hatte in den Augen meines Vaters gesehen, dass er mich verstanden hatte. Und ich wusste, dass er sein Versprechen halten würde.

Dann kam der Bus der Russen. Es war ein schöner, neuer Bus, nicht das alte Ding, mit dem sie das letzte Mal angewackelt kamen, um uns abzuholen. Der Sekretär des Konsuls, seine Leute, deren Leute, Fichtelbier, Zillech, die Kaderdelegation aus Frichau, der Nationaltrainer, seine Leute und deren Leute stellten sich in einer Reihe am Eingang auf, und alle – außer dem Sekretär des Konsuls – verbeugten sich bis zum Boden, als Major Wadrilijanokowitsch als Erster aus der – diesmal automatischen – Bustür stieg. Wieder schüttelten sich alle die Hände, diesmal küssten sich einige sogar. Merkwürdigerweise musste ich da plötzlich an Gabi denken. Ich suchte Gabi unter den Leuten und fand sie. Sie war gerade damit beschäftigt, einem der heulenden Cousins die Zuckerwatte wieder aus dem Gesicht zu operieren. Sie liebte Kinder und würde eine wunderbare Mutter werden. Zum ersten Mal tat es mir wirklich leid, was ich ihr angetan hatte. Meine Verlobte. Dann stieg die Mannschaft der befreundeten Sowjetvölker in leuchtend neuen orange-weißen

Trikots wie eine bunte Schnur unter Applaus – den Fichtelbier begonnen hatte – aus dem Bus.

Man sah auf den ersten Blick, dass es sich um ganz andere Jungs handelte als beim letzten Mal. Sie waren älter, durchtrainierter, und sie sahen auf den ersten Blick wie eine richtige Mannschaft aus. Wir sahen uns gegenseitig an. Ein Sieg würde schwer werden, das war sofort offensichtlich. Stefan nickte mir zu. Für uns war das eine gute Nachricht. Vielleicht würden wir ja jetzt einfach so verlieren. Dann könnte ich danach als Mensch unter Menschen heiraten, und nicht als Betrüger unter Betrügern. Ich hatte Major Wadrilijanokowitsch unterschätzt. Offensichtlich hatte er nicht vor, hier etwas anbrennen zu lassen.

71

Zillech stand am Pult und redete. Seine Stimme waberte aus den Megaphonen, die wir in die Bäume gehängt hatten über den Platz und in die Straßen unseres leeren Dorfes. Zillech sprach von der großartigen Epoche, die die letzten 30 Jahre im Vergleich zu den vielen Jahrtausenden davor für alle Werktätigen und die ganze werktätige Bauernschaft darstellten, und natürlich hörte ihm niemand der Werktätigen und der werktätigen Bauernschaft dabei zu. Fichtelbier versuchte Zillech ein Zeichen zu geben, als Major Wadrilijanokowitsch eingeschlafen war und nur noch dank seiner Adjutanten gerade auf der Tribüne saß. Doch Zillech bemerkte Fichtelbier nicht, und dann gab Fichtelbier es auf, und bald fielen auch ihm die Augen zu. Zum Glück hatte er sich in der Kaderschule seine eigenen Augen auf die Augenlider tätowieren lassen, sodass niemand der anwesenden Werktätigen etwas bemerkte.

Wir standen neben den Sowjets in Reih und Glied am Spielfeldrand, und unsere Trikots machten sich gegen ihre wie die eines Schülervereins aus. Hier war auf den ersten Blick zu sehen, wen die befreundeten Völker zum Favoriten auserkoren hatten.

Als Zillech endlich ausgeredet hatte und die stehenden Ovationen für seine Rede zum Dank dafür, dass sie überhaupt aufgehört hatte, endlich verebbten, durften wir auf das Spielfeld laufen. Als Kapitän von Klein-Körschow gab ich dem Schiedsrichter die Hand – auch ein Mann, den ich noch nie gesehen hatte – und überließ unseren Gästen die Seitenwahl. Sie wählten die rechte, und wir stellten uns alle auf. Mir genügte ein Blick über den Spielfeldrand, um zu sehen, dass Tobi immer noch nicht da war. Ich legte mir den Ball unter den Fuß auf den Mittelpunkt. Ich sah nach hinten. Die Jungs nickten sich noch einmal zu. Der Schiedsrichter steckte die Pfeife in den Mund, sah auf seine Uhr und hob die Hand. Klein-Körschow hielt den Atem an. Ich sah in den Himmel. Kräftige helle Sommerwolken im Oktober. Kaiserwetter, vielmehr Staatsratsvorsitzendenwetter. Ich musste an Susanne denken. Ich sollte mir ja beim Spiel die Wahrheit erzählen. Sie war meine große Liebe!

Das war die Wahrheit. Ich hatte sie gewonnen, und ich hatte sie wieder verloren. Aber es hatte sie tatsächlich in meinem Leben gegeben, die große Liebe. Das machte mich froh. Ich grinste über beide Ohren. Es tat gut, endlich die Wahrheit zu hören, und da pfiff es, der Schiedsrichter nahm seine Hand runter, und dann lief das Spiel.

72

Es ging gleich mit einem Paukenschlag los. Wir kamen irgendwie nach vorne und brachen durch, ich bekam den Ball, es war reines Glück, ich schoss aus dem Augenwinkeln Richtung Himmel, extra halbweit über das Tor, und – traf!

Aus Versehen!

1:0!

Klein-Körschow tobte – und Major Wadrilijanokowitsch auch. Ich sah zu Stefan, der nach außen jubeln musste und sich insgeheim schon die allergrößten Sorgen machte. Meine Jungs feierten mich, und ich dachte, vielleicht ist das kein schlechter Einstand. Verloren wir halt mit einem Ehrentreffer. Das war auch viel unauffälliger. Ich zuckte in Stefans Richtung die Achseln, und er verstand. Es war ein Unfall. Dann hatten die Sowjets den Ball und gaben plötzlich alles. Offensichtlich waren sie gleich am Anfang nur mit halber Kraft aufgetreten. Sie drückten nach vorne, knallten die Bälle mit Druck auf unser Tor. Ich sah, dass Timmi vor diesen Geschossen Angst hatte, trotzdem half ich den Russen, wo ich konnte. Einen Angriff nach vorne verstolperte ich grandios und ärgerte mich anschließend darüber, dass ich nach dem Spiel nicht zu Susanne ins Bett konnte, sondern mit Gabi vor den Traualtar laufen würde, und schon nach 15 Minuten stand es 1:1.

Der Druck unserer orange-weißen Gegner ließ nicht nach, und bei uns funktionierte gar nichts mehr. Ich schoss irgendwohin, fiel ständig auf die Nase, und das Durcheinander, das meine Stolpereien hinterließen, war groß. Wie die aufgescheuchten Hühner, nervös und schon halb geschlagen, kassierten wir das 2:1 und gleich darauf das 3:1, mit dem wir auch in die Pause gingen. Auf der Tribüne lagen sich unsere sowjetischen Gäste in den Armen, und es sah nicht so aus, als ob der Generator hier noch etwas ausrichten konnte.

73

Wir saßen in der Umkleide und soffen mit unseren heißroten Köpfen Wasser. Die Jungs waren sauer auf mich.

»Was ist los mit dir?!«

»Ich weiß nicht.«

»Mann, so ein Spiel kommt nie wieder! Streng dich doch endlich mal an!«

»Mann, Bernd! Da draußen sitzt der Nationaltrainer!«

Gerd Funke, Abwehr, winkte Stefan zu sich.

»Stefan?!«

Stefan kam.

»Kann man den Bernd nicht auswechseln?! Da funktioniert ja gar nichts bei dem heute!«

Das hatte es beim Generator noch nie gegeben, dass ein Spieler in der Halbzeit eines Spiels vorschlägt, den Kapitän auszuwechseln! Und alle stimmten dem aufgeregt zu. Ich hatte offensichtlich eine überzeugende Vorstellung geboten – aber die Wahrheit, mit der ich mich beim Lügen beschäftigte, und der ganze Mist, über den ich mich ärgerte, waren auch so überwältigend, dass es eigentlich keinerlei Anstrengung bedurfte. Ich musste mich nur an mich selber ausliefern.

Jetzt keinen von den Jungs ansehen. Ich hielt meine Hände vors Gesicht. Stefan schüttelte den Kopf.

»Ich werde den Bernd nicht auswechseln! Ohne ihn spielt ihr doch noch schlechter!«

»Glaub ich nicht!«

Sie konnten unsere Niederlage schon riechen, und vielleicht spürten sie auch irgendwie, dass ich auf der Seite der Gegner stand. Stefan wurde laut.

»Ruhe jetzt! Ein für alle Mal! Ich bin hier der Trainer!«

Stefan lieferte auch keine schlechte Inszenierung ab, und dann mussten wir schon wieder raus.

74

Wir liefen auf den Platz, durch eine Gasse aus Klein-Körschowern, die sich in der Pause vor unserer Umkleide versammelt hatten. Sie bedachten uns trotz des traurigen Rückstands und meiner katastrophalen Leistung mit einem großen Applaus. Das tat gut.

Dann sah ich Tobi neben seinem Dreirad am Platz stehen. Endlich! Ich lief einen kleinen Umweg, einen kleinen Bogen durchs gegnerische Feld und klatschte seine Hand ab. Mein Vater schüttelte über mich den Kopf, sah mir hinterher und legte von hinten seine Arme um Tobi. Er zwinkerte mir zu. Endlich war ich nicht mehr alleine.

Ich lief zur Mitte und nahm am Kreis Aufstellung. Alles fühlte sich plötzlich gut an. Es war ein Riesenfußballfest geworden, mit Gästen aus Politik und Sport, der Nationaltrainer saß keine 15 Meter von mir entfernt. Ich machte mich groß.

Ich war da!

Ich vertrat Tobi Stühler, das mit Abstand größte Talent, das Klein-Körschow je gesehen hatte, bei seinem letzten großen Spiel! Seinem Abschiedsspiel! Mehr wollte ich nicht. Es ging mir gut. Ich winkte Tobi zu. Mein Vater nahm Tobis Arm, zeigte damit auf mich, und dann winkte Tobi zurück.

Und dann ging alles wie in Zeitlupe. Ich sah Fichtelbier auf der Tribüne sitzen. Unsere Blicke trafen sich. Nur ganz kurz. Fichtelbier nickte mir zu. Kaum merkbar, nur so ein kleines Nicken unter Freunden, unter Komplizen, von Erpresser zu Opfer – unter Betrügern.

Dann lag da der Ball. Ich sah den Schiedsrichter, der pfiff, lief los und ging in die Sowjets rein, hatte den Ball und rannte. Scheiß auf Fichtelbier und seine Bande! Ich wusste, dass es mich mein Studium, meine Wohnung, meinen Job, meine Zukunft und alles andere kosten würde! Ich wusste, dass meine Liebe zu Susanne ab morgen in den Infokästen von Klein-Körschow nachzulesen sein würde und die Aufnahme der schönsten fünf Stunden meines Lebens zur Mittagszeit im Radio gesendet würde. Aber es war mir egal, denn ich liebte sie!

Ich wollte nicht bis ans Ende meines Lebens von diesem schrecklichen Nicken verfolgt werden! Dieses schreckliche, heimliche Nicken, egal, ob es jetzt von Fichtelbier, Zillech, Wadrilijanokowitsch oder von sonst jemanden kam, den ich in meinem Leben in diesem Land noch treffen würde. Dann gab ich ab, Peter war da und schoß weit raus, zur Außenlinie, wo Gerd stand, auf den niemand geachtet hatte. Ich lief mit Peter durch die Russen durch, die sich alle auf Gerd stürzen wollten, Gerd schoss eine geniale Flanke über sie drüber, direkt zu uns, Peter erreichte den Ball und machte das Tor! Es war so schnell gegangen, der Schiedsrichter hatte seine Hand vom Pfeifewegstecken noch in der Tasche, als er sie schon wieder rausholen musste.

Nur noch 3:2!

Die Russen hatten Anstoß. Ich spürte plötzlich eine gewaltige Energie in mir. Ich war topfit. Fußball ist Laufen! – und ich rannte, rannte, rannte zum Ball, stocherte ihn mir vom Fuß eines Russen und hatte ihn wieder. Ich drehte mich damit zweimal um mich selbst und rannte damit einfach weg, schob ihn Peter zu, war vorne, bekam den Ball zurück und schoss! Und traf! Der Torwart landete im Staub. Klein-Körschow tanzte! 3:3!

Ich warf mich auf den Boden und schrie, wie ich noch nie geschrien hatte. Ich schrie mir meine ganze Angst und Verzweiflung aus dem Leib! Ich musste hier weg! Das war die Wahrheit! Dann wälzte sich meine halbe Mannschaft schreiend auf mir herum. Wir sahen uns an, schrien uns an, und dann nahmen wir uns alle an den Händen, und wir wussten plötzlich, dass wir dieses Spiel gewinnen würden!

Dann entknäulten wir uns und liefen zurück zum Mittelkreis. Der Nationaltrainer stand von seinem Stuhl auf und applaudierte. Zwei Tore in fünf Minuten!

Ich sah auf die Ränge. Gabi winkte mir zu.

Ich würde sie heute nicht heiraten. Nicht die falsche Frau! Sie würde einen anderen finden. Einen, der sie wirklich liebte. Einen, der auch das tat, was er sagte.

Einen, der auch dachte, was er sagte.

75

Drei Minuten vor Schluss verloren die Russen wieder den Ball, er lief über Gerd zu Kai, dann auf Peter und dann zu mir. Jetzt konnte ich endlich frei die Wahrheit denken. Die Russen attackierten uns mit aller Kraft. Sie waren gut und stark, aber die Jungs und ich waren kleiner, schneller und kreativer. Ameisen gegen Panzer. Guerillakrieg. Stefan hatte uns mit seinem irrsinnigen Training wirklich zusammengeschweißt. Wir waren ein solider Block. Egal, wohin ich schoss, da war einer, nahm den Ball an und lief, passte und lief. Es war, als würden wir alle gemeinsam durchdrehen! Es stand immer noch 3:3. Das Spiel lief nur noch Sekunden. Jetzt waren wir praktisch alle vorm gegnerischen Tor, und dann wurde Peter Funken von einem sowjetischen Schienbein durch die Luft gehebelt und landete in der Wiese neben dem Pfosten. Der Schiedsrichter pfiff sofort! Selbst wenn Major Wadrilijanokowitsch ihm seine Datscha in Russland vermacht hätte – bei diesem Foul musste er pfeifen, sonst wäre in Klein-Körschow eine Revolution ausgebrochen. Peter hätte das Tor ganz sicher gemacht. Das Foul war eine klassische Notbremse. Sogar unsere sowjetischen Freunde und Gegner beschwerten sich nicht.

Elfmeter für uns, eine Minute vor Ende des Spiels, beim Stand von 3:3!

Peter lief zu mir.

»Schieß du.«

Ich schüttelte den Kopf.

»Nein. Tobi wird schießen.«

Peter schüttelte den Kopf.

»Bist du verrückt?! Nein!«

Ich nickte entschieden.

»Doch!«

Ich lief zum Spielfeldrand. Die Leute guckten irritiert, denn keiner wusste, was ich vorhatte. Ich nahm Tobi an der Hand und holte ihn aufs Feld. Langsam. Die Russen verschränkten ihre Arme und sahen mir dabei zu. Der Schiedsrichter kam aufgeregt angelaufen.

»Nein, nein, nein. Das geht nicht! Man kann nicht jemand aus dem Publikum schießen lassen, schon gar nicht ...«

Er betrachtete Tobi.

»... ihn hier.«

»*Er hier* ist nicht irgendjemand aus dem Publikum, er ist ein ganz normales, offizielles Mitglied von Generator Klein-Körschow.«

Der Schiedsrichter grinste mich an.

»Dann bitte einmal den Mitgliedsausweis!«

Stefan kam gelaufen und mischte sich ein. Vielleicht hielt er das alles für einen Plan von mir. Er zeigte auf Tobi.

»Es ist im ganzen Dorf bekannt, dass dieser Herr Mitglied bei Generator Klein-Körschow ist, da können Sie jeden fragen! Ich verbürge mich dafür.«

Stefan hatte die Hoffnung noch nicht aufgegeben, dass wir dieses Spiel doch noch verlieren würden. Wenigstens unentschieden. Weiß der Teufel, womit sie ihm gedroht hatten, jedenfalls unterstützte er mich. Der Schiedsrichter schüttelte wieder den Kopf.

»Ich müsste dann trotzdem einmal den Mitgliedsausweis sehen, denn die ...«

»Kann ich vielleicht helfen?!«

Es war Fichtelbier. Er stand auf dem Platz und sah den Schiedsrichter an.

»Gibt es Probleme?!«

»Nun, der ...«

Er zeigte auf Tobi.

»Der Herr hier soll den Elfmeter schießen, und ich müsste einmal den Mitgliedsausweis sehen, die Herren können ihn nicht vorlegen, und ...«

»Natürlich ist er Mitglied von Generator Klein-Körschow! Und jetzt lassen Sie ihn mal schön schießen!«

Der Schiedsrichter stand still. Fichtelbier lächelte mich an, dann betrachtete er den Schiedsrichter.

»An meiner Aussage werden Sie doch nicht zweifeln?!«

»Natürlich nicht, es ist nur … Gut. Also gut.«

Der Schiedsrichter betrachtete Stefan.

»Sie müssten ihn dann einwechseln.«

Stefan nickte und nahm Peter raus, unseren besten Elfmeterschützen. Die Jungs schüttelten verständnislos die Köpfe und begannen zu fluchen.

Fichtelbier nickte mir konspirativ zu und ging zufrieden vom Platz. Tobi war offensichtlich Fichtelbiers letzter Strohhalm, es Major Wadrilijanokowitsch mit einem Unentschieden doch noch einigermaßen recht zu machen. Wenn einer danebenschießen würde, dann Tobi! Unser Dorftrottel und Dorfheld in Personalunion!

Und dann stand ich tatsächlich mit Tobi vor dem Elfmeterpunkt. Mein Vater lief aufgeregt hin und her. Man rollte uns einen Ball zu, und ich legte ihn auf den Punkt. Tobi stand einen guten Schritt zu weit hinten.

»Komm noch ein bisschen nach vorne. Hier ist der Ball.«

Tobi bewegte sich nicht. Das kannte ich schon. Er war nervös. Gut, dachte ich, dann soll er eben von da schießen. Ich klopfte Tobi auf die Schulter, nahm den Ball vom Punkt und legte ihm ihn vor den Fuß.

»Schießen wir eben einen Zwölfmeter.«

Tobi grunzte, und dann kam wieder der Schiedsrichter angelaufen. Durch das Publikum ging ein Raunen. Einige pfiffen, einige klatschten. Der Schiedsrichter sah mich an.

»Der Ball ist bitte auf den Punkt zu bringen.«

Ich lächelte ihn an.

»Meines Wissens nach sagen die Fußballregeln des Deutschen Demokratischen Fußball-Verbands zuzüglich Rügen und Hiddensee DDFVZRUH, Fassung vom September 1971, dass die Distanz zum Tor bei einem Elfmeter *mindestens* elf Meter zu betragen hat, aber nicht *höchstens*. Wir würden heute also gerne einen Zwölfmeter schießen.«

Der Schiedsrichter sagte gar nichts mehr. Er schüttelte den Kopf. Dann lief er im Laufschritt zur Tribüne, wo er zur Belustigung und unter dem einsetzenden Applaus aller einfach über die Stuhlreihen stieg und ein Gespräch mit dem Nationaltrainer und Fichtelbier begann, in das sich sofort alle umhersitzenden SachvOs (Sachverständigen vor Ort) einmischten – kurz, es kam beinahe zu tumultartigen Szenen, und das alles unter dem anhaltendem Klatschfeuerwerk der Klein-Körschower. Schließlich nickten sich der Nationaltrainer und der Schiedsrichter und Fichtelbier und alle anderen SachvOs zu, der Schiedsrichter stieg wieder über die Stuhlreihen zurück und kam zu uns zurückgelaufen.

»Ist in Ordnung. Schießen Sie Ihren Zwölfmeter. Aber ich werde das Spiel direkt danach abpfeifen.«

Ich nickte.

»Danke. Geben Sie mir noch eine Minute.«

Er sah mich an.

»Eine Minute.«

Dann lief der Schiedsrichter ein paar Meter von uns weg, stellte sich auf, steckte sich die Pfeife in den Mund, hob seinen Arm und sah auf die Uhr. Ich legte Tobi den Ball vor die Füße.

»Ich muss von hier weggehen, und du wirst das hier ohne mich wunderbar schaffen!«

Tobi grunzte. Ich sah mich um. Alle standen. Mein Vater kämpfte mit den Tränen, und meine Mutter war bei ihm. Klein-Körschow klatschte im Takt.

»Ich werde jetzt gleich gehen, und wenn er pfeift, dann schießt du! In Ordnung?!«

Tobi sah mich an. Mehr konnte er nicht tun. Ich wusste, dass das »Ja« hieß. Es musste einfach »Ja« bedeuten! Ich machte einen Schritt auf ihn zu.

»Warte auf den Pfiff – und dann schieß ihn rein!«

Dann lief ich zurück hinter die Linie zu den anderen. Sie liefen nervös umher und blickten kaum hoch. Keiner wollte mich ansehen.

Der Schiedsrichter ließ seinen Blick nicht von der Uhr. Das Publikum stand und klatschte.

Der Torwart stand federnd auf seiner Linie.

Der Schiedsrichter pfiff. Mein Vater drehte seinen Kopf zur Seite und hielt sich die Hand vor die Augen. Tobi setzte sein rechtes Bein ein Stück nach hinten, sah in den Himmel, und dann trat er mit voller Wucht gegen den Ball, aber er traf ihn nicht richtig. Der Torwart sprang nach links, aber der Ball kullerte ganz langsam auf die ganz rechte Seite vom Tor zu. Direkt in die Ecke. Langsam. Noch war er nicht da. Der Torwart stand schnell wieder auf und sprang jetzt in die richtige Ecke, doch der Ball rollte im Schneckentempo, kurz vor seiner Landung, direkt vor seiner Hand über die Linie und blieb dahinter liegen!

4:3!

Abpfiff!

Es war, als ob ein Beben durch Klein-Körschow fegte! Die Leute hüpften und brüllten, als wenn sie die Kontinentalmasse durchtreten wollten. Krallmanns Grill fiel um, die Jungs schrien, Luftballons wurden zertreten, Bierflaschen gingen zu Bruch. Wir sprangen uns in die Arme, alle liefen irgendwohin und griffen sich jemanden, den sie umarmen konnte. Meine Eltern standen nebeneinander, lehnten sich aneinander und weinten. Und in all dem Trubel stand Tobi ganz alleine an seinem Zwölfmeterpunkt und sah in den Himmel. Ich schüttelte die brüllenden Jungs ab und rannte zu Tobi. Ich stellte mich vor ihn, sah ihn an und nahm ihn in den Arm. So hielt ich ihn ganz lange.

»Mach's gut, mein großer Bruder! Du wirst immer mein Held sein!«

Dann löste ich die Umarmung und küsste ihn auf die Stirn. Ein letztes Mal. Dann ließ ich ihn los, lief quer über die Wiese, ohne mich noch einmal umzudrehen, und verschwand im Tumult zwischen den jubelnden Leuten, erst hinter einem Bus, dann zwischen den Autos und dann in den leeren Straßen von Klein-Körschow.

76

Ich rannte nach Hause in den Garten, schlängelte mich durch die ganzen Hochzeitstische, lief in den Waschkeller hinein und nach oben in mein Zimmer. Ich zog mich um. Lange Hose, Pulli, feste Schuhe. Ich zerschlug Tobis Sparschwein und steckte mir das Geld in die Taschen. Wo war mein Ausweis? Ich sah in der Schublade nach. Da war er nicht. Wie viel Zeit hatte ich zu suchen? Keine. Wenn mich einer gesehen hatte, würde er denken, ich wäre nach Hause gelaufen, um mich umzuziehen, wegen der Hochzeit. Am Platz war Tumult. Bis sich alle beruhigt und gesammelt hatten, um bei uns zur Hochzeit hereinzuschneien, würde mindestens eine halbe Stunde vergehen. Dann würden sie mich suchen, und bis sie merkten, dass ich nicht mehr da war, würden eine, vielleicht sogar zwei Stunden vergehen. Also hatte ich vielleicht drei Stunden Vorsprung.

Ein Schlafsack! Nein. Zu auffällig. Ich brauchte leichtes Gepäck!

Wie jemand, der nur von einem Dorf zum nächsten wollte. Es war der 7. Oktober, es konnte nachts schon richtig kalt werden. Ich zog noch einen Pulli über. Dann lief ich runter. Das letzte Mal über unsere Falschrum-Wendeltreppe. In der Küche machte ich Mutters Zigarrenkästchen auf und nahm den einzigen Schein heraus, der drin war. 10 Mark. Immerhin. Besser als nichts. Ich sah mich noch einmal in meinem Elternhaus um. Das war es jetzt. So sollte es also enden.

Adieu.

Ich lief nach draußen, holte mein Fahrrad aus dem Schuppen und rollte damit auf die Straße. Noch war niemand zu sehen. Ich sah in den Himmel. Auf in den Norden!

Ich radelte los, trat mit all meiner Kraft in die Pedale und bog am Ende der Straße in den Waldweg ab, ohne mich noch einmal nach der Straße meiner Kindheit umzusehen.

77

Ich rollte durch den Wald. Ich peitschte durch den Wald! Wie viel Uhr war es?! 13.21. Um 16.00 Uhr sollte meine Hochzeit sein. Um 13.42 fuhr die Bahn in Lauberitzwooge Richtung Stadt. Von da würde ich weiter nach Berlin kommen. Fuhr der Zug überhaupt heute, am Feiertag? Ich wusste es nicht, aber es war in jedem Fall die richtige Richtung. Dann kam ich aus dem Wald, rollte rechts in den Sandweg, der Kran von der Kiesgrube zog zäh hinter dem Wald an mir vorbei, und dann rollte ich zwischen den Wiesen hinunter nach Lauberitzwooge und schepperte über den kaputten Pflasterstein ratternd Richtung Bahnsteig, wo der Zug schon in seiner Dieselwolke stand. Ich gab alles, warf mein Rad in die Wiese, sprang auf den Bahnsteig und rannte zum Zug, bei dem gerade die Türen zuklappten. Ich lief zu einer Tür und zog sie mit aller Kraft wieder auf. Ein kleines Stückchen, dann ganz, und dann stieg ich die Treppen hoch, während der Zug schon langsam anfuhr. Ich setzte mich auf einen Platz und erholte mich. Ich musste ein Fenster aufmachen, um hinauszuspucken. Mir war so heiß. Ich spürte ein Flimmern in meinen Beinen. Ich merkte deutlich, dass ich schon ein 90-minütiges Fußballspiel hinter mir hatte. Ich sah über die Felder. Der Zug dröhnte durch den sonnigen, spätherbstlichen Tag. Hier kannte ich jede Wiese, jeden Halm und beinahe jeden Menschen. Würde ich es wiedersehen?! Wo würde ich hinkommen – wenn ich es schaffen würde?! Wie würde es da aussehen?! Wo wollte ich überhaupt hin, also, nachdem ich in Berlin war?! Nachdem ich bei Susanne gewesen war, um sie zu fragen, ob sie mit mir mitkommt. Mitkommt – wohin?!

45 23 23 11 237.

Vielleicht war das eine gute Antwort, wenn Susanne mich fragen würde.

Ich schob das Fenster hoch und setzte mich. Der Zug war beinahe leer. Die ganzen Volksmassen waren auf irgendwelchen Veranstaltungen. Komisch, dass der Zug überhaupt fuhr. Ich hatte keine Fahrkarte und keinen Ausweis. Ich sah in den leeren Gang. Es saß niemand außer mir im Zug. Jedenfalls nicht in meinem Wagen. Es war schon fast unheimlich. Als wäre er nur für mich losgefahren. Eine Falle! Gleich bringt er mich auf magische Weise zurück zum Platz, und Fichtelbier persönlich macht mir die Tür auf. Aber der Platz kam nicht.

Nach einer halben Stunde rollten wir in den Bahnhof, und ich stieg aus. Ganz normal. Wie ein ganz normaler Werktätiger, der sich in die Aufmärsche einreihen wollte, ein normaler Werktätiger, der leider nur etwas zu spät dran war.

78

Der Zug nach Berlin fuhr in 27 Minuten. Aus Tobis Sparschwein hatte ich 4,22 Mark, mit dem Schein meiner Mutter machte das zusammen 14,22 Mark. Die Fahrkarte nach Berlin kostete 11 Mark. Ich beschloss schwarzzufahren. Ich musste ohne Ausweis sowieso jeder Kontrolle tunlichst aus dem Weg gehen.

Ich musste es probieren.

Der Zug war einigermaßen voll. Vermutlich fuhren die Leute zu den Abendveranstaltungen nach Berlin. Ich wusste es nicht. Ich suchte mir eine alte Dame mit einem freien Platz neben sich.

»Guten Tag.«

Die alte Frau nickte, dann schwieg sie wieder. Ich schwieg auch. Man sah aus dem Fenster. Als der Schaffner in unser Abteil kam, sprach ich die alte Frau laut an.

»Wo soll denn die Reise hingehen, gute Frau?!«

Ich hörte mich an wie ein Schauspieler in einem Heimatfilm.

Schrecklich! Die Umhersitzenden fanden es auch komisch, dass ich zehn Minuten nach der Abfahrt plötzlich laut diese Frage gestellt hatte. Sie guckten. Die alte Frau nickte.

»Nach Berlin.«

Ich war begeistert, als wäre dies in einem Zug, der nach Berlin fuhr, etwas ganz Besonderes.

»Ich fahr auch nach Berlin! Da sollen ja große Aufmärsche sein, heute! Ich war noch nie da! Zum Glück hab ich die Erlaubnis bekommen hinzufahren! Unser Genosse Bezirksdorfratssekretär hat sich auch dafür eingesetzt!«

Ich sah in die Runde.

»War hier einer von euch am 7. Oktober schon einmal in Berlin?! Am Jahrestag?!«

Ein paar Leute nickten. Der Schaffner sah mich jetzt auch. Er war noch zwei Reihen entfernt.

»Ja, wo soll ich denn dahin gehen, zu welchem Aufmarsch?! Was meint ihr, Genossen?!«

Ein gegerbter dünner Mann antwortete.

»Ja, hast du denn keine Zuteilung bekommen?! Zu welcher Brigade gehörst du denn?!«

Ich schüttelte den Kopf.

»Keine Ahnung. Ich geh zu keiner Brigade. Ich reih mich einfach ein. Unsere 23 Prozent Ernteübererfüllung feiern!«

Der Mann, der Schaffner und ein paar andere lachten.

»Junge, dann wird das wohl nichts mit dem Aufmarsch. Wo hast du denn deine Uniform?! In welcher MO bist du denn?!«

»Ich hab keine Uniform. Ich bin einfach so losgefahren. Heute ist doch der dreißigste Jahrestag der Republik! Da muss man doch nach Berlin! Sich einreihen für den großartigen Aufbau! An den Aufmärschen teilnehmen!«

Die Leute nickten mir zu und schmunzelten. Da stand der Schaffner vor mir.

»Dann zeig mir mal deine Fahrkarte, bitte!«

Ich sah mich um.

»Aber ... eine Fahrkarte habe ich doch gar nicht! Ich will doch nur die Volksmassen unterstützen! Ich will in die Hauptstadt!«

Alle lachten. Der Schaffner sah sich grinsend im Abteil um.

»Leute. Sollen wir den hier zur Feier des Tages mitnehmen?«

Alle nickten.

»Klar!«

»Natürlich!«

Der Schaffner lächelte mich nett an.

»Dann fahr halt so mit, in Gottes Namen.«

Er lief kopfschüttelnd weiter.

Alle lächelten mir wie einem Verrückten zu. Ich setzte ein seliges Grinsen auf und sah aus dem Fenster. 11 Mark gespart! Das waren etwa drei Essen, also – etwa drei Tage. Vielleicht würde es ja reichen. Je nachdem, wie ich von Berlin weiterkam. Je nachdem, wie *wir* von Berlin weiterkamen – hoffentlich wir! Ich und Susanne.

Limpotzihner Straße 44, 6. Stock, Berlin, Hauptstadt der DDR.

79

Ich sah aus dem Fenster. Eine Gegend, die ich nicht kannte. Ich sah auf meine Uhr. 16.00. Jetzt war eigentlich meine Hochzeit, und ich war nicht da. Nicht aufzufinden. Was war wohl jetzt zu Hause los?! Wie würde es Gabi gehen?! Schlecht, vermutlich. Ich tröstete mich damit, dass es ihr mit mir als Ehemann auf lange Sicht viel schlechter ergangen wäre, als nur einen schlechten Tag zu haben. Aber das war natürlich eine Ausrede. Es war brutal und gemein. Ich wollte gar nicht daran denken. Also dachte ich nicht daran.

16.01. Ab jetzt suchten sie mich. Berlin war noch 46 Minuten entfernt. 46 Minuten Zugfahrt waren bei einer Geschwindigkeit von ungefähr 60 bis 80 Stundenkilometer und noch drei Halten ungefähr noch 30, vielleicht 40 Kilometer.

40 Kilometer zu Susanne!

Wir wurden langsamer. Ein Bahnsteig. Am Fenster rollten zwei Soldaten mit einem Schäferhund vorbei, die am Bahnsteig standen und warteten. Ich stand auf, schob das Fenster herunter und sah in ihre Richtung. Die Soldaten stiegen mit ihrem Hund ein. Relativ weit hinten. Ich schlenderte unauffällig in die andere Richtung vom Zug. Wie jemand, der ein Klo sucht. Ganz weit weg, bis ans andere, vordere Ende des Zuges. Ich hoffte, es wäre nur eine Routinekontrolle, vielleicht eine Stichprobe, und sie würden vielleicht aussteigen, aber dann kamen sie auch in meinen, den ersten Wagen. Zuerst öffneten sie die Toilette und ließen den Hund an seiner Leine hineinlaufen. Dann öffneten sie das erste Abteil und ließen sich von jedem die Papiere zeigen. Sie meinten es offensichtlich ernst. Ich wusste nicht, ob man mich schon suchte, ob es einfach eine für diese Strecke alltägliche Routine war oder ob an diesem denkwürdigen Tag die Aufmärsche in Berlin vor dem eigenen Volk gesichert werden mussten – wie auch immer, sie hatten offensichtlich vor, sich jedes Dokument anzusehen.

Was tun?! Ich suchte umher. Ich sah die Notbremse. Als sie die Tür vom nächsten Abteil öffneten und ihre Köpfe hineinsteckten, nahm ich den Griff in die Hand. Ich sah aus dem Fenster. Wiesen und Wälder. Keine Straße. Keine Brücke. Hier könnte es gehen! Wer weiß, ob die Notbremse überhaupt funktionieren würde?! Das allermeiste in unserem Land war kaputt. Warum also nicht auch diese Notbremse?! Ich sah zu den Soldaten. Sie waren beschäftigt. Ich ging zur Tür, die am Ende des Wagens in ihrem Blickschatten lag, und nahm den Griff fest in die Hand. Dann zog ich. Der Zug ruckelte und bremste und ruckelte und bremste und wackelte. Die Soldaten hielten sich fest und sahen sich irritiert an. Dann stand der Zug quietschend still.

Halt auf freier Strecke.

Ich schob die kleine Scheibe in der Tür auf und steckte meinen Kopf ins Freie.

»Da läuft einer!«, schrie ich.

Die Soldaten stürzten zu mir.

»Wo?«

»Ist dahinten in den Wald gerannt.«

Die beiden stürzten aus der Tür und rannten wie ferngesteuert mit ihren kläffenden Kötern in den Wald. Alle im Zug sprangen auf, öffneten die Fenster auf der rechten Seite und sahen ihnen hinterher. Niemand wollte sich dieses Spektakel entgehen lassen. Ich machte zwei Schritte zur linken Seite des Zuges. Niemand achtete auf mich. Ich drückte den Griff der Tür herunter, schob sie auf und stieg die zwei Blechstufen nach draußen. Nerven behalten. Noch nicht springen. Erst die Tür wieder zumachen! Leise! Niemand sollte mich hören. Ich drehte mich um und machte die Tür möglichst leise wieder zu. Dann erst sprang ich auf den Schotter hinunter und spazierte ganz ruhig über die nasse Wiese in den rettenden Wald. Erst dort sah ich mich um. Der Zug stand still auf seinem Gleis. Niemand sah auf meiner Seite aus dem Fenster. Dann rannte ich los und rannte und rannte, meine Beine flogen über Äste und Brennnesseln, ich rannte möglichst weit weg von diesem schrecklichen Zug, diesem furchtbaren Hund, diesen bewaffneten Männern, und erst als ich wirklich sicher war, dass mir auch niemand folgte, setzte ich mich an einen Baum und versuchte mich zu erholen, zitterte, keuchte, bis mein Blickfeld ganz weiß und prickelig wurde und ich schließlich kotzen musste.

80

Ich saß auf einem Rad, das ich mir in einem Dorf geklaut hatte. Es hatte an einem Zaun gelehnt und auf mich gewartet. Alle Menschen in dem Dorf waren damit beschäftigt, einem Haufen uniformierter Kinder zuzujubeln, die unter einem großen Spruchband Lieder über glühende Freundschaften sangen. Jetzt war ich auf der Straße und folgte den Schildern Richtung Berlin.

Und dann kam Berlin. Alle Leute waren auf den Beinen und liefen uniformiert mit Würsten, Bier und Fahnen durch die leicht verrauchte Sonne. Ich fing an, mich sicherer zu fühlen. Niemand nahm Notiz von mir. Ich war einer unter vielen, einer unter Tausenden, auf dem Weg von oder zu einer Massenveranstaltung. Ich fragte einen Pionier nach der Limpotzihner Straße, radelte über ein paar Querstraßen, an einer Bahntrasse entlang und kam in eine Straße mit Bäumen, Gaslaternen, Autos und graubraunen, abgestützten Häusern. Ich war aufgeregt. Was würde Susanne sagen, wenn sie mich sah? Würde sie mich küssen, würde sie mich noch wollen? Und vor allem: Würde sie mitkommen? Und wie sollte ich sie fragen?!

Ich stellte mein Rad neben die Aschetonnen in den Hinterhof von Nr. 44. Es gab keine Klingeln. Ich lief den Flur hoch und guckte an die Türen. Sechster Stock, hatte Susanne gesagt. Im sechsten Stock, an der letzten Tür vorm Speicher, stand *Seilbruck,* und ich war tatsächlich vor Susannes und Stefans Tür. Schon wieder.

Ich klopfte. Niemand machte auf. Ich klopfte noch einmal. Niemand machte auf. Ich ging eine halbe Treppe höher, lehnte mich an die Wand, stützte meinen Kopf auf die Hände und wartete. Früher oder später würde sie kommen.

81

Ich war eingeschlafen und wachte durch Schritte auf. Draußen war es bereits dunkel. Ich sah auf die Uhr. Halb zehn. Ich stand auf und schielte um die Ecke. Da stand Stefan vor seiner Tür. Mit zwei Koffern. Ich duckte weg, aber da hatte er mich schon gesehen. Er grinste mich an.

»Hab ich doch richtig gedacht.«

»Was?!«

»Dass du hierherkommst. Ich hab da heute ein sehr interessantes Tondokument gehört.«

Ich sagte gar nichts. Stefan schloss die Tür auf, ging hinein und ließ sie für mich auf. Ich folgte ihm und zog die Tür zu. Die Wohnung war voller Plakate, Bücher, Fotoapparate und Schnickschnack. Stefan warf den Schlüssel auf ein Schränkchen und lief mit seinen Koffern ins Wohnzimmer. Es war unendlich hoch. Ein großer Leuchter hockte wie eine Riesenspinne unter der Decke. Es war unordentlich. Ich erkannte eine Hose von Susanne. Stefan schob stöhnend Kram vom Sofa und setzte sich.

»Sie ist zu ihren Eltern gefahren. Sie hat mich verlassen.«

Ich sah ihn an.

»Tut mir leid.«

Stefan grinste schief.

»Weißt du, im Grunde genommen ist es gar nicht so schlimm. Jetzt hab ich es endlich hinter mir. Jetzt kann es nicht mehr passieren. Eigentlich geht es mir besser, denn jetzt muss ich keine Angst mehr davor haben.«

Er fummelte eine Zigarette vom Tisch, steckte sie sich an und blies den Rauch in meine Richtung.

»Liebst du sie?!«

Ich nickte.

»Sehr sogar.«

»Was willst du jetzt tun?!«

Ich zuckte mit den Achseln.

»Sie irgendwie finden. Sie fragen, ob sie mitkommt.«

Stefan zog.

»Mitkommt ... Wohin?! Na ja. Man hat mir heute alle Inszenierungen abgesagt. Über Fichtelbiers Telefon, stell dir vor. Wegen ›unüberbrückbarer Differenzen‹. Ich nehme an, sie meinen die Differenz von 4:3.«

»Tut mir leid.«

Stefan kicherte und schüttelte den Kopf.

»Sei's drum. Ich hätte nie gedacht, dass dein Bruder das Ding reinhaut. Richtig dreist!«

»Wir haben zwei Monate für diesen Schuss trainiert.«

Stefan nickte anerkennend. Er aschte ab.

»Du hast nicht mehr so viel Zeit. Sie werden bald hier sein. Sie sind doch nicht blöd. Und sie werden bei Susannes Eltern vor der Tür stehen.«

»Was soll ich tun?!«

»Ich fahr dich hin. Im Kofferraum. Es ist völlig normal, dass ich dort auftauche. Sie werden keinen Verdacht schöpfen. Dann kannst du sie wenigstens fragen.«

Stefan lächelte mich an. Ich betrachtete ihn.

»Warum hilfst du mir?! Ich habe mit deiner Frau geschlafen.«

Stefan zuckte mit den Schultern.

»Keine Ahnung. Vielleicht weil ich sie liebe. Es soll ihr gutgehen.«

82

Ich lag im Kofferraum von Stefans Wartburg. Ich war im Hinterhof in der Dunkelheit eingestiegen, wir waren durch Berlin gekurvt, und jetzt brummte der Wagen über eine Landstraße. Ich hatte die Beine angezogen, und jede Bodenwelle schmerzte in meinen Gelenken. Ich konnte nicht schlafen, ich konnte mich nicht drehen. Ich hatte Angst. Es war absolut dunkel. Nur durch einen winzigen Spalt sah ich, ob draußen eine Laterne schien oder nicht. Ich versuchte mich abzulenken. Ich dachte an Susanne. Ich zählte Zahlen. Ich versuchte mich an mein Russisch aus der Schule zu erinnern. Ich stellte mir selber Textaufgaben und löste sie. Ich dachte an Herrn Klostermann, meinen Mathematiklehrer, und wie er unseren gesamten Matheunterricht bis zur neunten Klasse mit immer derselben gleich vollen Streichholzschachtel bestritten hatte.

Dann fuhren wir langsamer und hielten. Es bimmelte. Schranken rasselten nach unten. Ein Bahnübergang. Dann lange Stille, nur das Brummen unseres Motors. Dann rauschte der Zug vorbei, und die Schranken gingen wieder nach oben. Eine wackelte und schnarrte, wie ich es vom Bahnübergang zwischen Frichau und Laubestedt schon kannte. Der Bahnübergang, an dem ich mit Bartoczek das Waldbrandschild aufstellen musste. Stunden hatten wir dieser Schranke zugehört, und jetzt klang es ganz genau so.

Dann erschrak ich. Was, wenn sie nicht nur genauso klang, sondern es auch dieselbe war?!

Gut. Wenn das gerade der Bahnübergang von Frichau war, wie würde es weitergehen?! Konzentration! Zuerst würde eine lange Straße, eine lange betonierte Allee kommen und dann kurz vor der Abbiegung Richtung Klein-Körschow Pflasterstein, dann würde Stefan links abbiegen und kurze Zeit später, nach etwa 50 Metern, halten, um nach rechts auf die Landstraße abzubiegen. Ich wartete in der totalen Dunkelheit und wagte kaum zu atmen. Der Wagen rollte wieder los. Wir holperten über die Schienen. Dann wurde die Straße wieder glatt. Außen pulsierte das Autogeräusch gleichmäßig von den Bäumen zurück. Es *war* eine Allee! Glatte Straße, glatte Straße, dann rumpelte plötzlich Pflasterstein, der Wagen verlangsamte, bog links ab und hielt ganz kurz. Dann gab er wieder Gas und bog rechts ab.

Stefan brachte mich zurück!

Was tun? Ich trat gegen das Blech. Dumpf rief Stefan von vorne.

»Was ist?!«

»Ich muss aufs Klo!«

»Wir sind gleich da!«

»Da kann ich doch nicht aussteigen. Ich pinkel mir gleich meine Sachen voll. Und deinen Kofferraum auch.«

»Gut. Sekunde …«

»Beeil dich!«

Nichts tat sich. Stefan fuhr. Und fuhr.

»Halt an.«

»Nein! Wir sind gleich da!«

Er fuhr. Dann wurde er doch langsamer und hielt. Nichts passierte. Es hupte.

»Was ist?!«

»Da steht ein Reh mitten auf der Straße! Total verrückt ... Es guckt mich genau an. Es hat ein helles und ein dunkles Auge!«

Mein Reh! *Keine Ahnung!* Stefan hupte.

»Und humpeln tut es auch noch! Es haut nicht ab. Herrje, was für eine Gestalt!«

»Wenn du schon hältst, dann lass mich doch eben raus. Ich muss wirklich pinkeln!«

»Ach! Verdammt noch mal! Meinetwegen!«

Stefan kannte ich sonst nur ruhig und gelassen. Aber jetzt war er nervös. Er legte den Rückwärtsgang ein und fuhr zurück. Dann wurde er langsamer, hielt fast, fuhr wieder vorwärts und bog ab. Es wurde sehr wackelig. Ich hörte wie die Reifen durch Pfützen fuhren. Wir waren auf einem Feldweg. Gleich würde Stefan halten. Vermutlich etwas weiter von der Straße weg, im Wald, damit ich im Dunkeln die Gegend nicht erkennen konnte. Ich tastete mit meiner Hand nach etwas. Dann hatte ich ein Seil in der Hand. Ein dünnes, festes Stoffseil. Ein Abschleppseil! Der Wagen wurde langsamer und hielt. Der Motor röhrte sich aus. Ich hörte den Zündschlüssel klimpern, dann die Tür aufklappen. Stefan stieg aus und lief um den Wagen herum. Er machte quietschend den Kofferraum auf. Über mir erschien seine Silhouette vor schwarzen Kiefern und grauem Wolkenhimmel. Feuchte, kalte Luft. So dunkel war es gar nicht. Ich brauchte einen Moment, bis ich meine Beine wieder auseinandergefaltet hatte. Sie waren wie festgerostet. Alles tat weh.

Stefan sah mich an.

»Geht's?!«

Ich nickte.

»Geht schon!«

Dann stand ich im Kofferraum und sah auf Stefan herunter. Stefan drehte sich um und spazierte zum nächsten Baum.

»Dann mach ich auch mal.«

Ich sah von oben in der Dunkelheit auf ihn herab. Ich nahm das Seil, machte einen Satz und stürzte mich auf ihn.

»Heee … Aarg …«

Stefan landete mit dem Bauch auf dem Boden, mein ganzes Gewicht im Kreuz. Ihm blieb die Luft weg. Er konnte sich nicht bewegen. Ich bog seine Arme nach hinten und wickelte das Seil darum. Er schnappte nach Luft. Ich zog das Seil ganz fest zu.

»Aaaah …«

Er fing an zu husten. Ich machte einen Knoten und noch einen, und dann zog ich ihn an seinen Füßen wie einen Fisch über den sandigen, nassen Waldboden, wickelte das Seil um einen Baum und machte es richtig fest. Stefan bekam wieder Luft. Er hustete und schrie los.

»DU ARSCHLOCH! MACH MICH SOFORT LOS! ICH WILL DIR DOCH NUR HELFEN! SPINNST DU?!«

Ich sagte gar nichts. Keine Zeit. Ich lief zum Auto, warf den Kofferraum zu und stieg ein. Ich tastete im Dunkeln nach dem Schlüssel, fand ihn und startete. Ich konnte eigentlich kein normales Auto fahren, so richtig konnte ich nur Jeschkats Sonder-Trabant bedienen, aber ich hatte ja den Waldweg zum Üben, bis ich auf der Straße war. Ich würgte den Wagen zweimal ab und hörte Stefan aus der Dunkelheit hysterisch lachen. Es würde ihm gutgehen. Er würde ein bisschen frieren, sich in die Hose machen, aber spätestens morgen Mittag würde ihn jemand finden. Vielleicht sogar mein Vater auf seinen Rundgängen.

Dann ruckelte ich langsam los, drehte und fuhr wackelig zur Straße zurück. Ich sah in die Straße Richtung Klein-Körschow nach *Keine Ahnung,* aber da war kein Reh mehr. Mit etwas zu viel Gas fuhr ich quietschend nach links auf die Landstraße zurück, Richtung Berlin. Ich sah auf die Tankanzeige. Es würde reichen. Ich konzentrierte mich. Dann fiel mir auf, dass ich noch kein Licht anhatte. Ich suchte den Schalter, knipste erst die Innenbeleuchtung an, dann die Scheibenwischer, aber dann fand ich das Licht. Aah! Viel besser! Jetzt konnte ich die Straße richtig erkennen! Dann kam der Bahnübergang zwischen Frichau und Laubestedt, und meine Scheinwerfer huschten über unsere Aufforderung, Waldbrände doch bitte um 37,5 % zu reduzieren.

Ich schüttelte den Kopf. Ich hätte nicht gedacht, dass mir *Keine Ahnung* noch einmal über den Weg laufen würde. Schon gar nicht an diesem Ort, in dieser Nacht. Ich atmete aus. Danke!

Das war knapp!

83

Um drei Uhr morgens rollte ich wieder durch das nächtliche Berlin. Ich wusste, Stefan hatte gelogen, als er sagte, Susanne sei zu ihren Eltern gefahren und habe ihn verlassen. Ihre Hose hatte noch auf dem Sofa gelegen. Es hatte ganz und gar nicht so ausgesehen, als würde Susanne nicht mehr da wohnen. Und wenn sie tatsächlich nicht mehr da war, wäre die Wohnung der einzige Ort, wo ich etwas finden konnte, was mich zu ihr brachte. Ich müsste diesmal nur einbrechen.

Die Straßen waren verraucht und orange vom Licht der Laternen. Hier und da lief noch die ein oder andere kleine Gruppe uniformierte Volksmasse umher. Einige räumten auf, fegten, wickelten Plakate zusammen, bauten Tribünen ab, andere standen herum, tranken und machten alles wieder unordentlich. Ich fuhr wieder zur Limpotzihner Straße und parkte den Wartburg im Hinterhof. Das erschien mir das Vernünftigste. Ich dachte, wenn sie jetzt schon vor der Tür stehen, dann werden sie den Wagen kommen sehen und im Dunkeln denken, Stefan kommt zurück. Es war ganz still im Hof. Niemand kam auf mich zugestürzt, niemand warf mich zu Boden. Irgendwo floss Wasser durch ein Rohr. Ich ging in den dunklen Flur bis ganz nach oben. Erst oben machte ich Licht. Ich musste an Stefan denken, wie er sich jetzt im dunklen Wald den Arsch abfror und Angst vor humpelnden Rehen mit zwei verschiedenen Augen hatte. Was sollte ich Susanne sagen?! Einfach die Wahrheit. Dann stand ich vor der Tür.

Ich klopfte. Nichts. Ich klopfte lauter. Immer noch nichts. Jetzt haute ich fast gegen die Tür.

Rums. Rums. Rums.

Dann hörte ich was! Mein Herz machte einen Satz! Jemand kam und blieb hinter der Tür stehen.

»Wer ist denn da?«

Susannes Stimme!

»Stefan?«

»Ich bin's, Bernd!«

Susanne schloss auf. Sie kam gerade aus dem Bett. Sie sah mich an, und wir umarmten uns. Wir küssten uns. Sie schmeckte nach Schlaf. Sie zog mich in die Wohnung. Da hielten wir uns ganz lange. Hielten und und strichen uns über den Nacken. Sie atmete aus. Dann sah sie mich an und legte ihren Finger auf den Mund. Sie lief ins Wohnzimmer und legte Musik auf. Dann kam sie zu mir. Sie flüsterte.

»Mein Gott, ich hab dich so vermisst! Sie wollten, dass ich dich nie wiedersehe!«

Sie sah mich an. Sie küsste mich.

»Der ganze Tag heute war so schrecklich. Ich war so alleine. Dann ständig der Gedanke an deine Hochzeit ...«

Ich küsste sie. Ich flüsterte auch.

»Ich habe nicht geheiratet. Ich liebe *dich*!«

»Ich liebe dich auch.«

Wir küssten uns. Ich sah sie an.

»Deshalb bin ich hier. Ich bin auf dem Weg ...«

Ich wusste nicht genau, was ich sagen sollte, weil ich nicht wusste, wohin. Deshalb sagte ich einfach:

»... nach draußen. Kommst du mit?!«

Sie nahm mich in den Arm und drückte mich. Sie sprach in meinen Pulli.

»Ich will nie wieder von dir getrennt sein. Nie wieder.«

Dann sah sie mich an.

»Dann muss ich wohl mit, oder?!«

Ich nickte und nahm sie in den Arm.

Susanne löste die Umarmung.

»Wohin?!«

»Dänemark. Ich hab eine Nummer von Jeschkat ... Jedenfalls glaube ich, dass es eine Nummer ist.«

Susanne nickte.

»Gut. Dänemark. Also Ostseekarte. Wo haben wir die ...?«

Susanne fing an zu suchen und fand eine Karte. Sie steckte sie mir zu. Sie überlegte.

»Kompass. Können wir auch gut gebrauchen. Wo war der noch?!«

Sie wühlte in einem Korb, dann in einem anderen, fand den Kompass und gab ihn mir.

»Was noch?!«

»Geld. Ich hab nur 14 Mark 22.«

Susanne nickte. Sie lief in ein anderes Zimmer und kam mit ein paar Scheinen wieder. Sie sah mich an. Sie küsste mich. Sie flüsterte durch die Musik.

»Oh Gott, was machen wir hier?! Wir hauen wirklich ab?!«

Ich nickte und flüsterte zurück.

»Ja, wir hauen wirklich ab!«

84

Es wurde am Horizont schon hell. Ich fuhr, Susanne guckte auf die Karte. Wir mieden große Straßen und eierten von Dorf zu Dorf. Susanne hatte sich auf die Rückbank gelegt, bis wir aus Berlin raus waren, und dann fuhren wir ganz alleine durch die schwarze Nacht. Unser Ziel war ein kleiner Hafen, den wir auf der Karte gefunden hatten. Dort würden wir ein Boot nehmen und quer rüber nach Dänemark fahren. Ich konnte weder segeln noch hatte ich Ahnung von Booten, aber ich dachte, man wächst mit seinen Aufgaben. Es konnte nur schiefgehen. Es war bereits hell, als wir ein kurzes Stück auf die Landstraße mussten, um im nächsten Kaff wieder auf eine kleinere Straße zu kommen. Ich sah in den Rückspiegel.

»Scheiße.«

Hinter uns tauchten zwei VoPos auf Motorrädern auf. Erst rollten sie nur hinter uns her, aber dann überholten sie und hielten uns an. Sie stiegen ganz ruhig ab und kamen aufs Auto zugelaufen. Susanne nahm meine Hand.

»Wenn es das jetzt war, dann warten wir aufeinander.«

Ich nickte.

»Das machen wir.«

Dann kurbelte ich die Scheibe herunter. Der VoPo sah uns an.

»Guten Morgen. Einmal die Papiere, bitte.«

Ich zuckte mit den Achseln.

»Habe ich leider nicht dabei.«

»Aha. Schickes Auto für zwei so junge Leute.«

Ich nickte. Er blickte daran entlang.

»Wo haben Sie das denn her?!«

»Es gehört meinem Vater, Major Zillech.«

»Major Zillech. Kenn ich nicht. Was macht denn Ihr Vater?«

»Er ist Professor am Institut für Geheimnisschutz.«

»Aha.«

Der andere Polizist stand jetzt an der anderen Scheibe. Susanne kurbelte sie runter.

»Guten Morgen.«

Susanne lächelte den VoPo an. Er lächelte nicht.

»Guten Morgen.«

Er sah den Kompass auf der Ablage und nahm ihn sofort an sich.

»Was machen Sie denn damit?!«

»Spazieren gehen.«

»Wo haben Sie den denn her? Das ist doch Eigentum der Nationalen Volksarmee. So etwas darf doch gar nicht in private Hände.«

Susanne sah ihn an.

»Da müssen Sie meinen Mann fragen.«

Er bückte sich, sah ins Auto und betrachtete mich.

»Dann tu ich das mal. Wo haben Sie das denn her?!«

Ich wollte gerade irgendwas von *gefunden, verloren, geschenkt bekommen* stammeln, da fing Susanne plötzlich an zu heulen. Sie schluchzte einfach los. Ich dachte, gut, das war es dann jetzt. Vielleicht war es einfach zu viel für sie. Sie hatte ja auch Familie, die sie vielleicht nie wiedersehen würde. Mich kannte sie doch kaum. Es war in Ordnung. Die VoPos sahen Susanne an. Sie sprach durch ihr Schluchzen und durch ihre Tränen.

»Oh bitte! Das ist gar nicht mein Mann! Mein Mann darf es auch gar nicht wissen! Bitte, wir ... ich ... wir haben nur noch zwei Stunden Zeit, dann kommt er von der Nachtschicht. Wir haben uns total verfahren. Wir müssen Richtung Berlin. Wir sind einfach nur rumgefahren. Wir haben uns nicht angefasst. Ehrlich!«

Der VoPo unterdrückte ein Grinsen und schüttelte den Kopf.

»Berlin. Das werden Sie in zwei Stunden kaum schaffen.«

Susanne schluchzte noch mehr.

»Ich wei...i...iß ...«

Es war unglaublich echt. Kein Zweifel. Sie weinte wirklich. Aber vermutlich über etwas anderes. So wie ich, als ich mich über die verschossenen Bälle auf dem Spielfeld geärgert hatte. Susanne zeigte auf mich.

»Der ... er hier, mein ... Oh Gott, ich bin wahrscheinlich schwanger. Bitte. Wir haben die ganze Nacht nur geredet, wir haben uns nicht angefasst. Wirklich nicht. Sein Vater weiß noch nicht mal, dass wir mit dem Auto unterwegs sind. Wir haben uns nicht angefasst, bitte ...«

Sie schnäuzte ihre Tränen weg und sah aus dem Fenster.

»Es ist so gut, dass Sie gekommen sind. Wo müssen wir lang?! Bitte!«

Der VoPo guckte Susanne an.

»Sie machen ja Geschichten.«

Sie schniefte sich frei und blickte durch ihre Tränen aus dem Auto.

»... es ist die Liebe.«

Dann fing sie wieder an zu heulen.

»... ich kann doch nichts dafür ...«

Die VoPos sahen sich an. Der auf meiner Seite lehnte sich schließlich zu mir ins Fenster.

»Also, junger Mann. Erst mal drehen Sie, und nach fünf Kilometern kommt die L 232, die führt eigentlich direkt nach Berlin. Immer draufbleiben.«

Der andere legte den Kompass wieder auf die Ablage zurück.

»Gute Fahrt und ... na ja ... viel Glück!«

Susanne nickte und heulte noch viel schlimmer weiter. Ich nickte, startete, fuhr etwas holperig los, drehte und fuhr zurück. Susanne hörte auf zu weinen. Wir sprachen kein Wort. Meine Augen klebten am Rückspiegel. Die VoPos sahen uns hinterher und redeten etwas miteinander. Der eine schüttelte den Kopf, dann stiegen sie auf ihre Motorräder und fuhren in die andere Richtung davon.

Ich sah Susanne an.

»Sie fahren weg. Wie hast du das gemacht?!«

Sie wischte sich die Tränen aus dem Gesicht und grinste mich an.

»Das hab ich gelernt. So hab ich Stefan kennengelernt. Ich bin Schauspielerin.«

85

Wir fuhren tatsächlich auf die L 232, bogen dann aber nach ein paar hundert Metern in einen Waldweg ab. Wir versteckten das Auto, so gut es ging, nahmen unsere Sachen, den Kompass, die Karte, Susannes kleine Tasche, tranken das Wasser aus und liefen querfeldein Richtung Norden. Nur über die Felder und über kleine Wege. Wenn uns jemand entgegenkam, nahmen wir uns an den Händen, küssten uns und sahen die Leute schüchtern an. Wir bekamen Hunger und Durst. In einem Dorf kauften wir uns mittags eine Wurst und Kaffee. Laut Karte waren es nur noch wenige Kilometer bis zur Ostsee. Der Hafen war dann noch etwa fünf Kilometer weg. Ein Hafen, in dem es vielleicht ein Boot gab. Ein Boot in die Freiheit. Bis zur nächsten dänischen Küste waren es gerade mal 70 Kilometer. 70 Kilometer konnte man zur Not sogar noch rudern.

Dann verliefen wir uns wirklich. Wir standen an einer Straße vor einem Wald, die es beide auf der Karte so nicht gab. Wir gingen zurück, bis wir uns auf der Karte wiederfanden. Dann folgten wir einem anderen Weg, der laut Karte auch genauso verlaufen musste. Dann waren wir wieder falsch. Susanne sah die Karte an. Susanne sah mich an.

»Weißt du was?«

»Was?!«

»Die Karte stimmt nicht. Je näher wir an die Küste kommen, desto falscher wird sie. Guck mal hier ... und hier ... das kann doch gar nicht sein. Und vorhin, der Weg an der Straße, hier ...«

Wir hingen über der Karte, und sie hatte recht. Ich staunte über die Perfektion und die Konsequenz, mit der in unserem Land die Ergebnisse der Imperialismusforschung umgesetzt wurden. Wie sollte ein einzelner Kader der Volksmasse überhaupt in Versuchung geraten, sein Land zu verlassen, wenn er noch nicht einmal die eigene Küste finden konnte?! Es war perfekt!

Landkarten jetzt schon zu 12 % gefälscht! Großartige Errungenschaften im Kampf gegen die Wirklichkeit!

Susanne sah auf den Kompass.

»Wer weiß, ob es den Hafen überhaupt gibt.«

Sie sah von der Karte in die Wirklichkeit und wieder zurück.

»Komm. Versuchen wir es.«

Sie stand auf. Ich bewunderte sie. Sie gab nicht auf. Ich war glücklich, dass sie bei mir war. Glücklich, dass sie es war. Ich hatte noch gar nicht an Gabi gedacht. Ihr erster Morgen ohne mich.

Tag eins.

Wir benutzten den Kompass und hielten uns Richtung Hafen. Der Abend kam, und dann liefen wir auf einem Weg plötzlich an einem Zaun entlang. Ein doppelter Zaun. Der erste schulterhoch, ein paar Meter dahinter einer, der mindestens 2,50 Meter hoch war. Alle 20 Meter hing ein deutsch/russisches Schild im Draht.

Militärischer Sicherheitsbezirk! Betreten verboten! Lebensgefahr!

Dahinter war ein niedriges Birkenwäldchen. Sonst sah man nichts.

»Scheiße.«

»Was?!«

»Ich glaub, das *ist* der Hafen.«

»Nein ...«

»Doch.«

Susanne sah auf die Zäune. Dazwischen Laternen. Susanne sah mich an.

»Küss mich!«

Ich küsste sie.

»Es wird vielleicht nicht funktionieren. Wer weiß, was dahinter noch kommt. Scheiße.«

So standen wir da. Mit Susannes Handtasche, die staatlich gefälschte Karte in der Tasche, 76,34 Mark und einen Kompass im Hemd. Wir waren total naiv gewesen. Wir hatten wirklich gedacht, wir laufen zu einem Hafen, klauen ein Boot, werfen den Motor an und fahren damit nach Dänemark. Natürlich hatten sie den Hafen abgesperrt. So weit, dass man ihn noch nicht einmal sehen konnte. Sie dachten einfach an alles. Vermutlich lagen hinter diesem Zaun befreundete Atom-U-Boote.

Wir schlenderten unauffällig am Zaun entlang, bogen auf einen Pfad über eine Wiese ab und liefen ein weites Stück in den Wald dahinter. Zwei verliebte Spaziergänger. Wir waren erschöpft.

Susanne legte sich mit dem Rücken ins Laub und guckte in die Blätter vor dem Himmel. Keiner von uns sprach ein Wort. Wir spürten beide, dass es hier zu Ende sein könnte. Ich sah sie an.

»Ich bin trotzdem froh, dass wir es gemacht haben. Es war bisher mein schönster Urlaub.«

Susanne lachte.

»Meiner auch.«

Dann weinte sie. Ich legte mich zu ihr, hielt sie fest, und so schliefen wir irgendwann im Laub ein.

86

Ich wachte auf. Es war kalt. Es war dunkel. Susanne schlief noch. Sie war noch schöner, wenn sie schlief. Ich setzte mich hoch. Die Blätter rauschten. Der Zaun lag da unten still vor uns. Die Laternen und ihr Schein auf dem Weg sahen aus wie eine Kette schiefer, orangener Weihnachtskugeln in der schwarzen Nacht. So saß ich eine Weile. Ich dachte nach.

Ich fragte mich, was hinter diesen Zäunen noch alles kommen würde. Wenn sie diesen Hafen so absicherten, würde es bestimmt nicht bei zwei Zäunen bleiben. Zwei Zäune, über die man vermutlich einfach drübersteigen konnte. Sie waren bestimmt nur eine freundliche Warnung.

Was würde passieren, wenn wir über diese Zäune stiegen und auf dem Weg zu einem Boot geschnappt wurden?! Bisher waren wir nur zwei Verliebte auf der Flucht vor Hochzeit, Ehemann, Bezirksdorfratssekretär und einem Major der ruhmreichen und so weiter. Schlimm genug. Doch diese Zäunen waren etwas anderes. Was könnte kommen?!

Endlose Verhöre, was wir da gemacht hatten, was wir wollten, wo wir hinwollten, und das alles ohne Papiere! Der Diebstahl des Wartburgs, der im Gebüsch gefesselte Stefan und seine Aussage – da kam einiges zusammen, auch wenn es noch keinen Beweis für eine Republikflucht gab, weil wir ja noch da waren. Aber das Übertreten dieser Zäune war mehr als ein Verdacht. Dazu noch Fichtelbier, der sich auf Befehl von Wadrilijanokowitsch ganz sicher an mir rächen musste. Jahre müsste ich buckeln, bis ich in Klein-Körschow wieder frei atmen könnte. Jahrelang konnten sie mir alles verbauen. Das Schlimmste aber war schon passiert. Auch ohne dass wir über diese Zäune gestiegen waren. Sie hatten sich in unsere Liebe eingemischt.

Ich sah Susanne an. Wir hatten es bis hierhin geschafft. Es musste weitergehen. Wir würden es schaffen. Es musste einfach funktionieren! Ich weckte sie.

»Was?!«

»Komm. Wach auf.«

Sie setzte sich hoch.

»Kalt. Wie viel Uhr ist es?!«

»Egal.«

Wir sahen jetzt beide in Richtung Zaun. Ich drehte mich zu Susanne.

»Lass es uns jetzt probieren. Ich sitze hier seit zwanzig Minuten, und es ist nichts passiert. Kein Auto. Kein Mensch. Nichts.«

»Wie sollen wir es machen?!«

Ich schnaufte. Darüber hatte ich natürlich noch nicht nachgedacht. So gesehen waren wir eine gute Brigade.

»Ich denke, wir laufen einfach schnell runter, klettern hoch, steigen drüber, fallen runter und steigen dann über den nächsten Zaun. Meinst du, du schaffst das?!«

»Ich kann Ballett und reiten.«

Sie machte eine Pause.

»Aber was wird dahinter sein?!«

»Lass uns nachsehen.«

Susanne grinste. Sie schob sich das Haar hinter ihr Ohr und nickte.

»Gut. Sehen wir nach.«

87

Wir stellten uns wie 100-Meter-Läufer am Waldrand nebeneinander auf. Susanne sah mich an.

»Das ist der totale Wahnsinn!«

Ich nickte.

»Es muss schnell gehen. Fertig?!«

»Fertig!«

»Los.«

Wir liefen los. Gemeinsam den Hügel runter, aus dem dunklen Wald auf die helle Wiese, dann waren wir am Weg, und dann standen wir am Zaun. Ich sah den Weg entlang. Niemand kam. Ich stellte mich mit dem Rücken an den Zaun, machte eine Räuberleiter, und Susanne stieg auf meine Hände, schob sich über den Zaun und fiel auf der anderen Seite hinunter. Sie rollte sich ab, und dann stand sie wieder.

»Alles gut?!«

Susanne nickte. Dann stieg ich in den Zaun und krabbelte darüber. Mein Bein verhakte sich an einem losen Draht. Als ich mich losließ und nach unten fiel, schnitt er mir die Hose auf. Ich spürte Blut an meinem Bein. Die Hose färbte sich im orangenen Laternenlicht an einer Stelle schwarz.

»Weiter!«

Wir liefen zum nächsten Zaun. Er war etwa zweieinhalb Meter hoch. Er war fast massiv. In die engen Maschen passten nur die Fingerspitzen. Die Füße fanden keinen Halt. Wir mussten unsere Schuhe und Socken ausziehen. Dann kämpften wir uns am Zaun hoch und schwenkten oben auf dem dünnen, wackeligen Grat zitternd unsere Beine herüber und versuchten uns wieder einzuhaken. Der Zaun schepperte durch die Nacht. Ich hörte ein Auto, aber wir sahen es nicht. Dann hangelten wir uns ein Stück herunter und sprangen. Unten liefen wir die paar Schritte in den Birkenwald hinein und hockten uns hin. Ich sah zurück. Der große Zaun wackelte noch. Dann stand er wie vorher steif und stumm im Laternenlicht. Stille. Nur ein paar Nachtvögel. Und mein Herz, das mir bis in die Ohren schlug. Ich hatte Angst, es würde sich verschlucken. Susanne sah mich an. Sie flüsterte.

»Was ist, wenn das gar kein Hafen ist?!«

Ich antwortete nicht. Es musste einfach einer sein.

»Komm.«

Wir liefen durch die kleinen Birken. Unsere nackten Füße schmerzten. Wir liefen langsam, leise und vorsichtig wie die Indianer, mit großen, ausholenden Schritten. Ein paar Dornen erwischten uns. Nach etwa 20 Metern kamen wir an einen kleinen Betonpfad. Ein Patrouillenweg. Wir traten aus den Birken heraus, und dann sahen wir den Posten patrouillieren. Ein Soldat mit geschultertem Gewehr lief rauchend an seinem Geländewagen hin und her. Wir wichen zurück und hockten uns wieder in das Wäldchen. Er bewegte sich. Er hatte uns gehört. Verdammt!

Er lief zum Auto, griff seine Taschenlampe heraus und nahm das Gewehr in die Hand. Es hatte keinen Sinn wegzulaufen. Er würde uns hören, und überall würden Zäune und neue Posten sein. Wir hockten da und hofften einfach, dass es gutgehen würde. Er durfte uns einfach nicht sehen! Der Soldat leuchtete schlendernd das Gebüsch ab und kam langsam näher. Wir machten uns in unserem Gebüsch so klein wie möglich. Dann wedelte er mit dem Licht direkt vor uns, über uns, und schließlich saßen wir mitten in seinem Leuchtkegel. Er hatte uns! Ihm entfuhr ein kleines Geräusch.

»Oh …«

Susanne sah mich an. Sie nahm meine Hand.

»Ich werde auf dich warten.«

Wir küssten uns.

Der Soldaten sah zu uns herab. Er war total jung. Er leuchtete an meinem Bein entlang. Er sah unsere nackten Füße. Er leuchtete Susanne an. Er überlegte. Er sah sich um. Dann zeigte er mit seinem Gewehr zu seinem Auto. Wir standen auf und liefen Hand in Hand vor ihm her, bis wir an seinem Wagen waren. Der Soldat hob das Verdeck an der Pritsche hoch, und wir stiegen hinein. Dann knöpfte er es zu, setzte sich nach vorne und startete. Wir hockten in dem rumpeligen Jeep und fuhren über den kleinen Betonpfad durch die Nacht. Dann drehte sich der Soldat nach hinten um. Er sagte etwas auf Russisch. Als wir nicht reagierten, zeigte er uns mit seiner Hand, dass wir uns ducken sollten. Wir duckten uns. Er war nicht zufrieden. Er zeigte es noch einmal. Tiefer! Wir legten uns ganz runter auf die Pritsche und machten uns so flach wie möglich. Dann sah unser Fahrer wieder nach vorne. Wir sahen uns an. Was passierte hier?! Plötzlich wurde es heller. Laternenlichter wischten über den unscharfen Blechboden vor mir. Das Auto wurde langsamer. Wir hielten. Der Soldat redete mit jemandem. Russen. Ein Hund bellte. Stiefelschritte schrappten über Betonboden. Wieder redete er mit jemandem. Eine Schranke schepperte. Dann fuhren wir weiter. Wieder Laternen. Dann wurde es wieder dunkel. Der Wagen rollte. Wohin?! Wo waren wir?! Ich wollte hochgucken, aber von vorne wurde mir sofort etwas zugezischt, und ich warf mich sofort wieder flach auf das Blech. So fuhren wir. Ich weiß nicht, wie lange es dauerte. Vielleicht eine, vielleicht zehn Minuten. Ich sah nur die offenen Augen von Susanne über dem Bodenblech. Dann hörte ich Geräusche. Wasser plätscherte. Wind pfiff. Das Quietschen eines Krans. Möwen. Der Wagen drehte, es wurde düster, und dann machte der Soldat den Motor aus. Einen Moment passierte gar nichts. Der Soldat schnaufte, dann stieg er aus. Die Tür ließ er auf. Ein Hund bellte. Der Soldat begrüßte jemanden und redete mit ihm. Ich sah Susanne an. Sie nickte mir zu. Ganz langsam hob ich meinen Kopf und guckte über die Blechkante. Wir standen mitten an einem Kai. Große Schiffe waren vertäut. Auf dem Kai stand ein Posten mit Hund. Alles war in orangenes Licht getaucht.

Unser Soldat stand bei dem Posten. Sie rauchten, quatschten und lachten. Ich sah mich um. Unser Wagen war direkt neben einer langen Treppe geparkt, die zu einem großen Trawler hochführte. Ich sah wieder zum Posten. Er stand mit dem Rücken zu uns. Unser Soldat sah in unsere Richtung, erzählte gestenreich Dinge und brachte den Posten zum Lachen.

Ganz klar: Er lenkte ihn ab!

Ich winkte Susanne aufzustehen. Ich erhob mich langsam und bewegte mich so leise, wie ich mich noch nie bewegt hatte. Schon wieder diese eingerosteten Beine. Susanne hörte ich gar nicht. Gegen ihre Eleganz war ich der reinste Bierkutscher. Ich stieg aus und hockte mich hinters Auto. Susanne kam dazu. Wir sahen zur Treppe. Wieder lachten die beiden. Jetzt kniete sich unser Soldat hin und knuddelte den Hund.

Das war der Moment!

Jetzt!

Wir liefen geduckt die paar Schritte zur Treppe und schlichen sie zügig nach oben. Wir drehten uns nicht um. Es waren etwa 20 Meter. Oben kamen wir in einen beleuchteten Gang. Es war Betrieb auf dem Schiff, aber hier im Gang war niemand zu sehen. Wir sahen uns um. Wohin?! Wir schlichen ein paar Meter. Wir brauchten ein Versteck! Ich klappte die erstbeste Kiste auf. Sie war halb voll mit Schläuchen und Kabeln, aber es war genug Platz drin für uns beide. Wir stiegen hinein, quetschten uns zusammen und klappten die Klappe lautlos über uns wieder zu. Wir sahen uns an. Dann hörten wir, wie unten unser Soldat wieder einstieg. Er startete, hupte zweimal und fuhr mit seinem Wagen davon.

88

Wir lagen mit Herzklopfen in der Kiste. Klackende metallene Schritte wurden lauter und dann wieder leiser. Jemand war an uns vorbeigelaufen. Männer brüllten sich irgendetwas zu. Wir verstanden kein Wort. Ich tippte auf Isländisch oder irisches Englisch. Metall knallte. Kräne quietschten. Das ganze Schiff brummte gleichmäßig. Die Luft roch nach See und Diesel. Dann wurde es hektischer. Jetzt stand jemand direkt neben uns und bellte Befehle. Wieder diese komische Sprache. Hoffentlich brauchte jetzt niemand etwas aus dieser Kiste! Das Brummen wurde lauter. Es dröhnte, und alles begann zu zittern. Susanne machte große Augen. Das Schiff bewegte sich! Wir legten ab!

89

Nach dem Ablegen wurde es schlagartig ruhig auf dem Schiff. Türen klapperten, Schritte entfernten sich, und dann war Stille. Nur das gleichmäßige Brummen und Zittern vom Schiff. Wind pfiff, und alle möglichen Seile und Kabel klapperten. Wasser klatschte. Wir warteten zwei gute Stunden. Ich dachte, dann wären wir aus der 30-Meilen-Zone mit Sicherheit heraus. Wir sprachen kein Wort. Ich sah die ganze Zeit in Susannes Gesicht.

Nach zwei Stunden sprachen wir das erste Wort. Wir flüsterten. Ich fing an.

»Ich versuch mal rauszufinden, wohin die Reise geht!«

Susanne schüttelte den Kopf.

»Ich denke, wir gehen zum Kapitän und zeigen uns. Er wird nicht mehr zurückfahren. Wir sind Flüchtlinge!«

Flüchtlinge. Das hörte sich komisch an, aber sie hatte recht. Also standen wir auf, nahmen uns an den Händen und spazierten durch den Wind zur nächsten Tür. Unten sah ich Schaumkronen auf dem schwarzen Wasser durch einen Lichtschein huschen. Am Horizont blinkten ein paar andere Schiffe. Wo waren wir bloß?! Auf der Tür stand etwas mit schwarzer Farbe, was ich nicht lesen konnte. Zumindest waren es keine kyrillischen Buchstaben. Das war schon mal ein gutes Zeichen! Ich musste beim Anblick der Buchstaben an Krallmann und Bartoczek denken. Was sie sich wohl demnächst über mich erzählen würden?! Würden sie auch sagen, sie hätten mich ja eigentlich *kaum gekannt*?!

Wir öffneten die Tür, und ein warmer Teppichgeruch schlug

uns entgegen. Ein Mann in Jeans und Pulli stand im Flur in einer offenen Tür und sortierte Sachen in einer Tasche. Er merkte auf, sah zu uns und blickte uns von oben nach unten an. Ich nickte ihm freundlich zu.

»Wir möchten gerne den Kapitän sprechen!«

Der Mann nickte stumm und sah uns lange an. Dann winkte er uns, ihm zu folgen, und lief über den Teppich davon.

90

Wir liefen einen langen Weg quer durchs Schiff, über Treppen und Gänge. Jeder, der uns sah, bekam kurz etwas von unserem Führer zugebellt. Manche lächelten uns hinterher, aber die meisten sahen uns wie kranke Tiere an, die bald geschlachtet würden. Alle sahen Susanne an, manche pfiffen. Einer leckte mit seiner Zunge durch die Luft, als sie an ihm vorbeilief. Was, wenn ihr hier etwas passieren würde?! Ich könnte sie nicht gegen 30 Männer schützen. Vielleicht war es doch keine so gute Idee gewesen, unser Versteck aufzugeben. Andererseits, was hätten wir sonst tun sollen? Ins Wasser springen?! Dann endlich stiegen wir eine Drahttreppe hoch und waren ganz oben, auf der Brücke. Hier war es noch wackeliger als unten. Unser Führer warf uns einen Blick zu und öffnete dann die Tür. Da standen drei Männer in Jeans und Pullis im Halbdunkeln mit baumelnden Ferngläsern vor den Bäuchen und guckten in die Nacht. Einer las. Die Füße hatte er auf den Leitstand gelegt. Die drei drehten ihre Köpfe zu uns und sahen uns wortlos an. Unser Führer erstattete dem Kapitän Bericht. Wieder diese unerkennbare Sprache. Der Kapitän, ein kleiner, weißhaariger Mann kam zu uns. Ihm war deutlich anzusehen, dass wir für ihn eine unangenehme Erscheinung waren.

Er kratzte sich am Kinn. Er war sauer. Dann sprach er mit den anderen drei. Sie wurden laut. Sie diskutierten, während Susanne und ich einfach nur dumm herumstanden. Dann nickten sie sich zu. Dann war wieder Ruhe. Der Kapitän sah uns an. Er zeigte auf den Boden der Brücke.

»Leningrad.«

Dann zeigte er auf uns.

»Leningrad?!«

Es waren keine Sowjets, aber sie fuhren in die Sowjetunion! Auf keinen Fall! Wir schüttelten den Kopf. Alle auf der Brücke nickten voller Verständnis. Dem, der uns hergebracht hatte, wurde etwas mitgeteilt. Er ging zur Tür und hielt sie uns auf. Der Kapitän nickte uns zu.

Wir nickten zurück und verließen mit unserem Begleiter die Brücke. Das Schiff brummte, Wasser sprudelte an den Seiten. Es wurde langsamer. Eine Durchsage schepperte über die Bordlautsprecher.

»Die halten an!«

»Scheiße, was passiert denn jetzt?!«

Ich nahm Susannes Hand.

»Keine Ahnung.«

Unser Begleiter sah sich im Laufen zu uns um und lächelte nett. Dann blieb er an etwas Zugedecktem stehen. Ein anderer Mann kam aus der Tür, und beide begannen damit, ein kleines Rettungsboot von einer Plane zu befreien. Einer kam mit einer massiven Schleifmaschine, die an einem langen Kabel hing, und begann damit, den Schiffsnamen aus dem Rettungsboot zu schleifen. Die Maschine kreischte auf dem Metall und warf einen langen Funkenschweif in die Nacht. Dann war er fertig, strich einmal mit seiner Hand über die blanke Stelle und nickte den anderen zu. Die Männer drückten uns jetzt zwei Schwimmwesten in die Hand, holten aus einer Kiste zwei Paddel heraus und legten sie ins Boot. Dann zeigten sie uns, dass wir uns ins Boot setzen sollten. Immer mehr Männer standen im Gang und sahen uns zu, wie wir in das Boot stiegen. Einige machten Witze über Susanne. Der mit der Zunge kam auch. Wir zogen die Schwimmwesten über. Susanne sah mich an.

»Wo ist der Kompass?!«

Ich fühlte nach.

»In meiner Hemdtasche!«

»Gut! Karte?!«

»Hosentasche.«

Das Schiff stand jetzt fast. Es war windig. Es schwankte. Unser Führer nickte uns zu, dann hakte er zwei Schlaufen in einen kleinen Kran. Er drückte auf einen Knopf. Ein Ausleger zog uns ruckelnd hoch, wir mussten uns festhalten, um nicht von der kleinen Bank zu rutschen und aus dem Boot zu fallen. Einige der Männer lachten. Einer stemmte sich mit einer Hand gegen unser Boot, damit es sich im Wind nicht drehte. Das Boot wurde über die Reling gehievt, und dann ging es ruckelig nach unten, in die Schwärze, an der grauen schweren Schiffswand entlang, und dann platschte unser Boot auf das schwarze, bewegte Wasser, direkt neben dem Schiff. Jemand brüllte von oben etwas herunter. Wir hakten die Seile aus, und sie verschwanden wieder lautlos oben in der dunklen Nacht. Sie schenkten uns ein Boot und zwei Schwimmwesten, dafür waren sie uns los. Ein faires Geschäft. Susanne griff sich ein Paddel.

»Weg hier. Weg vom Schiff!«

Ich nahm auch ein Paddel, und wir paddelten, bis wir etwa 20 Meter weg vom Schiff waren. Das Schiff dröhnte wieder los, und wir saßen in unserer Nussschale auf der schaukeligen schwarzen See und sahen dem Schiff hinterher, das wie ein liegender, beleuchteter Weihnachtsbaum langsam in der schwarzen Nacht verschwand.

91

Wir paddelten gegen die Wellen. Ich hatte meinen Kompass auf die Karte gestellt, und wir versuchten unseren Kurs ungefähr Richtung Dänemark zu halten. Auch wenn die Karte noch so gefälscht war, irgendwann musste im Norden etwas kommen. Wir waren nass, und es war saukalt. Ich paddelte. Susanne paddelte. Man sah nichts, nur ab und zu erhob sich ein fernes Blinklicht über die schwarzen Wellen. Ich dachte, solange kein Schiff kommt, ist es gut. Kein Schiff, das uns in der schwarzen Nacht im Wasser zermalmt. Der Wind wurde stärker und die Wellen auch. Mit unseren kleinen Paddeln fiel es uns schwer, den Kurs zu halten. Ich saß im Boot, nass, es ging hoch und runter, ich war am Ende meiner Kraft und paddelte wie ein Automat. Vorwärts. Vorwärts. Vorwärts. Es war halb sechs Uhr morgens. Endlich wurde es ein bisschen heller. Licht! Ein kleiner Streifen am Horizont. Alles wurde grau, und dann kam langsam Farbe. Susanne paddelte mit starrem Gesicht. Sie würde auch nicht mehr lange durchhalten. Ich nahm ihre Hand. Sie war eiskalt. Susanne schüttelte mich ab.

»Paddel weiter! Paddel!«

Sie hatte recht! Ich drückte meine ganze verbliebene Kraft in die Paddel. Dann sah ich ein Licht blitzen. Und wieder. Ich versuchte im Boot zu stehen.

»Ein Leuchtturm! Da ist ein Leuchtturm!«

Susanne fing an zu weinen, aber sie hörte dabei nicht auf zu paddeln. Dann wurden die Wellen noch stärker. Sie hoben und drehten uns. Wir kämpften mit unseren Paddeln dagegen, der Leuchtturm kam noch ein kurzes Stück näher, aber dann verschwand er, und wir drehten uns nur noch und gingen hoch und runter. Es machte gar keinen Sinn mehr zu paddeln. Wir konnten nur noch aufpassen, nicht aus dem Boot zu fallen. Wir schmissen unsere Paddel auf den Boden und krallten uns fest. Es fing an zu regnen. Dann schüttete es. Wir wurden auf dem Wasser hochgeschoben und fielen wieder herunter. Als wir oben waren, konnte ich plötzlich die Küste sehen. Keine Ahnung welche, aber das spielte in unserer Situation auch keine Rolle mehr. Da war ein Wiesenstreifen! Ganz klar. Davor Strand. Wir waren schon ziemlich nah. Näher als wir vorhin am Leuchtturm gewesen waren. Jetzt wurden wir direkt darauf zugespült. Dann tanzte unser

Boot ganz oben und sauste so tief hinunter, dass wir uns unter die nächste Welle bohrten. Es sprudelte, wirbelte uns herum, ich hielt Susanne, hielt ihre Hand, so fest ich konnte, und es fühlte sich so an, als ob ich ihre Hand abreißen würde, ein Paddel knallte mir mit voller Wucht an den Rücken, und dann hatte ich den Kopf wieder über dem Wasser, und Susanne war neben mir. Ihre Augen waren geschlossen. Sie sah aus, als ob sie schlafen würde. Ohne die Schwimmwesten wären wir einfach abgesoffen. Unser Boot war nicht mehr zu sehen. Wir steckten mitten im Getöse, und dann hob uns die nächste Welle und haute uns nach unten. Ich drückte meine Hand fest zu. Mein Arm verdrehte sich, und dann knallten meine Beine auf etwas Hartes, und ich schwamm nach oben und konnte gar nicht so weit entfernt eine Kuh sehen, die in meine Richtung guckte. Ich gurgelte wieder unter Wasser, Susannes Hand war noch da! Dann tauchten wir auf, und ich konnte stehen! Ich schleppte mich und zog Susanne durchs Wasser, und mein Gesicht fühlte sich taub und hart an, und ich sah, dass Susannes Arm aus dem Gelenk gekugelt war, er sah aus, als wäre er am Rücken falsch rum drangeschraubt. Ich zog Susanne am Arm wie einen nassen Sack auf den Sand. Ich machte mir noch nicht mal Mühe, den Arm zu wechseln. Ich konnte nicht mehr. Ich legte mich neben sie in die grässliche Kälte auf den harten Sand, sah in den grauen Himmel, und dann wurde mir ganz warm. Es war gemütlich. Ich sah in den grauen Himmel, und dann dachte ich: Nicht einschlafen! Nicht einschlafen! Ich setzte mich hoch. Ich schüttelte mich. Susanne lag noch neben mir. Ich schüttelte sie. Sie bewegte sich nicht. Ich legte mein Ohr auf ihren Mund und spürte ihren schwachen Atem! Hilfe! Ich brauchte Hilfe!

Wohin?!

Ich sah mich um. Ich musste Hilfe holen! Ich zog Susanne an ihrem Arm noch weiter auf den Strand. Sie atmete! Das war die Hauptsache. Ich ließ Susanne liegen, stolperte los, lief über den kurzen Strand, die paar unheimlich anstrengenden Schritte zur Wiese hoch und stand an einem Zaun. Ich stieg über den Zaun.

Kühe. Schwarz-weiße Kühe. Ich stolperte bibbernd zwischen den Kühen entlang. Einfach nur weiter! Weiter! Weiter! Wo Kühe waren, waren Menschen nicht weit!

»HILFE!«

Die Kühe guckten. Dahinten kam wieder ein Zaun. Hinter dem Zaun war ein Schotterweg. Rechts oder links?! Rechts lief der Weg gerade am Zaun entlang. Links kam ein kleiner Hügel. Man konnte nicht sehen, was dahinter war. Einen Moment stand ich da und überlegte. So eine einfache Frage, die jetzt vielleicht über Leben und Tod entscheiden konnte. Dann ging ich Richtung Hügel. Hinter dem Hügel tauchte ein Hof auf! Vielleicht waren wir sogar wieder in der DDR! Das war mir völlig egal. Beinahe hätte ich angefangen zu weinen. Ich lief stolpernd auf den Hof zu. Ein Hund kläffte mich im Eingang an, er schnappte nach meinem Bein, aber ich konnte sowieso nichts mehr fühlen. Sollte er doch in mich reinbeißen! Ein glänzender Trecker stand da, mit gelbschwarzem Kennzeichen. Es war ein anderes Land! Mein Herz war wie ein warmer Stein in kaltem Gemäuer. Einen Moment dachte ich, ich falle tot um. Ich lief zu einer Tür. Sie war verschlossen. Ich trommelte dagegen. Nichts passierte. Ich lief um das Haus herum, stieg über einen niedrigen Holzzaun, über eine Wiese, vorbei an einer bunten Kinderschaukel aus Blech. Dieser kläffende Hund an meiner Seite. Hoffentlich war jemand zu Hause! Sie mussten mich doch schon längst gehört haben! Eine große Scheibe. Die größte Scheibe, die ich je in meinem Leben in einem Haus gesehen hatte. Ich stellte mich an die Scheibe, machte einen Schirm aus meinen verfrorenen Fingern und sah hindurch. Teppich, Ledersessel, ein beleuchtetes Aquarium – es sah aus wie im Westfernsehen.

Ich klopfte gegen die Scheibe. Der Hund neben mir tobte und knurrte, aber er biss nicht zu. Ich trommelte gegen die Scheibe. Da endlich bewegte sich etwas! Ein kleines blondes Mädchen, vielleicht acht Jahre alt, kam in ihrem weißen Schlafanzug über den Teppich angelaufen. Sie blieb in sicherer Entfernung stehen und sah mich – nass, kreidebleich, barfuß und in Schwimmweste – mit großen Augen durch die Scheibe an. Durch die Scheibe ihres warmen, sicheren Zuhauses.

Jetzt begann ich doch zu weinen. Es schüttelte mich, und ich stand schluchzend vor der Scheibe. Ich musste an meinen Bruder denken. An seinen letzten Elfmeter, der ein Zwölfmeter war. An mein Zuhause. Das Mädchen kam langsam näher und stellte sich direkt an die Scheibe. Sie sah mir einen Moment beim Weinen zu. Dann legte sie auf der andere Seite ihre Hand ans Glas.

92

Schon am Strand hatte man Susanne in eine merkwürdig glitzernde Folie gepackt und massiert. Dann sind wir beide mit einem Hubschrauber geflogen worden. Obwohl wir umringt waren von Ärzten und Technikern, hatte ich doch die ganze Zeit Angst, dass sie uns mit dem Helikopter einfach wieder zurückbringen würden. Oder einfach ins Meer werfen. Erst als ich durch das Bullauge vom Helikopter auf dem Parkplatz vom Krankenhaus wieder diese schwarz-gelben Nummernschilder an diesen komischen Autos sah, konnte ich mich entspannen. Als sie mich in einem Bett durch den Flur schoben, lief einer neben mir her und fragte mich allerlei Kram. Ich war zu schwach. Wieso konnte er Deutsch?! Ich konnte nicht antworten. Mein Name?! Völlig egal! Ich wollte nicht antworten. Kann ich doch auch nachher erzählen. Nur die Nummer! Die Nummer!

»45 11 23 23 237.«

Der Mann mit dem Stift verstand nicht.

»45 11 23 23 237.«

Ein anderer kam.

»45 11 23 23 237.«

Ich sah, wie der andere ihm den Stift wegnahm, die Nummer aufschrieb, ihm den Stift wieder zurückgab, und dann spürte ich die Wärme und musste an unseren Retter denken, den kleinen russischen Soldaten, fast noch ein Kind, dessen Bett sicherlich nicht so gemütlich war wie das hier, ohne den ich in einem schrecklichen Kerker sitzen würde, ohne das warme Wackeln, ohne diese Wand mit der Uhr und dem Bild von dem Seelöwen, oder war es eine Robbe, oder war das vielleicht dasselbe?! – und dann schlief ich endlich ein.

93

Ich saß neben Susanne am Bett. Sie schlief. Die Ärzte waren sich nicht sicher, wann sie wieder aufwachen würde. Ein hagerer Arzt mit Glatze hatte mit mir in fast akzentfreiem Deutsch gesprochen.

»Je länger sie schläft, umso schwieriger wird es. Helfen Sie ihr aufzuwachen.«

Sie hatten ihr Blut angezapft, außerhalb ihres Körpers wieder erwärmt und dann wieder eingeleitet. Susanne war wie ein Durchlauferhitzer. Jetzt lag sie da, ihre Schulter in Gips, an merkwürdige Bildschirme angeschlossen, Nadeln in beiden Armen, sah wunderschön aus, und ich hielt ihre Hand.

Ich hörte Schritte im langen Flur. Der hagere Arzt kam und guckte durch die Tür. Er nickte mir zu, blieb einen Moment stehen und betrachtete Susanne. Dann nickte er wieder und ging, ohne ein Wort zu sagen.

Ich saß alleine im Raum. Ich wusste nicht, was ich sagen sollte. Ich sah Susanne an und hatte eigentlich nur eins zu sagen, und das tat ich dann auch.

»Ich liebe dich.«

Ich beobachtete Susanne. Sie schlief weiter. Ich schüttelte ihre Hand.

»Komm schon, wach auf!«

Sie regte sich nicht. Sie sah genauso aus wie in der Wohnung damals. Der Moment, als Gabi alleine auf dem Balkon war. Der Moment, in dem sie mich zufällig berührte. Der Moment, der mich zurückkehren ließ. Der Moment, an dem alles begann. Oder hatte sie es mit Absicht getan?! Ich wusste es gar nicht.

Ich stand auf und küsste sie. Ich strich über ihr Haar.

»Als wir in eurer Wohnung waren. Hast du mich da zufällig berührt oder mit Absicht?!«

Susanne rührte sich nicht.

»Sag es mir!«

Susannes Hand bewegte sich in meiner. Ihr Mund zuckte. Ich kam ganz nah zu ihr. Aus ihrem Mund kam nur ein Hauch.

»Absicht.«

Jetzt küsste ich ihre Stirn, so fest, dass ich sie aus Versehen mit meinen Zähnen stach. Ich stand über ihr, hielt sie und sah meinen eigenen, unscharfen Tränen hinterher, die heruntertropften und in ihren Haaren versanken.

Dann hörte ich dieses Klick-Klack.

Erst dachte ich, es käme von einer Maschine im Zimmer. Doch das war es nicht. Klick-Klack. Klick-Klack. Es wurde lauter. Klick-Klack. Klick-Klack. Eine Pause. Klick-Klack. Klick-Klack.

Ich musste grinsen. Ich kannte dieses Geräusch wie kaum ein zweites auf der Welt. Den Rhythmus, die unterschiedliche Betonung vom Klick und vom Klack – und natürlich das Gewicht, das dahintersteckte. Das Gewicht von Jeschkat, der auf seinen Krücken durch den Flur lief und nach unserem Zimmer suchte.